KB087009

왼팔 2

왼팔 2

초판1쇄 인쇄 2016년 4월 15일
초판1쇄 발행 2016년 4월 19일

지은이 방진호

펴낸이 박대일
편집 이문영 · 임유리 · 신지연 · 전보라
교정 박준용
마케팅 송재진 · 임유미
표지디자인 박현주

펴낸곳 새파란상상(파란미디어)
출판등록 2004년 9월 14일 제313-2004-00214호

주소 04072 서울시 마포구 성지1길 32-36(합정동)
전화 02.3141.5589(영업부) 070.4616.2010(편집부)
팩스 02.3141.5590
전자우편 paranbook@gmail.com
카페 http://cafe.naver.com/paranmedia
페이스북 http://www.facebook.com/paranbook

ISBN 978-89-6371-287-1(04810)
978-89-6371-285-7(전2권)

외팔 2

방진호 장편소설

새파란상상

THE LEFT ARM

차례

Chapter 5 :: 섬

소영을 포함한 다섯 명의 학생이 낡은 단층집 마당에 서서 멍하니 집을 바라보고 있었다. 집 앞의 평평한 공간이었기에 마당이라고 표현했을 뿐 사실은 그냥 평평하게 다져 놓은 흙바닥일 뿐이었다. 동갑내기들 중 유일하게 나이가 많은 창룡이 가방을 바닥에 내려놓으며 말했다.

"이번 엠티 장소 잡은 게 누구야?"

정욱이 슬그머니 앞으로 나섰다. 창룡이 돌아보며 말했다.

"이게 펜션이냐? 답사 안 와 보고 정했지?"

"무인도까지 답사를 어떻게 와. 애초에 이 겨울에 엠티를 한다는 거 자체가 말도 안 되는 거였다고."

"섬 이름이 뭐라고?"

"새가 없어서 '무조도'라고 부른대. 형이 무인도만 고집하지 않았어도 이런 일은 없었다고."

"이 자식, 장소 거지같이 잡아 놓고 내 탓 하는 거냐?"

화미는 그 자리에 쭈그리고 앉았다.

"벌레 정말 많게 생겼다. 이불 같은 게 있을까 모르겠네. 있어도 쓰고 싶진 않지만."

일곤이 화미의 가방을 챙겨 들고는 집으로 성큼성큼 걸어가며 물었다.

"여기 주인은 어디 있는 거야?"

"없어."

정욱의 말에 일행 모두가 돌아보았다.

"뭐라고?"

"나도 오다가 알았어. 관할 관청에서 운영하던 펜션이었는데 지금은 영업 안 하고 있다더라고."

"뭐야, 그럼 그냥 빈집이란 얘기야?"

"덕분에 공짜로 지낼 수 있잖아. 비품도 그대로 있으니까 쓰면 되는 거고."

잠자코 있던 소영이 한마디 했다.

"그래서 회비가 그렇게 쌌구나."

정욱은 웃으며 엄지손가락을 들어 보였다. 일곤은 손뼉을 치며 말했다.

"자, 이왕 이렇게 된 거 들어가자고. 무인도 폐가에서 겨울밤 보내는 경험도 아무나 하는 건 아니잖아. 안 그래?"

"영업을 안 할 뿐이지 폐가는 아니라고."

창룡이 일곤을 따라나섰다.

"일곤이 저런 긍정적인 면이 참 싫다니까. 저런 스타일이 참 피곤하거든."

일행은 집 안으로 들어섰다. 먼지가 약간 쌓여 있었지만 이 정도면 깔끔한 편이었다. 소영이 방을 둘러보며 말했다.

"생각보단 괜찮네. 난방은 되나?"

정욱이 벽난로 옆에 쌓여 있는 장작을 가리키는 것을 보고 창룡이 고개를 가로저었다.

"장작불은 네가 피워, 자식아."

화미는 손가락만으로 가구에 쌓인 먼지를 건드리며 볼멘소리를 했다.

"벌써 집에 가고 싶다. 내일 몇 시에 배가 오기로 했지?"

"오후 3시. 바다가 잔잔하다는 전제하에."

"휴대폰도 안 터지네. 이건 뭐 사고 나면 죽는 건가?"

"재수 없는 소리 좀 하지 마."

장작불을 피우며 건성으로 대답하는 정욱을 보며 화미는 투덜거렸다.

"이게 뭐야. 재미있을 거라고 해서 왔는데, 난방도 안 되고 먼지는 쌓였고……."

화미가 전등 스위치를 올려 보고는 경악한 목소리로 외쳤다.

"전기도 안 들어오고!"

창룡이 짐을 풀며 말했다.

"일곤아, 화미 입에 재갈 좀 물려라!"

방을 둘러보고 온 일곤이 말했다.

"방 배정은 어떻게 할까? 방이 세 개나 있는데. 난 화미랑 같이 쓰면 되고……."

화미가 일곤의 머리를 쥐어박았다.

"이게 미쳤구나."

"오붓하게 우리 둘이 고스톱 치자고. 이불 깔아 놓고 말이지."

창룡은 팔짱을 끼고 말했다.

"정신 나간 놈 얘기는 무시하고, 어떻게 방을 나눌까?"

소영이 말했다.

"우리 한방에 모여서 자요."

소영의 말에 일곤이 눈을 크게 떴다.

"소영이 네가 그런 집단 취향이라니 왠지 반가운데?"

일곤은 화미에게 또 맞고 입을 닫았다.

"저런 쓰레기가 어떻게 이런 학구적 동아리에 들어왔는지 미스터리다."

"어쨌든 같이 모여서 잤으면 좋겠어. 여기 좀 으스스하지 않아?"

"나도 소영이 말에 찬성. 난 솔직히 나가서 잤으면 좋겠어."

"정욱이 네 생각은 어때?"

"나도 찬성."

"좋아, 그럼 결정된 거다. 자, 청소하자. 우선 집 안에 걸레 있나 찾아봐."

"오빠, 여기 진짜 무인도야?"

"얼마 전까지 주민이 있었는데, 점점 줄어들어서 생활이 곤란해지는 통에 모두 다른 곳으로 이주했다고 하더라고. 지금은 완전히 세상과 고립된 곳이지."

"지금 이 섬에는 우리 말고는 아무도 없다 이거지? 그런데, 왜 하필이면 이런 데로 온 거야!"

"얘기했잖아. 무인도에서의 하룻밤 추억. 멋지지 않냐?"

"멋지긴 개뿔이나……."

빈 테이블에 앉아 피자 박스를 접던 형준이 입을 열었다.

"누나 그거 알아? 미니스커트 길이와 경제가 상관관계가 있다는 거 말이야."

"진짜야?"

"경기가 좋아질수록 미니스커트 길이가 달라진다는 이론이야. 두 가지 이론이 있는데 내 관찰 결과로는 경기가 나빠질수록 미니스커트 길이가 짧아지더라고."

"말도 안 돼."

"진짜 있는 이론이라니까. 경제학 배운 사람들은 한 번쯤은 들어 봤을걸?"

"누군지 몰라도 딱 너 같다, 너. 그런데 그 얘기 갑자기 왜?"

"누나의 치마 길이와 피자 판매량의 상관관계에 대해서 생각 중이었거든. 내 생각에는 누나의 치마 길이가 짧아지면 판매량이 증가하지 않을까 하는 생각이야. 아무래도 남자 손님들이 많이 들어오겠지. 그러면 판매량이 증가하게 될 거고…….”

“그래서, 치마 길이를 줄여라, 이 말이니?”

“어디까지나 우리 가게를 위해서지.”

수연은 쟁반으로 형준의 머리를 때리고는 다시 테이블을 닦았다.

“성희롱이 아주 생활화가 됐구나. 계속 그러다가 신고당하는 수가 있어. 가게를 위해서는 무슨, 널 위해서겠지 이 엉큼한 놈아. 애가 어떻게 갈수록 이상해지지? 너 지금 사춘기니?”

“가게를 보라고. 손님이 없잖아. 어쩜 파리조차 없냐고.”

수연은 가게를 둘러보았다. 저녁 퇴근 시간이었지만 홀 안에는 그 두 사람이 전부였다.

“요즘에 매출이 떨어지긴 떨어졌지?”

“그냥 떨어진 게 아니라, 뚝 떨어졌다고. 장서 아저씨 봐. 아예 카운터를 비워 두고 다니시잖아.”

“그러게, 큰일이네.”

“근처에 혹시 피자집 생긴 거 아냐? 한번 알아봐야겠군.”

매장 문이 열리며 도검이 안으로 들어섰다. 비가 많이 내리는지 바지가 흠뻑 젖어 있었다.

“어 오빠, 지금 비 와?”

“비인지 눈인지 구분 안 가는 게 정신없이 내린다. 아저씨는?”

“요즘에 계속 자리를 비우셔.”

“바람난 거 아냐?”

"듣고 보니……."

도검은 물기를 털어 내며 주방으로 들어갔다. 형준은 기름을 발라 머리를 곱게 빗어 넘기던 장서의 뒷모습을 떠올리며 말했다.

"진짜 바람나셨나?"

수연은 콧방귀를 뀌며 말했다.

"아저씨 솔로잖아. 그런데 무슨 바람이야."

"에이, 그 바람 말고. 남자들은 말이야, 갑자기 아무 이유 없이 분위기 탈 때가 있거든. 감성적으로 아주 나약해지는 시기라고나 할까? 그것도 바람이거든."

"감성적으로 약해져?"

형준은 수연을 빤히 바라보다 장난스럽게 말했다.

"아하, 왜 그렇게 관심이 많은지 알겠군."

"알긴 뭘 알아?"

"그 시기를 이용해서 그 남자를 어떻게 해 보려는 거잖아. 근데 힘들걸. 그 남자가 분위기 타는 건 거의 못 봤거든."

"뭐, 뭐가 그 남자야!"

"내 입으로는 차마 이름을 말할 수 없는 그 남자지 뭐. 이건 내 생각인데 아마 추억이 없어서 그러는 게 아닐까 싶어. 떠오르는 추억이 있어야 감상에 젖든가 말든가 할 거 아냐. 안 그래? 도검이 형 추억이라고는 전부, 때리고, 죽이고, 피 흘리는 것밖에 없을 테니까."

"그렇지도 않아."

불쑥 끼어든 도검의 목소리에 두 사람은 깜짝 놀라 돌아보았다.

"놀랐잖아!"

"오, 오빠, 언제부터 여기 있었어?"

"한 3초 전부터. 나도 추억은 있지. 잊고 싶은 추억뿐이지만 말이야. 아 참, 소현이 이리 안 왔나?"

"안 왔는데, 왜?"

"길에서 만났는데 형준이 오빠 안부를 묻더라고."

"소영 씨는? 응?"

"그걸 내가 어떻게 알아?"

방울 소리와 함께 소현이 문을 열고 안으로 들어섰다. 손에는 두 판의 피자를 들고 밝게 인사했다.

"안녕하세요!"

"어서 와."

도검은 소현을 보고 픽 웃어 보이며 말했다.

"양반은 못 되는군. 형준이 오빠 앞에 계시니까 놀다 가."

도검이 자리를 뜨자 그를 흘겨본 소현은 들고 있던 피자를 테이블 위에 올려놓았다.

"이거 뭐야?"

"피자잖아."

"누가 몰라? 어디서 산 거냐고."

"저기 길 건너편 신장개업한 곳에서."

"뭣이라!"

"한 판 값으로 피자 두 판을 주고 있어."

형준은 테이블을 탁 치며 말했다.

"역시, 손님이 없는 이유가 있었군! 좋아, 그럼 우리도 신장 개업이다!"

"형준아, 그건 좀 힘들지 않겠니? 우리 개점한 지 1년이 다 돼 가는데."

"사람들 관심은 그게 아니니까 괜찮아. 우린 한 판 값으로 피자 세 판 주면 되는 거야!"

"……."

"……."

"역시 무리겠지? 그럼 어쩐다……. 그건 그렇고, 어떻게 우리 집을 두고 그 집에서 피자를 살 수가 있어?"

"오빠를 위해서야. 적을 알아야 이길 수가 있잖아. 맛을 보고 분석하면 이길 방법이 나오지 않겠어?"

"아하, 거기까지는 생각 못 했군. 소현이가 우리를 이렇게까지 생각하다니, 훌륭한 자세야!"

"고맙게 생각하면 내 부탁 들어주면 돼."

"좋아, 말만 해!"

"극장 가자. 보고 싶었던 영화가 두 개 있었는데 마침 테마 상영으로 연속 상영하는 극장이 있더라고."

"그, 극장?"

"반응이 뭐 이래?"

"부모님 허락은 받았어?"

"저번 일 이후로 오빠라면 엄마 아빠도 무조건 오케이잖아."

"…… 언니 허락은? 현도도 동의한 일이야?"

"이씨, 뭐야 그게! 다 들어준다고 했잖아!"

"말만 하라고 그랬지, 말만……."

"오빠!"

"이거 참, 곤란하네……."

"쳇! 누구는 섬으로 엠티 가고 누구는 영화 하나 보지도 못하고……."

"뭐? 소영 씨가 엠티를?"

"동아리 엠티."

"그럼 남자들도 있겠네?"

"그렇겠지."

"오늘 전국적으로 눈비 온다고 그랬는데 엠티를 갔다고? 어디로 갔는데?"

"무조도."

"무조도? 날씨가 이따위인데 이름도 이상한 그런 섬을 갔다고?"

"이름이 뭔 상관이야?"

형준은 갑자기 앞치마를 벗어 던지고 외투를 걸쳤다.

"형준아, 어디 가!"

"소영 씨 찾으러."

"뭐? 우리 언니가 어디 있는 줄 알고!"

"무조도에 있다면서. 가자, 소현아."

"무조도 어디 있는지 나도 몰라."

"언니한테 물어보면 되잖아. 자, 시간이 없어!"

"거기 전화도 안 돼. 휴대폰도 안 된다고 했어."

"그럼 언니 친구한테 물어봐!"

수연과 소현은 황당한 표정으로 바라보았지만 형준은 아랑곳하지 않고 우산도 챙겨 들었다.

"이런 궂은 날씨라면 섬에 갇히게 될 거야. 수컷들과 우리 소영 씨를 한곳에 둘 순 없지. 악의 소굴에서 어서 구해 내야 해!"

소현을 앞세워 튕기듯 밖으로 나선 형준을 보며, 도검이 다가와 수연에게 물었다.

"저거 어디 가는 거야?"

"소영 씨 찾으러 무조도인지 무인도인지 간대."

"섬에? 이 날씨에?"

"내 말이."

도검과 수연은 아직 반쯤 열려 있는 출입문을 바라보고 있었다.

"소영이 걸렸다! 자 쭈욱 마셔!"

"잠깐, 나 흑기사!"

일곤이 손을 들고 일어서자, 창룡이 손을 휘저으며 말했다.

"야, 김 기사 앉아, 앉아! 하여튼 분위기 파악도 못 하고."

"왜, 내가 뭐 잘못했어?"

일곤은 주위를 멀뚱멀뚱 보다가 정욱의 얼굴을 보고는 그제야 멋쩍은 듯이 웃으며 앉았다.

"아, 자식이 말을 하지. 네 눈빛 연기를 내가 어떻게 읽어 내냐?"

일곤이 소영 앞에 있던 소주잔을 집어서 정욱에게 건넸다. 정욱도 멋쩍은 미소를 지었다.

"형, 이왕 이렇게 된 거, 우리 진실 게임이나 한번 할까? 이번 기회에 정욱이에 대한 소영이의 태도도 확실히 들어 보고."

소영이 일곤을 돌아보았다.

"무슨 얘기야?"

"눈치 빠른 소영이가 왜 이래? 눈치 꽝인 나도 느낄 정도면 말 다한 건데."

"애들 연애질이나 듣자고? 유치하지만 나 유치한 거 겁나 좋아하거든. 한번 들어 볼까나?"

정욱이 당황해하며 억지웃음을 지었다.

"무, 무슨 갑자기 진실 게임이야, 유치하게. 같이 술이나 먹자고!"

창룡은 정욱의 말은 들리지도 않는 듯 자연스럽게 말했다.

"좋아, 지금부터 진실 게임을 하겠다."

"잠깐, 나 화장실 좀 다녀오고. 랜턴 좀 줘 봐."

일어서는 화미를 보며 소영이 물었다.

"같이 갈까?"

"바로 옆인데 뭘. 대신 화장실 문 좀 열어 놓을 테니까, 모두들 이해 좀 해 줘."

창룡이 인상을 찌푸렸다.

"일단은 우리도 남자란 것을 존중해 줬음 한다."

"남자가 어디 있는데? 여기 이 찌끄레기들?"

"찌, 찌끄……."

"불도 안 켜지니까 이해들 하시라고."

"화미야, 난 활짝 열어 놨으면 좋겠어."

화미는 일곤의 등을 세게 때리고는 화장실로 향했다. 일행은 촛불을 하나씩 앞으로 끌어모으고는 서로를 둘러보았다.

"여, 이제야 좀 분위기 나는구먼. 자, 모두들 이 자리에선 오직 진실만을 밀할 것을 맹세하냐? 하든지 말든지 관계없다. 거짓말이면 남녀를 불문하고 삼대가 평생 지하철에서 자리를 못 잡는 저주를 받을 테니까. 소영이에게 질문을 하지."

"짓궂은 질문은 안 했으면 좋겠어."

"진지한 질문이야. 그대는 정욱이의 마음을 알고 있는가?"

소영이 살짝 웃으면서 정욱을 바라보았다. 정욱은 고개를 숙이고 딴청을 피웠지만 귀만큼은 온 신경이 집중되어 있었다.

"응, 조금은."

모두가 환호성을 질렀다. 창룡은 손으로 그들을 진정시키며 다음 질문을 했다.

"그럼 정욱이를 어떻게 생각하는가? '좋은 친구입니다.' 이딴 얘기 빼고."

소영은 정욱을 보다 미안한 듯 웃으며 대답했다.

"친절하고 사려 깊어서…… 좋은 여자 만날 거라고 생각해."

모두가 탄식과 함께 한마디씩 했다.

"오 마이 갓!"

"지쟈스……."

"정욱이 얼굴에 그냥 침을 뱉어, 차라리."

창룡이 정욱의 표정을 살짝 보았다. 정욱은 웃는 얼굴로 돌아보았지만 어색한 기운까지 감추진 못했다. 일곤이 손을 휘저으며 나섰다.

"에이, 이걸로 결정 났다고 볼 순 없지! 이왕 이렇게 된 거 확실하게 하자고."

말리는 정욱의 팔을 걷어 내며 일곤이 말을 이었다.

"정욱이랑 만나 볼 생각 없는 거야? 손톱만큼도?"

"저질러 버렸군."

잠시 뜸을 들인 소영이 조심스럽게 대답했다.

"정욱이 좋지. 나한테 호감 가져줘서 고맙기도 하고. 그런데, 나 좋아하는 사람이 따로 있거든."

그때까지 고개를 숙이고 있던 정욱조차도 눈을 동그랗게 뜨고 소영을 바라보았다. 일곤도 놀란 얼굴로 소영을 보며 말했다.

"얼음공주가 좋아하는 사람이 있다고? 미리 말해 두지만 나는 안 돼. 난 일편단심 화미만……."

창룡이 일곤의 얼굴을 손으로 밀어 버리며 물었다.

"그게 누구야? 우리가 아는 사람이야?"

"오빠, 너무 깊게 물어보는 거 아냐?"

"저 자식이 정리 확실히 할 수 있게 말해 주라고. 저 자식 표정 보라고. 답답해서 죽을 것 같은 표정이잖아."

소영은 정욱을 힐끗 보고는 고개를 끄덕이며 말했다.

"우리 동네에 있는 오빠야."

"오, 동네 오빠?"

화장실에 갔던 화미가 소리를 지르며 밖으로 뛰쳐나오다 거실에 넘어졌다. 요란한 소리에 모두 놀라 화미에게 달려갔다.

"왜, 왜 그래!"

"화장실에, 화장실에!"

화미는 새파랗게 질린 얼굴로 벌벌 떨었다. 화미가 떨어뜨린 랜턴 불빛에 뭔가가 희미하게 비쳤다. 일곤이 화장실에 성큼성큼 다가가 문을 열어젖혔다. 일곤의 입에서 짧은 욕설이 나왔다.

"젠장."

일곤의 어깨너머로 화장실 안쪽을 들여다본 정욱이 입을 막으며 현관문을 열고 나서자마자 구토를 했다. 창룡은 화장실 안쪽을 보며 인상을 찌푸리며 입을 꼭 다물 수밖에 없었다.

"다녀오셨어요."

장서는 수연의 인사를 받으며 매장 안으로 들어서서 누군가를 찾는 듯 한번 둘러보았다.

"형준이는 어디 갔어?"

"잠깐 나갔다 온다고……."

도검이 주방에서 불쑥 나오며 대신 대답했다.

"섬에 갔어요."

"섬? 웬 섬?"

"날씨 때문에 소영인가 하는 친구가 섬에 갇혔다나 뭐라나. 맞나?"

"예, 섬에 갇혔다고 소현이가 도와 달라고 해서 도와주러 갔거든요. 맞지, 오빠?"

"뭔 소리야? 괜찮다는 거를 지가 굳이……."

수연은 다급하게 도검의 입을 막았다. 장서는 고개를 가로저으며 우산을 구석에 세워 두었다.

"그 자식이 진정 제정신이 아닌 거지. 가게는 망해 가는데 오지랖이나 떨고 다니시겠다!"

"그러는 주인아저씨는 어딜 이렇게 돌아다니는 거예요? 머리에 그거 왁스 아니에요?"

장서는 흠칫하며 서둘러 카운터로 갔다.

"응, 머리가 자꾸 흘러내려서……."

"바람나셨구먼. 어라? 이거 피자 아니에요? 수연아, 이거 소현이가 사 온 거랑 똑같은 거지?"

"어? 정말 그러네? 아저씨도 그 집 피자 맛을 보시고 경영전

략을 세우시려는 거죠?"

난감한 표정으로 서 있던 장서가 희망을 찾은 듯 밝은 표정으로 말했다.

"그, 그렇지! 신장개업한 집이 생겼다기에 가만있을 수가 있어야 말이지! 옛말에 이르기를 지피지기면 백전백승이라 했지. 즉, 적을 알고 나를 알면 백 번을 싸워도 모두 이길 수 있다 했거든? 그러니까 일단 그 집에 대해 알아야 우리도 전략을 세우고 말이지……."

"전략이요? 손님 많아지면 가격을 올리고, 손님 떨어지면 가격을 내리는 게 전략이었어요?"

"이 자식이 나를 뭐로 보고……."

팔짱을 낀 채 장서를 빤히 보던 도검이 장서의 말을 자르며 단정적으로 말했다.

"여자군."

"뭐, 뭐가 인마!"

"새로 생긴 피자 가게 주인이요."

"마! 나를 속물 취급해도 유분수지. 내가 여자 때문에 사업을 그렇게 막……."

"그것도 홀로된, 예쁜 중년의 여인."

"……."

"어머, 아저씨 진짜예요?"

도검이 나서서 말했다.

"뭘 그런 걸 물어. 틀림없다니까. 난 가 봐야겠다."

장서가 당황한 얼굴로 도검에게 말했다.
"너, 너 어디가!"
도검은 씩 웃어 보이며 말했다.
"아저씨 홀린 아줌마 보러 갑니다."
"누, 누가 홀렸다고 그래? 난 그 아줌마 본 적도 없다니까?"
"그럼 신경 쓰실 거 없잖아요."
"오빠, 같이 가. 아저씨, 가게 좀 부탁해요!"
"수, 수연이 너까지……. 얘들아, 얘들아! 가지 마!"
경쾌한 걸음걸이로 길을 건너고 있는 도검과 수연의 뒤에서 장서의 목소리가 허무하게 울려 퍼졌다.

일행은 방에 모여 오들오들 떠는 중이었다.
"괜찮아?"
"괜찮을 리가 없지. 형은 괜찮아? 바지에 오줌 싼 거 같던데."
"지랄한다. 그런데 화장실에서 본 거 말이야. 시체 맞지? 잘못 본 거 아니지?"
일곤의 표정도 진지해졌다.
"확실해. 썩었다기보다는 말라비틀어진 건지, 새카맣게 타버린 건지 사람인지 알아보기 힘들었잖아."
"그래서 냄새가 안 났던 거군."
"경찰에 알려야 하는 거 아냐?"
창룡은 안테나 표시가 꺼진 휴대폰을 흔들어 보이며 말했다.

"전화가 됐으면 진작 했지."

"오빠, 전에 여기 와 봤다며 생각나는 장소 없어?"

"저기 산 위에 올라가면 기상관측대가 있기는 해."

"거기에 통신 장비도 있을까?"

"몰라. 어쩌면."

"그럼 올라가자."

"올라가는 길이 너무 위험해서."

일곤은 화미를 들쳐 업었다.

"지금 비까지 내리는데 누가 산에 올라가자고 하면 그 입을 쳐 버리고 싶긴 한데, 우리가 그런 거 가릴 처지는 아니잖아."

평소에 보기 힘든 일곤의 진지한 표정에 모두가 고개를 끄덕였다. 그는 허리를 펴며 말을 이었다.

"화장실에서 본 시체 말이야, 아무리 봐도 사고로 죽은 것 같지가 않아."

"그게 무슨 말이야?"

"살해당한 거 같다고."

모두의 놀란 표정을 돌아보며 그럴 줄 알았다는 듯 말을 이었다.

"타 버렸는지 고압선에 감전되었는지 몰라도 아무튼 일반적으로는 될 수 없는 형태였으니까."

창룡이 잔뜩 찌푸린 표정으로 대신 대답했다. 일곤은 고개를 끄덕이며 말을 받았다.

"망상일지도 모르긴 하지만 조심해서 나쁠 건 없잖아. 소영이 말대로 일단은 산 위로 올라가는 게 좋겠어. 구조 요청하기도 쉽고 말이야. 기상관측대면 그 주변에 나무도 잘라 내서 없을 거야. 그럼 시야도 확보된 상태니까 우리가 지내기에는 비교적 안전할 거야."

묵묵히 듣고 있던 정욱도 한마디 거들었다.

"통신기가 있는지 찾아보고 구조 신호를 보내 보자."

일곤은 또다시 화미를 추켜올리며 말했다.

"결정했으면 빨리 움직이자. 과로로 나 죽는 꼴 보기 싫으면 말이야."

길을 나선 지 10분 만에 모두들 비에 흠뻑 젖어 꼴이 말이 아니었다. 창룡이 희미해지는 랜턴을 한번 세게 흔들고는 앞장서서 걷자 다른 친구들도 뒤따르기 시작했다.

"무조도라……. 도깨비 섬을 말하는 거야?"

"도깨비 섬이요?"

"그 섬 가까이 가면 가끔 이상한 짐승의 울음소리가 들려. 그러면 꼭 근처에서 배가 고장 나거나 암초에 걸린다지. 그래서 여기 사람들은 그 섬엔 잘 안 가."

"정말이에요? 그곳으로 제 친구들이 들어갔는데요?"

목에 수건을 두른 한 건장한 남자가 형준을 위아래로 훑어보고는 사무실 안으로 들어섰다. 그는 의자에 앉으며 따라 들어간 형준에게 물었다.

"그런데 그 학생들은 왜 찾는 거야?"

"날씨 보세요. 걱정을 안 할 수가 없잖아요."

"오늘 아침에 태워다 줄 때까지만 해도 날씨 괜찮았는데 갑자기 이러네?"

"네? 아저씨가 태워 주셨다고요? 아까는 불길해서 잘 안 가신다고……."

"가릴 거 다 가리면 돈은 언제 버나? 그 섬이 암초가 유독 많은 섬이라 그런 소문이 난 거지. 뱃일을 하면 미신을 믿을 수밖에 없거든."

"아니 무슨 그런 곳에 펜션을 운영한데요?"

"펜션? 거기 그런 거 없는데?"

"네? 홈페이지에는 분명히 도에서 운영하는……."

"그런 게 있었나? 손님이라고는 그 친구들이 처음인 것 같은데."

"남자 셋에 여자 둘. 맞아요?"

"응, 맞아."

"그 친구들 다시 데려와야 하는데 지금 가 주실 수 있어요?"

하늘을 한번 올려다본 남자는 고개를 가로저었다.

"힘들어. 뭐, 별일은 없을 거야. 그 섬엔 아무도 없으니까, 날씨 봐서 내일 데려오지."

"섬에 아무도 없다고요?"

"옛날엔 사람들 출입도 있고 했는데 인적 끊긴 지 몇 년 됐어. 자, 내일 와, 학생. 나도 들어가야지. 오늘도 땡쳤네, 니미."

형준은 걱정스러운 표정으로 사납게 일렁이는 바다를 바라보았다.

건너편 피자 가게에 다녀온 도검과 수연이 매장에 들어서며 경쾌한 목소리로 인사했다.

"다녀왔습니다! 아저씨가 보는 눈이 있으신데요? 굉장히 미인이세요. 인상도 좋고."

"봤냐?"

도검은 무표정한 얼굴로 말했다.

"아저씨, 윤리란 게 있는 겁니다. 그분 상당히 젊던데 그러면 안 되는 거 아녜요? 아저씨하고 한 10년은 넘게 차이 날 것 같던데."

"둘 다 늙어 가는 처지에 나이 차이가 무슨 상관이야."

"에이, 그건 아저씨 생각이죠. 정확히 말하면 그분은 늙어 가는 건 아니죠. 아저씨 혼자 쭈그렁하게……."

"아니야, 자식아! 내 인상이 좋다고 얼마나 칭찬했는데!"

"거봐요, 잘생겼다거나 섹시하다는 말은 끝까지 안 했네."

"……."

"아저씨, 잘 생각해 보세요. 왠지 나하고 격이 다른 이성이 호감을 보이면 둘 중에 하나거든요. 내게서 나 자신을 제외한

다른 걸 원하든가, 아님 겉으로는 알 수 없는 심각한 결함이 있거나."

장서는 이를 악문 채 입을 열었다.

"곰탱이 자식, 삼대가 멸하리라!"

"어머 아저씨! 어떻게 그렇게 심한 말씀을……."

도검은 아무렇지도 않게 물을 따라 마셨다.

"괜찮아, 횟수로만 치면 내 자손은 이미 3백 대까지 멸하고 있는 중인데 뭐."

장서는 도검이 들고 있던 물을 신경질적으로 빼앗아 마시며 소리쳤다.

"그런데 형준이 이 자식은 왜 이렇게 안 들어와? 진짜 섬에 간 거야?"

"때 되면 들어오겠죠."

"마! 너는 동생이 비 오는 거리로 뛰쳐나갔는데 걱정도 안 되냐?"

"제 발로 나간 걸 어쩌라고요. 우리도 그냥 들어가죠. 어차피 장사도 안 되는데."

"너하고는 안 가, 자식아! 수연아 들어가자. 가다가 엄청 맛난 치킨 사 먹자!"

"아 진짜, 이렇게 추잡하게 나올 거예요?"

"아니꼬우면 꺼져. 무릎 꿇고 붙든가."

장서의 휴대폰이 울렸다. 노안이 온 듯 휴대폰에 뜬 번호를 빤히 보던 장서가 중얼거렸다.

"돌팔이가 웬일로 전화를 하지? 뭔 일 생겼나?"

그는 전화를 받으며 큰 소리로 말했다.

"어이쿠, 돌팔이. 청첩장 돌리냐? 안 하던 전화를 갑자기 하고 지랄하……. 뭐라고? 뭐가 움직여? 자, 잠수함? 응, 그래. 일단, 알겠어."

전화를 끊은 장서가 의아한 표정의 도검에게 말했다.

"기관이 잠수함을 쐈대."

"잠수함이요? 어디로요?"

"무조도."

그의 말을 들은 도검이 생각난 듯 수연에게 물었다.

"소영이가 놀러 간 곳이 어디라고 그랬지?"

수연 또한 깜짝 놀란 목소리로 말했다.

"무조도!"

그녀의 말을 듣자마자 도검은 어딘가로 달리기 시작했다.

"휴, 거의 다 올라왔다. 일곤이 괜찮냐? 화미 좀 내려놓고 잠깐 쉬지그래?"

일곤은 굵은 땀방울을 뚝뚝 흘리며 탈진으로 금방이라도 쓰러질 것 같은 표정으로 말했다.

"형, 우리 화미는 깃털 같아서 하나도 안 무거워."

"깃털치곤 지나치게 큰 거 아냐? 화미가 그렇게 좋냐?"

"나야 늘 일편단심이지."

"참 나, 화미가 네 진심을 좀 알아줘야 하는데……. 아직도 그 상태야?"

"달라질 게 있겠어?"

"태도나 좀 진지하게 바꿔 봐. 맨날 장난만 치니까 화미도 진심인지 아닌지 헷갈릴 거 아냐."

"손발이 오그라들어서 못 하겠어."

"평생 그렇게 살다 죽겠다."

정상에 올라온 일행은 약속이나 한 듯이 짐을 내려놓고 바위 위에 걸터앉았다. 바위도 젖어 있긴 했지만 이미 옷을 버린 상태였기에 걸릴 게 없었다.

"일단 텐트부터 치자."

비가 가늘어져서 어느 정도 활동하기가 편해지자, 창룡은 텐트 칠 곳을 정리하며 말했다.

"내 말 안 듣고 텐트 안 가져왔으면 큰일 날 뻔했지?"

"형 말 안 들었으면 우리가 이곳에 있지도 않았겠지."

"이 거지 같은 섬으로 골라 온 놈은 조용히 해."

일곤은 화미의 이마를 만져 보며 말했다.

"빨리 쳐. 화미부터 눕혀야 하니까. 소영아, 우황청심환 더 있어?"

"소화제하고 밴드밖에 없어."

소영은 텐트를 치다 말고 멍하니 한곳을 주시하고 있는 정욱을 보았다. 정욱은 뭔가에 온몸의 신경을 집중하려는 듯이 한곳을 뚫어지게 보았다.

"정욱아."

"……."

"정욱아!"

"깜짝이야. 왜?"

"뭘 그렇게 멍하니 보고 있어?"

"글쎄, 저기에 뭔가 보였는데……. 이젠 안 보이네."

"뭔데?"

"모르겠어. 그냥……. 모르겠다."

텐트 두 개를 마주 보게 치고 그 사이를 방수 천으로 연결하여 공간을 만드니 제법 아늑하게 느껴졌다. 양초에 종이컵을 씌워 바람에 불이 꺼지지 않도록 켜 놓았다. 그들은 모여 앉아 잠시 휴식을 취했다. 텐트를 살피던 일곤이 말했다.

"촛불이라도 밝혀 놓으니까 좀 낫네. 정욱아, 라면 아직 멀었냐?"

"산 정상이라 그런지 잘 안 익네. 화미는 어때? 먹을 수 있겠어?"

"잠들었어. 이따 깨면 그때 따로 먹이지 뭐. 밥은 어때?"

돌을 올려놓은 코펠을 보며 소영이 말했다.

"조금 더 뜸 들여야 해. 그런데 창룡 오빠 못 봤어? 아까부터 안 보이네?"

"아, 이 근처에서 발전기 본 적 있다고 그거 찾으러 갔어."

"발전기? 그렇게 혼자 가도 괜찮을까?"

"귀신 잡는 해병대 출신이라고 맨날 떠들고 다니잖아. 별일 없을 거야."

정욱이 다 끓인 라면을 들고 텐트 안으로 들어왔다.

"먹자!"

"오빠 오면 같이 먹자."

일곤은 라면을 한 젓가락 뜨며 씩 웃는 것으로 대답을 대신했다.

창룡은 산의 중턱까지 내려왔다. 올라올 때도 말썽을 부리던 랜턴이 또다시 깜빡였다.

"왜 이거까지 자꾸 지랄이야? 분명히 이 근처였는데……."

랜턴이 몇 번 깜빡이더니 완전히 꺼졌다. 순식간에 눈앞이 깜깜해졌다. 날씨까지 좋지 않아 달빛에 의지할 수도 없었다.

"염병, 제대로 되는 게 하나도 없네."

창룡은 어둠에 눈이 익을 때까지 잠시 서 있었다. 어둠에 눈이 익숙해지기를 기다려 제일 먼저 무기가 될 만한 것을 찾아 들었다. 갑자기 무서운 생각이 들었기 때문이었다.

"살인자 같은 거는 없을 거야. 어떤 놈이 자기가 죽여 놓은 시체와 함께 있고 싶겠어. 어쩌면 자살한 걸 수도 있잖아?"

창룡은 일부러 소리 내어 말하면서 주위의 풀숲을 뒤지고 다녔다. 몇 걸음 더 가니 눈에 익은 나무 상자가 보였다.

"그럼 그렇지. 기억력 빼면 시첸데……."

나무 상자의 훼손된 부분이 선명하게 보일수록 왠지 불안해졌다. 가까이 가서 눈으로 확인을 하고 나서야 불안한 이유를 알 수 있었다. 나무 상자 안에 발전기는 없었다. 창룡은 주위를 찾아보았지만 젖은 풀과 나뭇가지 말고는 아무것도 없었다. 그때, 뒤쪽에서 부스럭거리는 소리가 났다. 본능적으로 흠칫하며 숨을 죽이고 가만히 귀를 기울였다. 소리도 함께 멈췄다 창룡이 움직이자 다시 들렸다. 창룡이 다시 멈췄지만 이번엔 소리가 멈추지 않고 가까워졌다. 창룡은 몽둥이를 움켜쥐고는 소리가 바로 뒤에서 나기를 기다려 빙글 돌며 몽둥이를 휘둘렀다. 긴장한 나머지 손아귀에서 몽둥이가 빠져나가 맨손만 허공을 휘젓는 꼴이 되었다. 하지만 눈앞의 광경 때문에 멋쩍어할 틈도 없이 놀랐다.

라면 국물에 밥까지 말아 먹은 소영이 젓가락을 내려놓으며 말했다.

"창룡 오빠 왜 이렇게 안 오지? 찾아봐야 하는 거 아냐?"

"괜히 길 엇갈리니까 좀 더 기다려 봐. 멀리 갈 데도 없잖아."

아무 걱정 없이 남은 국물을 마시는 일곤과 달리 정욱은 아까부터 계속 숲 쪽을 바라보며 잔뜩 경계하는 눈초리였다. 그의 곁엔 잔가지를 대충 쳐 내어 만든 몽둥이도 하나 놓여 있었다. 화미가 텐트 안에서 머리를 내밀었다. 추운지 몸을 잔뜩 웅크리고 있었다. 일곤은 벌떡 일어나 재킷을 화미의 몸에 걸쳐 주었다.

"좀 괜찮아?"

"응, 내가 얼마나 누워 있었지?"

"두 시간 정도? 배고프지? 라면 끓여 줄게."

"여긴 어디야?"

"섬에서 제일 높은 곳. 산 정상이야."

"날 어떻게……."

화미는 일곤을 빤히 바라보다 말을 하다 말고 그의 어깨에 머리를 기댔다. 일곤은 그녀의 등을 쓰다듬어 주었다. 화미는 힘없는 목소리로 물었다.

"우리 여기서 살아 나갈 수 있을까?"

"너무 비약이잖아. 오래된 집에서 돌아가신 분 좀 봤다고 그런 말은 좀 오바잖아."

"저렇게 오랫동안 방치된 건 무슨 의도가 있는 게 아닐까?"

"독거노인이 화장실에서 넘어진 걸 수도 있어."

"그래도 이건 분명……."

일곤은 금방이라도 울음을 터뜨릴 것 같은 화미의 양어깨를 붙잡았다.

"날 봐. 무슨 일 없어. 그냥 섬에 놀러 왔다가 날씨가 나빠져서 좀 더 있는 것뿐이야. 설사 무슨 일이 있다고 해도 넌 내가 지켜. 알겠어?"

화미가 고개를 끄덕이는 것을 확인한 일곤은 배낭에서 뭔가를 주섬주섬 꺼내 앞에 내려놓았다.

"자, 이거 봐."

보기에도 무섭게 생긴 큰 칼이었다.

"내가 나이프 모으는 취미 있는 거 알지? 제일 튼튼한 놈으로 골라 온 거야. 어떤 놈이든 이거 한 방이면 끝이니까 걱정 말라고."

소영이 인상을 찡그리며 말했다.

"네 그 취미는 아직도 맘에 안 들지만 이번엔 예외 인정!"

정욱은 소영을 힐끗 보고는 한마디 했다.

"그러다 뺏기기라도 하면……."

일곤은 정욱의 뒤통수를 때리고는 모두에게 말했다.

"자, 피곤할 테니까 한숨씩 자도록 해. 형 올 때까지 기다릴 테니까."

"창룡이 형은 진짜 왜 이렇게 안 오는 거야? 무슨 일 있나?"

일곤은 어깨를 으쓱해 보이며 말했다.

"좀 더 기다려보고 그때 찾아보면 되니까, 일단은 자 두라고."

창룡은 숨을 거칠게 몰아쉬었다.

해병대의 치열했던 순간을 억지로 떠올리며 비장한 각오로 산 정상을 향해 올랐다.

오른팔을 감싸 쥐고 있는 손가락 사이로 피를 흘리면서도 위쪽만 보며 올라갔다.

동생들에게 알려야 한다는 책임감만 아니었다면 금방이라도 쇼크 상태에 빠질 것 같이 얼굴에 핏기가 없었다.

"애들한테.……."

그의 말은 신음 소리로 바뀌어 허공에 흩어졌다.

산속의 눅눅한 냄새와 피 냄새가 엉켜 사방으로 퍼졌다.

창룡은 정상이 눈에 보이자마자 있는 힘껏 소리 질렀다.

"얘들아!"

그의 뒤를 따르던 기척이 옆에서 났다.

창룡은 그쪽을 살피면서도 더욱 다급하게 소리 질렀다.

"도망쳐! 도망쳐!"

창룡을 조용히 따르던 놈은 기척을 숨기지도 않고 창룡을 덮쳤다.

동생들을 부르던 창룡의 목소리가 뚝 끊어지며 어수선했던 산이 다시 정적에 쌓였다.

일곤은 뭔가가 털썩 떨어지는 소리에 눈을 떴다. 자신도 모르게 깜빡 잠이 든 모양이었다.

양초는 다 타서 꺼져 있어 주위가 어두워졌다. 그는 칼에 손을 얹고 주위를 둘러보았다. 어둠에 눈이 익으며 저만치 풍향계 옆에 떨어져 있는 것이 보였다.

일곤은 랜턴을 켜고 조심스럽게 그것을 비추어 보았다. 언뜻 봤을 때는 그것이 무엇인지 몰랐지만 해병대 조끼를 보고 창룡이라는 것을 알아차렸다.

"형!"

창룡은 엎드린 자세로 있었는데 이상하다 싶을 정도로 전혀 움직임이 없었다.

일곤은 창룡을 조심스럽게 뒤집다가 하마터면 소리를 지를 뻔했다.

눈을 부릅뜬 채로 숨이 끊어져 있는 그는 해병대 옷의 가슴 부위가 시커멓게 타 들어가 있었지만 정신이 없는 일곤은 보지도 못한 채 그 자리에 주저앉았다. 다리가 풀리고 손이 떨려 숨도 제대로 쉴 수가 없었다. 몇 시간 전에 먹은 라면을 게워 내고 나서야 숨통이 조금 트였다.

잠시 숨을 고르고는 눈을 한참 동안 감았다가 떠 봤지만 창룡의 시체는 그대로 있었다. 좀비 영화를 좋아하는 일곤이었지만 실제 시체를 보는 것은 또 다른 얘기였다.

일곤은 재킷을 벗어 창룡의 얼굴을 가렸다. 그러고는 뭘 해야 할지 곰곰이 생각하기 시작했다. 이 장면을 애들이 봤다간 어떤 사태가 일어날지 불을 보듯 뻔했다. 그걸 막기 위해서는 시체부터 눈에 보이지 않게 처리해야 했다. 땅을 파기는 어렵다는 생각에 주변을 둘러보았다.

모래함과 염화칼슘 통이 눈에 들어왔다. 일곤은 몇 번을 망설인 끝에 시체의 옷깃을 잡고 모래함 앞으로 끌고 갔다.

시체를 모래함에 넣기 시작할 때 랜턴 불빛이 그에게 비쳤다.

"일곤이니?"

소영의 목소리였다. 일곤은 화들짝 놀라며 시체를 재빨리 통에 몰아넣고 뚜껑을 닫았다.

"소, 소영이니?"

"응, 뭘 했는데 이렇게 놀라는 거니?"

"아냐, 아무것도."

소영은 이상한 낌새를 느끼고는 랜턴으로 그가 짚고 서 있는 모래함을 비췄다.

"거기 뭐 있어?"

"아니라니까."

소영은 그 주변을 비추다가 모래함 뚜껑에 끼어 있는 옷자락을 발견했다. 다가서는 소영을 일곤은 몸으로 막아섰다.

"아무것도 아니니까 가서 기다려. 금방 갈게."

하지만 소영은 일곤을 비켜 가며 모래함 뚜껑에 손을 댔다. 일곤은 재빨리 뚜껑에 손을 얹어 닫으며 말했다.

"소영아, 이건 안 보는 게 좋을 것 같다."

소영은 일곤을 빤히 보며 말했다.

"그럼 무슨 일인지 네가 말해 봐."

일곤은 망설이다 소영에게 조용히 말했다.

"창룡이 형이…… 죽었어."

소영은 너무 놀라 소리를 지를 뻔했지만 일곤이 입을 막았다.

"사고로 죽은 게 아닌 건 확실해."

소영은 모래함을 바라보며 말했다.

"누가 그런 거야?"

"그건 몰라. 어쩌면 사람 짓이 아닌지도 모르겠다."

"그럼 애들 깨워서 어서 도망치자."

"어디로?"

먹구름 때문에 달빛조차 제대로 없는 하늘 아래 사방은 새까만 파도만 일렁이는 바다가 끝없이 펼쳐져 있었다. 소영이 말을 하지 못하자 일곤은 차분하게 말을 이었다.

"화미는 아직도 쇼크 상태야. 거기다가 정욱이까지 히스테리 일으키면 방법이 없어. 그러니까 형 죽은 것은 비밀로 하자. 당분간은."

소영은 잠시 생각하다 고개를 끄덕였다. 일곤의 말에 동의는 했지만 이런 일을 자신이 감당할 수 있을지는 알 수가 없었다. 이런 순간에 소영의 머릿속엔 한 사람의 얼굴만 떠올랐다. 보는 것만으로도 안심이 되는 그 남자의 얼굴이.

"어, 저거 배 아냐?"

일곤이 가리키는 곳을 보니 밝은 선착장 쪽에서 불빛이 흔들리는 것이 보였다.

"배, 배다! 애들 깨워! 여기 사람 있어요! 살려 주세요!"

높은 파도 때문에 배가 심하게 흔들렸다. 하지만 선장은 능숙한 솜씨로 배를 몰아 섬의 유일한 선착장에 댔다.

"다 왔어!"

형준은 배에서 내리기 전에 선장에게 물었다.

"여기서 기다려 줄 수 있어요?"

"뭐? 그런 약속은 안 했잖아."

"더 드릴게요."

"아, 싫어, 싫어. 미신은 안 믿지만 여기는 내키지가 않아.

내일 아침 일찍 올게."

"더 드린다니까요. 한 시간만 기다려 주세요. 섬이 크지도 않으니까 금방 찾아 올게요."

선장은 내키지 않는 목소리로 대답했다.

"따블이라 이거지?"

"에이 그거는 좀……."

"그러니까 내일 보자니까."

"따블 오케이!"

"오래는 못 있으니까 얼른 다녀와!"

"알겠습니다!"

섬은 어둡기만 했다. 아무것도 보이지가 않았다. 형준은 일단 길처럼 보이는 곳을 따라 가다 희미하게 들려오는 소리를 들었다. 소리를 듣기 위해 걸음을 멈추고 귀를 기울였다. 파도 소리에 묻혀 제대로 들리지 않았지만 분명 사람 소리였다. 산 위쪽이었다. 형준은 방향을 바꿔 빠른 속도로 산을 오르기 시작했다.

일곤이 화미를 부축해 내려가고 정욱과 소영이 뒤를 따라 산을 내려갔다.

"빨리 내려가자. 여기 사람 있어요! 가지 마세요!"

일행은 배가 들을 수 있기를 기대하며 계속 고함을 질렀다.

무리해서 내려오니 관절이 아플 정도였다.

"난 더 이상 소리 못 지르겠어."

"조금만 더 내려가면 돼. 조금만 참아."

앞서 내려가던 일곤이 주춤 거리며 멈췄다. 뭔가가 아래쪽에서 무서운 기세로 달려 올라오고 있었다. 일곤은 일행을 길옆 숲으로 숨기고 자신도 숨었다. 올라오던 괴한이 지나치려는 순간 낌새를 느끼고 일곤이 있는 쪽을 돌아보았다. 일곤은 칼을 꺼내 들고 상대에게 덤벼들었다. 하지만 상대는 칼을 가볍게 피하며 일곤의 배에 주먹을 꽂아 넣었다. 주먹을 맞은 일곤은 마치 총을 맞은 듯 그 자리에 풀썩 주저앉았다.

"오빠!"

괴한이 뛰어나온 소영을 돌아보았다.

"소, 소영 씨?"

소영은 몸을 날려 형준에게 안기며 눈물을 터뜨렸다. 형준은 소영을 토닥였다.

"괜찮아요, 괜찮아요."

소영은 눈물을 훔치며 형준을 놓아주었다.

"저 때문에 오신 거예요?"

"아니 무슨 엠티를 이런 데로 와요."

일곤이 여전히 배를 움켜쥔 채 일어서질 못하고 있었다. 형준이 그를 일으켰다.

"소영 씨 친구예요?"

"네."

"미안해요. 갑자기 뛰어들어서 나도 모르게 그랬네요. 그래도 칼은 좀 위험했어요. 죽는 것도 문제지만 죽이는 것도 문제거든요."

형준은 주저앉아 있는 일곤을 일으켜 세웠다. 일곤은 아직도 숨쉬기가 곤란한지 숨을 헐떡이며 말했다.

"우리 편이라 다행이네요."

"자, 어서 내려가죠. 선장이 오래 못 기다리거든요. 일행이 전부 모인 건가요? 내가 알기론 다섯 명으로 들었는데."

"네."

일곤의 대답에 정욱이 물었다.

"무슨 소리야? 창룡이 형도 있잖아. 발전기 고치러 갔다며."

일곤은 정욱에게 진지한 얼굴로 말했다.

"그건 나중에 설명할 테니까 일단 내려가자."

"갑시다. 통성명은 내려가면서 하기로 하고."

형준은 일행을 데리고 산에서 내려왔다. 소영이 뒤따라오며 물었다.

"그런데 정말 여긴 어떻게 알고 왔어요?"

"소현이가 걱정하더라고요. 그래서 온 거예요."

"여기서 오빠 보니까 너무 반가워서 눈물이 다 날 지경이에요."

"너무 반가워하니까 쑥스러운데요?"

일행은 해안 선착장에 도착했다. 배는 여전히 그곳에 있었지만 올 때와 다른 것이 있다면 엔진이 꺼져 있다는 것이었다.

형준은 뭔가 달라진 분위기에 일행을 멈춰 세웠다.

"제가 가 볼게요."

일곤은 배 위로 먼저 뛰어올라갔다. 그의 뒤를 따라 형준이 올라탔다. 선장실에서 나온 일곤이 입을 틀어막고 나왔다. 형준이 들어가려 하자 일곤은 그의 팔을 잡아 들어가지 못하게 했다.

형준은 괜찮다는 듯 일곤의 손을 두드려 주며 안으로 들어섰다.

자세히 보지 않아도 선장은 이미 죽었다는 것을 알 수 있었다. 배가 갈라져 내장이 다 보일 정도로 상처가 심했기 때문이다. 강한 타격을 입은 듯 터진 것처럼 보였고 피부는 꺼멓게 죽어 있었다. 주변의 옷도 불에 탄 것처럼 그을린 채 구멍이 뚫려 있었다. 형준은 밖으로 나와 문을 닫았다.

"혹시 배 운전할 줄 알아요?"

일곤은 황당한 표정으로 바라보았다. 형준은 신경 쓰지 말라는 듯 손을 저어 보였다.

"미안해요, 긴장해서 헛소리가 나왔네요."

일곤의 눈엔 긴장했다는 말과는 달리 겉으로는 태연해 보이는 형준이 이상하게 느껴졌다. 그걸 의식한 듯 형준은 다른 말을 했다.

"선장실에서 본 건 친구들에게는 말하지 않는 게 좋겠네요."

"네."

일곤을 빤히 보던 형준이 물었다.

"일곤 씨, 저한테 할 얘기 없어요?"

일곤은 망설이다 고개를 끄덕이며 말했다.

"창룡이 형, 그러니까 발전기 고치러 갔다는 사람이 사실은…… 죽었어요."

표정이 굳는 형준의 안색을 살피며 말을 이었다.

"저 선장하고 비슷한 상태로 죽어 있는 걸 발견했어요."

"아무래도 섬에 뭔가 있는 것 같군요. 자, 일단은 같이 모여 있는 게 좋겠네요."

배에서 내린 형준과 일곤이 일행에게 향했다. 정욱과 화미는 배가 있는 사실만으로 여유가 생겼는지 소소하게나마 웃으며 얘기하고 있었지만 소영은 굳은 표정으로 형준과 일곤의 눈치를 살피고 있었다. 일곤인 형준에게 낮은 목소리로 말했다.

"창룡이 형 죽은 거, 소영이는 알고 있어요."

"소영 씨 쇼크 상태예요?"

"워낙 침착한 애라 보기에는 괜찮아 보이는데 속으로는 많이 놀랐을 거예요."

형준은 일곤에게 웃어 보이며 말했다.

"일곤 씨라도 침착해서 정말 다행이네요."

"형님이라고 불러도 되죠? 제가 보기엔 형님이 더 대단하시네요. 든든해서 좋습니다."

"저야말로 든든하네요."

"이제 어떻게 해야죠?"

"일단 여기는 위험하니까 벗어나야겠네요. 섬에 펜션 있다고 하지 않았나요?"

"펜션이요? 거기 화장실 욕조에서 시체를 발견해서 저희가 산으로 올라간 것이거든요."

"시체 상태가 어땠어요? 오래된 것인지 묻는 거예요."

"잘 모르겠어요. 거의 미라처럼 보였어요."

"그럼 괜찮을 거예요. 그리고 건물이 방어하기도 편하니까요."

펜션으로 다시 돌아가는 것이 찜찜했지만 형준의 확신에 찬 목소리가 왠지 믿음직스러웠다. 형준은 일행에 다가서자마자 밝은 톤으로 말했다.

"선장님이 자리를 비우신 모양이네요. 언제 오실지 모르니까 일단 펜션으로 가서 기다리죠."

형준의 말에 일행이 놀란 얼굴로 돌아보았다. 하지만 형준은 아무렇지도 않은 듯 웃으며 말했다.

"화장실 시체 얘기는 들었는데 그거 아마 가짜일 거예요. 알아보니까 여기서 할로윈 파티 같은 것도 많이 했다고 하더라고요."

그들은 미심쩍은 표정으로 형준을 바라보았다. 형준이 팔꿈치로 툭 치자 일곤도 덩달아 웃으며 말했다.

"그러고 보니까 시체치고는 좀 어설프긴 했어. 깨끗한 방도 있고 또 여기서 계속 밤바람 맞고 있을 수는 없으니까 일단 가자."

"선장 아저씨는 어디 가신 거예요?"

"아까부터 배탈이 나서 내일 아침에나 가자는 거 내가 졸라서 일찍 나가자고 했거든요. 그 새를 못 참고 어디 가셨나 보네요. 자, 자, 가죠. 날씨가 춥네."

형준은 정욱과 화미를 앞세워 펜션으로 향했다. 일곤은 소영의 팔을 잡고 뒤로 처져서 걸으며 물었다.

"소영아, 저 형님 뭐하는 분이야?"

소영은 예전의 일이 생각났는지 픽 웃으며 대답했다.

"해결사."

"뭐? 돈 받고 일 처리해주는 그런 해결사?"

"응, 그래도 오빠가 있으니까 든든하다."

일곤은 공감한다는 듯 고개를 끄덕이며 말을 이었다.

"나이가 어떻게 되셔?"

"한 살 많아."

"그래? 왠지 삼촌 같은 느낌이었는데. 어떻게 알게 됐어?"

"동네 오빠야. 내 남동생이랑 오빠 여동생이랑 친구거든."

"아 그렇구나. 혹시, 네가 좋아한다는 사람이 저 형님?"

소영은 별걸 다 묻는 다는 듯 일곤을 흘겨보았지만 싫지 않은 표정으로 대답했다.

"친오빠 같아서 좋아하는 오빠야."

일곤은 안타깝다는 듯 콧잔등을 찌푸렸다.

"안타깝네. 좋아하는 분은 따로 있다는 얘기군."

소영은 누군가를 떠올리며 흐뭇하게 웃으며 말했다.

"믿음직하기로는 형준 오빠보다 만 배는 더 믿음직한 사람이 있어. 아 그렇다고 형준 오빠가 믿음직하지 않다는 건 아니고."

"저 형님도 믿음직한데, 만 배라…… 난 상상도 안 가는데?"

소영은 기분이 나아졌는지 일곤을 툭 치며 말했다.

"장담하는데 직접 보면 온몸으로 느껴질 거야."

"오, 그럼 직접 볼 기회를 주겠다는 거야?"

"아니."

소영은 앞서 걷고 있는 형준의 뒷모습을 바라보며 암울했던 기분이 조금은 풀리는 것을 느꼈다. 그래서 그런지 멀게만 느껴졌던 펜션이 금방 모습을 드러냈다.

"생각보다 좋네."

형준은 주변을 둘러보며 경쾌하게 말했지만 다른 이들은 모두 긴장한 표정으로 나란히 섰다.

"좋기만 한데 뭘 그렇게……."

펜션으로 향하며 말하던 형준이 갑자기 동작을 멈추며 귀를 기울였다.

갯바람과 파도가 섞인 소리 말고는 아무것도 들리지 않았다. 그 정적이 왠지 불안하게 느껴졌다. 가장 불안하게 만든 건 심상치 않은 형준의 표정이었다. 형준은 손가락을 입에 대고는 조심스럽게 펜션 안으로 들어섰다.

기다려도 인기척이 들리지 않자 일곤이 말리는 친구들의 팔을 뿌리치고 조심스럽게 다가갔다. 현관 앞에 서는 순간 안쪽에서 요란한 소리와 함께 베란다 창문이 부서지며 뭔가가 튀어나왔다.

모두가 깜짝 놀라 비명을 질렀다.

펜션 마당으로 굴러 떨어진 형준이 벌떡 일어나 다시 펜션 안으로 뛰어 들어가며 외쳤다.

"도망쳐!"

형준의 말이 끝나기도 전에 누가 먼저랄 것도 없이 밖으로 도망쳤다. 격렬하게 부서지고 깨지는 소리가 들리지 않아도 그들의 달음박질은 멈추지 않았다.

"그만, 그만!"

숨이 턱까지 차오른 화미가 주저앉았다. 앞서 달리던 일곤이 되돌아와 화미를 일으켜 세웠지만 화미는 손을 뿌리치고 숨 쉬는 데 열중했다.

"어서 일어나!"

정욱과 소영은 불안한 듯 펜션 쪽을 돌아보았다. 이미 시야에서 벗어난 지 오래였지만 뭔가가 계속 쫓아올 것만 같았다. 갑자기 번개가 치고 천둥이 울렸다. 조금씩 오던 비가 다시 굵은 빗방울로 바뀌기 시작했다.

화미를 일으키다 펜션 쪽을 돌아본 일곤이 화미를 놓쳤다. 화미는 짜증 난 얼굴로 일곤을 노려봤지만 그의 시선은 한곳에 고정되어 있었다. 일곤의 시선을 의식한 일행이 그의 시선을 따라 뒤를 돌아보았다. 어둠과 굵은 비에 모습이 잘 보이지 않았지만 사람의 형상을 한 물체가 숲에서 걸어 나와 길 한가운데에 서는 것이 보였다. 일곤이 품속에서 칼을 꺼내 드는 순간 하늘이 번쩍이며 괴한의 모습이 선명하게 드러났다. 그 모습을 본 순간 모두의 입에서 발작적인 비명 소리가 터져 나왔다. 일곤은 자극하지 않으려는 듯 아주 천천히 뒤로 물러섰다.

"저, 저게 뭐야!"

"뭔지는 모르겠지만 아무래도 한 놈이 아닌 모양이다. 선착장으로 달려가. 천천히."

정욱과 소영은 잠시 망설이다 화미를 부축해 조심스럽게 이동하기 시작했다. 놈의 시선이 애들에게 향하는 것을 알 수 있었지만 움직임에 변화는 없었다. 갑자기 생각난 듯 일곤이 일행을 향해 큰 소리로 외쳤다.

"선장실은 들어가지 마!"

일곤의 고함 소리에 놈이 흠칫하며 일곤을 돌아보았다. 다시 한 번 번개가 쳤다. 일곤은 인상을 찌푸리며 중얼거렸다.

"정말 구역질 나게 생겼네."

놈은 외형으로 보나 행동으로 보나 사람이 분명했다. 하지만 얼굴과 피부의 상태를 보면 사람이라고 판단하기 어려운 상태였다. 피부는 불에 탄 것처럼 시커멓게 변해 있었고 팽이버섯 모양의 크고 작은 혹들이 온몸에 퍼져 있어 보기만 해도 소름이 끼쳤다. 일곤은 쉽게 움직일 수가 없었다. 그가 움직이면 대치 상태가 깨질 것 같았다. 둘은 그렇게 마주 선 채 좀처럼 움직이지 않았다.

"빨리 달려!"

"화미야, 처지지 마!"

소영도 이미 다리가 풀린 상태였지만 있는 힘을 다해 화미를 끌고 달렸다. 자꾸 주저앉으려는 화미를 부축하며 가려니 속도가 더욱 떨어졌다.

"제발 정신 차려!"

"다리에 힘이 안 들어가는 걸 어떻게 해!"

"여기서 다 죽자고? 형준 오빠도, 일곤이도 뒤에 두고 왔는데 정말 이럴 거니?"

소영의 고함 소리에 한동안 멍하니 있던 화미는 나무를 붙잡고 가까스로 일어나, 다시 부축을 받으며 뛰었다. 해변의 파도 소리가 들렸다. 소영은 저 멀리 수풀 사이로 보이는 선착장을 보며 큰 소리로 말했다.

"이제 다 왔어, 화미야. 조금만 더 가면 돼!"

그들이 숲을 거의 벗어날 때쯤 뒤쪽에서 나뭇가지가 부러지는 소리가 들렸다. 소영은 뒤를 돌아보았다. 어둠 속에서도 뭔가가 다가오고 있다는 것을 알 수 있었다.

"빠, 빨리! 빨리!"

소영의 말에 다급하게 도망치기 시작했다. 그 물체는 물살을 가르고 헤엄치듯, 수풀 사이를 헤치고 직선으로 다가왔다. 가로막혀 있는 나무는 가르고 풀을 베어 버리며 그들을 향해 무서운 속도로 다가왔다. 이 상태라면 선착장은커녕 수풀을 벗어나기도 전에 붙잡힐 것 같았다.

화미가 넘어졌다.

그들을 쫓는 물체와의 거리가 십수 미터로 줄었다.

소영은 포기하지 않고 거의 정신이 나가 버린 화미를 일으켜 이끌었다.

도망치는 그들 뒤로 거칠게 뿜어 대는 숨소리가 들릴 때쯤 소영은 우뚝 멈춰 서며 비명을 질렀다.

소영의 다리가 풀리며 그대로 주저앉았다. 화미는 거의 혼수상태였고 정욱도 하얗게 질린 얼굴로 몸이 돌처럼 굳어 버렸다.

그들 앞에는 전신이 은빛으로 뒤덮인 괴물이 우뚝 서 있었다.

눈은 짐승의 그것처럼 붉은빛을 발했고, 표피는 금속 조각으로 만든 모자이크처럼 거칠게 빛을 내고 있었다. 그들을 보고 있던 괴물은 하늘을 향해 괴성을 지르며 소영 일행을 향해 달려들었다. 소영은 눈을 질끈 감고 숨을 죽였다. 기적이 일어나기를 바라며.

일곤은 칼끝으로 흙바닥에 글씨를 쓰고 있었고 흉측한 모습을 한 남자는 그의 글을 곁에서 들여다보고 있었다. 일곤과 대치했던 그 괴한이었다. 일곤이 글을 쓰고 칼을 넘겨주자 그도 흙바닥에 글씨를 써 내려 갔다. 빗속에서도 그들의 필담은 한참 동안 계속되었다.

"그러니까 아저씨 말씀은 괴물이 아직도 여기에 있단 말이죠?"

일곤은 말을 하다가 그가 알아듣지 못하는 표정으로 바라보자 다시 땅에 적었다. 그는 글을 보고 나서야 고개를 끄덕였다. 일곤은 다시 바닥에 글을 적었다.

— 여기서 뭘 하는 거죠?

— 놀아.

— 논다고요? 이 지랄 맞은 곳에서?

— 그래. 죽이는 놀이를 하면서. 나도 붙잡혀서 이렇게 된 거고.

— 다행히 아저씨는 살았네요.

— 이게 다행으로 보여?

일곤은 멈칫하며 미안한 표정으로 고개를 숙여 보였다.

— 더 이상 할 얘기 없음 어서 섬을 떠나. 살고 싶으면.

일곤은 알았다는 듯 고개를 끄덕이다 불현듯 도망친 친구들 생각이 났다.

일곤이 벌떡 일어나 뛰기 시작하자 남자도 덩달아 일어나 불편한 몸을 끌고 일곤을 따라 움직이기 시작했다. 그는 불편한 다리를 절면서도 이미 멀어진 일곤을 꾸준히 따라갔다.

소영과 정욱은 화미를 끌고 선착장 위에 도착했다.

뭐가 뭔지 정신이 하나도 없었지만 정박해 있는 배만이 유일한 희망인 것처럼 생각하며 걸었다.

숲에서의 일은 지금도 영문을 알 수 없었다. 소영이 눈을 떠 보니 아무 일도 없었던 것처럼 그들만 남아 있었다는 것이다.

눈을 뜨니 뒤쫓아 오던 괴물도, 앞을 가로막았던 금속 괴물도 거짓말처럼 사라지고 없었다. 침대에서 눈을 떴다면 꿈이라고 착각할 정도였다.

갑판에 화미를 뉜 정욱이 입을 열었다.

"선장실에 구급약 있나 알아볼게."

"아니, 내가 갔다 올게."

소영은 선장실에 들어가지 말라던 일곤의 말을 떠올리고는 선장이 죽었다는 것을 직감했다. 창룡의 죽음을 감출 때도 일곤은 예민하게 반응했으니까.

소영은 선장실 안이 밖에서 보이지 않도록 조심스럽게 안으로 들어섰다. 들어서자마자 풍기는 피비린내는 그녀의 직감과 일치했다.

소영은 가급적 선장의 시체를 보지 않으려고 애쓰며 작은 선반 위에 낡은 구급상자를 들고 선장실 밖으로 나왔다. 화미는 여전히 반쯤 넋을 놓은 상태로 앉아 있었고 정욱은 그녀를 돌보는 자세로 앉아 있었지만 겉보기엔 정욱의 상태도 화미와 별반 차이가 없어 보였다.

"정욱아, 여기."

"아, 응."

정욱은 구급상자를 받아 내용물을 뒤적거렸다. 온통 외상 치료제뿐 진정제 비슷한 것은 보이지 않았다.

"도움 되는 건 하나도 없네."

정욱이 신경질 적으로 구급상자를 밀쳐 내자 소영이 상자를 끌어와 정욱 곁에 자리를 잡았다. 상자에서 외상 치료제를 꺼내 정욱의 팔에 나 있는 상처 위에 바르고 밴드를 붙여 주었다. 그걸 물끄러미 바라보던 정욱이 입을 열었다.

"미안해."

"뭐가."

"여기서 있었던 일 모두 다."

"미안할 거 없어. 운이 나빴던 것뿐이야."

"……."

정욱은 잠시 묵묵하게 있다 더 침울한 목소리로 말했다.

"난 정말 안 되는 거니?"

소영이 정욱을 바라보았다. 정욱은 시선을 마주하지 못하고 고개를 숙였다. 소영은 정욱의 또 다른 상처를 치료하며 답했다.

"네가 안 되는 게 아니라, 내가 안 되는 거야."

"……."

"가득 차 있는 컵에 물을 또 채울 수는 없잖아."

정욱은 천천히 고개를 끄덕이다 웃으며 말했다.

"대용량 컵을 하나 사 줘야 할 모양이네."

"아, 그 생각은 안 해 봤는데?"

소영도 함께 웃으며 무심코 시선을 돌렸다. 선착장 쪽을 바라보던 소영의 표정이 묘하게 변했다. 선착장엔 누군가 서 있었다.

정욱은 돌처럼 굳어서 움직일 줄을 몰랐다. 소영은 떨리는 손으로 갑판 위에 있던 어구를 집어 들었다. 그제야 정욱도 공구를 집어 들었다.

괴한은 터덕터덕 뱃머리 바로 앞까지 와서는 소영과 정욱을 바라보았다.

소영은 마른침을 삼키고는 기어 들어가는 목소리로 말했다.

"누, 누구세요?"

그는 소영의 말은 들은 채도 하지 않고 배에 올라타 다짜고짜 소영에게 손을 뻗었다.

"까아악!"

소영이 어구를 휘둘렀지만 괴한은 손으로 쳐서 튕겨 내며 그녀의 머리채를 휘어잡았다. 정욱이 튀어 오르며 공구로 괴한의 팔을 내려치고는 소영 앞을 막아섰다.

"개새끼, 죽여 버린다!"

잠시 주춤한 괴한의 시선이 이번엔 정욱에게 향했다. 정욱의 뒤에 있던 소영이 떨리는 목소리로 물었다.

"창룡 오빠 죽인 게 너야?"

소영의 말에 정욱이 놀란 표정으로 돌아보았다.

"오빠 죽인 게 너냐고!"

괴한은 고개를 갸웃거리며 소영에게 다가서려 했고 정욱은 발작적으로 공구를 휘둘렀다.

"오, 오지 마!"

이번에 휘두른 공구는 아까와 달리 괴한에게 가볍게 제압당했다. 단번에 정욱을 때려눕힌 괴한은 소영을 돌아보았다.

그때 어딘가에서 다급한 목소리가 들렸다.

"그만둬!"

일곤이었다. 일곤은 피부가 검은 사내와 함께 선착장에 모습을 드러냈다. 소영에게 향해 있던 괴한의 시선이 일곤에게 돌아가자 일곤의 곁에 있던 검은 피부의 사내는 겁을 먹고 뒷걸음질 쳤다. 그러고는 불편한 몸으로 최대한 속도를 내 펜션 쪽으로 달리기 시작했다. 그의 몸짓은 보기에 안쓰러울 정도로 기우뚱거렸다.

괴한이 일곤에게 정신을 팔고 있는 사이 정욱이 온몸으로 부딪쳐 배 밖으로 밀쳐 냈다. 두 사람은 뒤엉켜 밖으로 떨어졌다. 정욱과 엉켜 떨어진 괴한의 손에서 파란 불꽃이 일어났다. 깜짝 놀란 정욱은 뒤로 몸을 굴려 멀찍이 떨어졌다.

괴한은 스파크가 튀는 듯한 파란 불꽃이 일어나는 손으로 정욱을 가리키며 천천히 일어섰다. 괴한의 표정이 일그러지며 정욱에게 달려들려는 순간 총소리가 섬 전체에 울려 퍼졌다.

갑작스러운 총소리에 놀라 모두가 동작을 멈췄다. 이어서 말 한마디 못 하던 괴한의 입에서 신음 소리가 흘러나왔다.

바다 멀리서부터 들리던 모터 소리가 선착장에서 멈춰 서더니 누군가 '영차' 하는 소리와 함께 내려섰다. 어두웠지만 소영은 그가 누군지 한눈에 알아봤다.

"도검 오빠!"

사실 도검을 직접 오빠라고 부르는 것은 이것이 처음이었다. 하지만 전혀 어색하지도 부끄럽지도 않았다. 소영은 스프링처럼 일어나 배에서 뛰어내려 도검의 품에 뛰어들었다. 도검은 약간 당황하는 것 같았지만 이 순간만큼은 아무래도 좋았다.

도검은 소영의 등을 토닥이는 것으로 답을 대신하며 자신의 뒤로 보내고 괴한을 바라보았다. 괴한은 피를 흘리는 팔을 움켜쥔 채 갑자기 등장한 도검을 노려보고 있었다.

그를 빤히 바라보던 도검이 말했다.

"그 손, 뭐야? 불꽃 같은 게 보였는데."

도검의 스피커 음향에 놀란 것은 정욱과 일곤만이 아니었다. 상처를 붙잡고 있는 괴한도 마찬가지였다. 괴한의 미간이 찌푸려지며 손에서 또다시 파란 불꽃이 일어났다.

그는 급작스럽게 손을 앞세워 도검에게 달려들었다. 도검은 파란 불꽃이 일렁이는 손을 피하며 괴한의 배에 주먹을 꽂았다. 주먹을 맞고 나동그라진 괴한은 도검을 노려보다 벌떡 일어나 숲 쪽으로 도망치기 시작했다.

도검의 괴력을 본 일곤은 자신감에 찬 목소리로 외쳤다.

"노, 놈이 도망쳐요!"

도검은 괴한을 쫓아가는 일곤을 팔을 들어 제지하며 말했다.

"놔둬. 더 큰 문제가 생겼으니까."

도검은 바다 쪽을 감시하듯 한번 훑어보고는 소영에게 물었다.

"형준이 못 봤나?"

소영이 놀란 얼굴로 대답했다.

"페, 펜션에요!"

"어느 쪽이지?"

소영이 손가락으로 가리키자 고개를 끄덕이고는 펜션으로 향했다. 소영과 그 친구들도 약속이나 한 듯 도검의 뒤를 따라 걷기 시작했다.

펜션 앞에 도착한 도검은 펜션 문을 걷어차 부수며 안으로 들어섰다. 안은 난장판이 되어 있었지만 사람의 흔적은 없었다.

"형준아! 오형준!"

도검은 1층으로 내려와 나가려다가 몸을 돌려 화장실 앞에 섰다. 그러고는 문을 박차고 안을 들여다보았다. 그곳엔 썩은 시체가 두 구가 있었다. 아니, 두 구가 아니었다. 한 구는 시체가 맞았지만 다른 한 구는 시체가 아니라 살아 있는 사람이었다. 도검의 왼팔에서 칼이 튀어나오자 시체 같은 자가 머리를 감싸 쥐며 잔뜩 웅크렸다. 두려워하고 있는 것이었다.

"잠깐만요, 아저씨!"

일곤이 안으로 뛰어 들어오며 막았다.

"저희 도와준 분이에요."

일곤의 말에 도검은 순순히 뒤로 물러섰다. 머리를 감싸고 있던 자는 눈을 가늘게 뜨고 일곤의 얼굴을 확인하고는 그제야 안심하며 일어섰다. 도검은 뒤집혀 있는 소파를 바로 놓고 앉으며 말했다.

"내 생각엔 모두들 배에 가 있는 게 좋을 것 같은데."

일곤이 조심스럽게 말했다.

“거기도 안전한 곳은 아니라서요. 거기보다는…….”

소영이 일곤의 말을 받아서 말했다.

“오빠랑 같이 있는 게 제일 안전할 것 같아요.”

도검은 일어서며 말했다.

“형준이를 찾으려면 나 혼자 움직여야 편할 것 같다. 선착장에 내가 타고 온 보트가 있어. 그거 타고 바다로 나가 있어. 너무 멀리 가진 말고.”

“바다요?”

도검은 농담인지 아닌지 알 수 없는 말투로 말했다.

“멀리 나가다 잠수함이라도 만나면 곤란하거든.”

“진심으로 말씀하시는 거예요?”

“혹시나 섬에 무슨 일이 생기면 무조건 동쪽으로 달리면 된다. 동쪽.”

소영이 걱정스러운 얼굴로 물었다.

“무슨 일이라뇨?”

“보면 알게 될 거야.”

“뭐 알고 계신 일이라도 있어요?”

도검이 산 쪽을 돌아보며 대답했다.

“난 이만 형준이 찾으러 가야겠다. 아 참, 혹시 이곳에서 괴상한 거 못 봤나? 온몸이 금속인데 마치…….”

“혹시 쿠킹 포일 구겨 놓은 것처럼 생겼나요?”

도검은 고개를 끄덕이며 낙심한 표정으로 말했다.

"역시."

"와, 제가 헛것을 본 게 아니었네요. 근데 그걸 오빠가 어떻게……."

"나도 본 것 같아서. 자, 나중에 보자고. 구겨 놓은 쿠킹 포일이라……."

도검은 중얼거리며 장난스럽게 웃었다.

소영은 도검이 펜션 뒤쪽 산속으로 사라질 때까지 지켜보다 선착장으로 발걸음을 돌렸다. 곁에서 묵묵히 지켜보던 일곤이 소영을 따라나서며 물었다.

"숲에서 뭘 본 거야?"

"나도 잘 몰라."

소영은 뒤를 한 번 더 돌아보고는 다시 발걸음을 옮겼다.

그런 소영의 눈빛을 보고 일곤이 물었다.

"이런 상황에서 물어보는 건 좀 그렇지만 말이야, 혹시 네가 좋아한다는 사람이……."

"자, 서두르자."

소영은 일곤의 말엔 대꾸도 하지 않고 빠른 걸음으로 부지런히 걸었다.

"야, 야! 그런 반응이면 더 의심스럽잖아!"

섬 가까이 위치한 바다. 수면 위로 파이프 모양의 장비가 올라와 섬을 주시하듯이 두리번거렸다. 해안을 다 둘러본 장비는 다시 수면 아래로 가라앉으며 바닷속에 있는 잠수함 선체 안으로 모습을 감췄다.

"함장님, 도착했습니다."

잠수함 주조정실에서 등을 돌린 채 레이더를 주시하고 있던 함장은 몸을 돌려 대기하고 있던 수행원을 돌아보았다. 일반적인 해군의 제복과 달리 함장의 복장은 평범한 감색 정장이었다. 함장은 고개를 한 번 끄덕이고는 밖으로 나섰다.

'특수작전실'이라 새겨져 있는 방에 들어서자 열여덟 명의 군인이 다이버 슈트에 위장 크림을 바른 채 각자의 장비를 챙기고 있었다. 함장의 등장에 자리에서 일어섰지만 정확히 말하면 일어서는 시늉만 하고 있을 뿐 누구도 군기 든 모습은 보이지 않았다. 함장도 그들의 태도에 익숙한 듯 앉으라는 손짓을 하며 말했다.

"방금 기관으로부터 수정된 작전 지시를 받았다. 원래 작전인 목표물 이송 외에도 몇 가지 부가 임무가 추가되었다. 이송 작전 후에 이곳 전체를 백지화하고 철수한다."

"백지화라고요?"

대원 중 한 명이 의외라는 듯 물었다. 함장은 고개를 끄덕이며 대답했다.

"외부 민간인 아홉 명도 대상에 포함된다. 1팀은 목격자 제거, 2팀은 목표물 이송, 3팀은 시설 파괴를 한다."

"아홉 명이라고요? 그중에 세 명은 우리 쪽 인원 아닌가요?"

함장은 확고한 표정으로 다시 한 번 말했다.

"민간인 아홉, 명, 도, 대상에 포함된다."

질문했던 대원이 주눅 든 표정으로 말꼬리를 내리자 또 다른 대원이 손을 들고 질문했다.

"시설에 있는 파수대원도 포함입니까?"

"자네는 몇 팀인가?"

"2팀입니다."

"그건 1팀 임무다. 더 이상 질문 없나?"

대원들이 서로를 힐끗 보았지만 손을 드는 사람은 없었다. 함장은 고개를 끄덕이며 말했다.

"항상 긴장의 끈을 놓치지 말 것. 이상."

대원들은 동그란 모양의 해치 앞으로 나란히 줄을 서서 바다로 배출되기를 기다렸다.

허공에 뜬 도검의 육중한 몸은 작은 나무 몇 그루를 부러뜨리고 바위에 부딪히고 나서야 바닥에 떨어졌다. 형준이 집어던진 힘이 강했던 탓이다.

"이런 젠장……."

바위에 부딪힌 어깨를 주무르며 일어섰다. 도검은 경계를 풀지 않고 주변을 맴돌며 형준을 주시했다. 형준은 붉은 눈빛으로 도검을 노려보다 머리를 감싸 쥐며 그 자리에 주저앉았다. 약효가 발휘됐는지 난폭하게 굴던 형준이 고개를 숙이고 가만히 있었다. 금속 빛깔을 띠던 형준의 몸에서 광택이 사라지며 점차 제 색깔로 돌아오기 시작했다.

"아, 머리 아파."

"난 척추가 부러질 뻔했다고."

"이젠 환청이 다 들리네. 어디서 곰탱이 목소리가……. 엥? 혀, 형이 여긴 어쩐 일이야?"

"……."

"언제부터 여기 있었어?"

도검은 진정제를 담았던 빈 용기를 형준 앞에 떨어뜨리며 말했다.

"언제부터 있었을 것 같아?"

형준은 빈 용기를 보고는 숲에 던져 버리며 말했다.

"내가 좀 흥분했나 보네."

"농약 처먹은 멧돼지마냥 온 산속을 다 뒤집고 다녔으면서 좀 흥분한 거다? 너 마인드 컨트롤인가 뭔가 하고 있기나 한 거냐?"

"엄청나게 하고 있다고. 그런데 이번 것은 전혀 기억이 안 나네."

"기억 안 나는 게 네놈 신상에 좋을 거다."

"설마 내가 또 형 집어 던진 거야?"

"기억 안 나는 거 확실해? 감정이 느껴지는 건 그냥 기분 탓이겠지?"

"그, 그럴 리가 없잖아? 난 전혀 기억이 나지 않는다고."

형준은 벌떡 일어섰다.

"아 참! 내가 이러고 있을 때가 아니야. 어서 소영 씨를 구해야 해!"

"네 영혼이나 구해."

"소영 씨 본 거야? 모두 무사해?"

"우리만 가면 된다."

형준은 도검과 함께 나란히 산을 내려가기 시작했다.

"그런데 여기는 어떻게 알고 왔어?"

"이유는 모르겠지만 기관에서 이 섬에 개를 풀었어. 빨리 빠져나가는 게 좋아."

"기관이? 그럼 살인 사건도 기관의 짓이란 거야?"

"의도인지 사고인지는 모르지. 지금까지의 상황을 보면 대충 짐작이 가긴 하지만. 그건 그렇고 대체 어느 놈이 네 신경을 긁은 거야?"

"펜션에 들어간 것까지는 기억이 나는데 그 이후로는 하나도 기억이 안 나."

"핀이 제대로 나갔군. 마인드 컨트롤 훈련을 열심히 했다면 있을 수 없는 일이지. 차 박사님이 실망이 크시겠어."

"무, 무슨 소리 하는 거야? 차 박사님 야동 탐색보다 만 배는 더 열심히 하고 있다고."

"그건 차 박사님이 알아서 판단하시겠지."

"지금 협박하는 거야?"

"그것도 차 박사님이 알아서 판단하시겠지."

"정말 이럴 거야? 추잡하게?"

"그 또한 차 박사님이……."

"치킨 한 마리."

도검이 우뚝 멈춰 서며 말했다.

"이 자식이 날 뭐로 보는 거야? 네가 정신 줄 놓는 순간 수백 명이 억울하게 죽을 수도 있다고. 그런 중차대한 문제를 장난처럼 생각하는 거야?"

잠시 심각한 표정으로 생각하던 형준이 말했다.

"두 마리. 프라이드와 양념."

도검은 팔짱을 끼며 대답했다.

"그거 받고 스모크 한 마리 더."

"아 됐어! 일러, 일러! 동생 약점 잡아서 등이나 처먹는 인간하고는 협상 안 하는 게 원칙이야!"

"수백 명의 목숨을 치킨 한 마리하고 바꾸자는 거냐?"

"왜 얘기가 그렇게 되는 건데? 됐으니까 형 맘대로 해!"

"알았다, 알았다. 자식, 네가 강하게 나오면 내가 또 약해질 수밖에 없잖아. 좋아, 두 마리, 콜!"

"두말없기다."

"내가 한입 가지고 두말하는 거 봤냐?"

"한 2백만 번쯤?"

"……."

일곤은 보트에 시동을 걸고 있었다. 요령은 들었지만 쉽사리 걸리지가 않았다.

"아, 걸렸다!"

보트는 경쾌하게 미끄러졌다. 바로 그 순간 어디선가 총성이 울리며 총알이 날아왔다. 조금만 시동이 늦었어도 그 총탄에 일곤이 쓰러졌을 것이다. 보트가 갑자기 움직이는 바람에 총이 빗나간 것이다.

그것을 시작으로 보트 주위로 사방에 총알이 날아들었다.

드르륵거리는 총소리에 모두 보트 위에 납작 엎드렸다.

"일곤아, 너 어깨!"

"응?"

일곤은 총알에 뚫려 피로 엉망이 된 어깨를 보고는 놀란 듯 주저앉았다. 소영은 놀란 가슴을 애써 외면하며 보트의 키를 잡았다.

해변으로 나가려던 형준이 몸을 숨기며 중얼거렸다.

"저것들 뭐야……."

다이버 복장을 한 군인들이 총을 쏘며 도검이 타고 왔던 보트에 점점 접근하고 있었다.

도검은 형준의 머리를 눌러 납작 엎드리게 했다. 군인들 중에 하나가 무릎쏴 자세를 하고 보트를 향해 소형 미사일 런처를 어깨에 얹는 중이었다.

도검은 왼팔을 들어 소음기를 총신 끝에 달고 오른쪽 눈을 스나이퍼 모드로 바꾸어 런처의 탄두를 겨냥했다. 발사된 총알은 탄두를 터뜨려 폭발시켰다. 주변에 접근하던 다른 군인들은 동료의 폭발에 몸을 잔뜩 낮추며 주위를 경계했다. 모두들 당황한 기색이 역력했다. 도검은 군인들을 하나둘 쏘아 쓰러뜨렸다.

군인 중 하나가 날 선 목소리로 말했다.

"대체 어디서 날아오는 거야!"

"해마, 해마. 당소 1팀. 해마 응답하라."

1팀은 여섯 명 중 벌써 세 명을 잃고 산을 정면으로 하여, 바위 뒤쪽에 몸을 숨겼다.

— 1팀. 상황보고 하라.

"복병이다. 대원 셋을 잃었다."

— 뭐라고?

"섬에 무장한 집단이 있는 것으로 추측된다."

— 무력 집단 제거에 주력하라.

"지원은?"

— 지금부터 10분 뒤에 2팀을 투입하겠다. 계획에 차질이 없도록 진행하기 바란다. 이상.

사내는 이어폰을 잡아 떼어 버렸다.

"재수 없는 새끼!"

"뭐랍니까?"

"10분 뒤에 2팀을 투입한단다."

"10분 뒤라고 말입니까?"

"2팀이 도착하기 전에 해결하란 뜻이겠지."

"내 그럴 줄 알았지. 그나저나, 전문가 솜씨입니다. 탄도 방향조차 알 수가 없습니다."

"고글을 사용하고 있을 거다. 맨눈으로 이렇게 어두운 곳에서 그렇게 정확히 쏠 순 없어."

"젠장, 장비를 너무 가볍게 챙겨 가지고 나왔어."

"일단 산으로 들어간다. 넌 왼쪽, 넌 오른쪽, 난 정면. 디렉터는 10초에 한 번 작동하도록 한다. 한 명이 당했을 경우 그곳으로 이동한다. 질문 있나?"

"없습니다."

"움직여."

"일곤아 괜찮아?"

"응, 스친 것뿐이야. 이젠 어쩌지?"

"모터가 총에 맞은 모양이다. 박살 났다."

"소영아, 화미 좀 진정 시켜라. 기절하기 직전이다."

"저놈들은 또 뭘까?"

정욱은 도낏자루가 총이라도 되는 듯이 꼭 붙잡고는 보트의 밑바닥에 납작 엎드린 채로 입을 열었다.

"이젠 놀랍지도 않아."

일곤은 옷을 찢어 상처를 동여매고는 그대로 누워 있었다.

"집 안에 시체가 있질 않나, 괴물같이 생긴 사람이 있질 않나, 로보캅이 나타나질 않나. 이젠, 무장 군인들이군. 참 나…… 이거 혹시 몰래카메라 아니야?"

"정말 군인일까?"

"보면 몰라? 우리나라에서 총을 저렇게 쏴 대는 인간들은 군인밖에 없어."

"아까 그 덩치 큰 사람도 총이 있었잖아."

"그 사람은 특수한 케이스고. 뭐하는 사람인지는 모르지만."

"왜 군인이 우리를 공격하는 거지?"

"모르긴 몰라도 이 섬이 아주 중요한 곳인 것 같아. 젠장, 우리가 놀러 온 곳이 군의 비밀 시설이 있는 곳이라면, 출입 금지 구역에 침입한 게 되니까 모든 게 설명이 되잖아?"

"그러면 아예 못 들어오게 막아 놨어야 정상 아냐?"

"정상이 아니니까 이 난리가 난 거겠지."

피부가 까맣게 변한 사내는 머리를 감싸 쥔 채로 보트의 구석에 더욱 웅크렸다. 그를 보며 일곤이 말했다.

"한마디로 우린 오늘 똥 밟은 거야. 설사 똥."

정욱은 주변을 두려운 눈으로 바라보며 중얼거리듯 말했다.

"이젠 어쩌지?"

그의 질문에 대답하는 사람은 아무도 없었다.

숲으로 들어선 1팀은 최대한 시야를 확보하려 했으나 워낙 어두웠기 때문에 사물을 분간하기가 어려웠다. 산으로 진입한 지 얼마 지나지 않아 1팀장 앞쪽에 뭔가가 떨어지는 것을 보았다. 그는 프로답게 소리 나는 쪽이 아닌 그 위쪽을 향해 총을 겨누었다.

그 순간 배에 뭔가가 꽂히는 것이 느껴졌다. 나뭇잎이 깔린 땅에서 칼이 튀어나와, 배를 찔러 가르고 있었다. 순식간에 벌어진 일이었다.

거대한 덩치의 사내가 나뭇잎을 떨어내며 일어나 모습을 드러냈다. 사내는 지체 없이 다른 쪽으로 뛰어갔지만 그 모습을 보면서도 그가 할 수 있는 것은 아무것도 없었다. 갈라진 배 사이로 쏟아지는 내장을 보며 앞으로 힘없이 쓰러졌다.

도검의 열 탐지기엔 두 사람이 보였다. 두 사람의 격렬한 몸동작으로 봐서 격투를 벌이고 있는 듯했다. 숲을 헤치고 급하게 달려 나가자 형준이 군인에게 맞아 쓰러지는 것이 보였다. 도검은 쓰러진 형준에게 총을 겨누는 군인의 머리를 향해 총을 쏘았다. 피와 뇌수가 사방으로 튀었다.

도검은 벌떡 일어나는 형준에게 다가갔다.

"괜찮아?"

"휴우, 닭 세 마리 사 줄게. 죽는 줄 알았어."

"아직 한 명 더 있다."

형준은 얼굴에 튄 피를 대충 손으로 훔쳐 내며 주변을 두리번거렸다.

"어느 쪽이야?"

"저쪽. 다시 해변으로 내려가고 있어."

"애들을 인질로 할 생각인 건가?"

"그건 아닐 거다. 어쨌든 저놈은 산 채로 잡아야겠어."

"해마! 당장 지원팀 보내!"

— 상황은?

"다 죽었다고 멍청아! 팀장 디렉터도 사라졌단 말이다!"

— 2팀 투입한다.

통신을 끝낸 군인은 숨을 거칠게 쉬며 전력을 다해 보트를 향해 달렸다. 보트에 다다랐을 때 무릎이 꺾이며 나동그라졌다. 오른쪽 다리의 무릎 아래가 떨어져 나갔기 때문이었다. 이어서, 땅을 짚고 있던 팔목이 날아갔지만 군인은 비명 소리 하나 내지 않았다. 노출된 공간에서의 비명은 더 멀리까지 퍼져 나가기 때문이었다.

"프로답군."

숨을 헐떡이고 있는 군인 뒤로 스피커 음향이 들려왔다. 도검이었다.

군인은 남은 손으로 총을 들었지만 도검의 간단한 동작에 금세 빼앗겼다. 도검은 사내의 어깨에 새겨져 있는 뱀 문양의 문신을 확인했다.

"역시 기관의 침투팀 녀석들이었군. 장비를 보면 훈련은 아닌 것 같고. 여기서 뭣들 하는 거야? 이 섬에 뭔가 있는 건가?"

군인은 도검을 무섭게 노려보았지만 입은 열지 않았다. 도검은 군인의 귀에 걸려 있던 이어폰을 빼앗아 자신의 귀에 꽂았다. 상대방은 사무적인 목소리로 말을 하고 있었다.

— 2팀 도착 5분 전.

도검은 목소리를 듣자마자 군인의 목덜미를 집어 들었다. 그는 저항했지만 이미 피를 많이 흘려 기운이 빠진 탓에 아무런 소용도 없었다.

도검이 수신호를 하자 보트가 다시 선착장으로 돌아왔다. 도검은 군인을 든 채 보트에 올라탔다. 형준은 다친 일곤의 상처를 살펴보았다.

"어디서 다친 거야?"

"느닷없이 총알이 날아왔다더라고. 아마도 저 군바리들 짓이겠지."

"일단 피하자. 몇 분 뒤면 놈들이 더 몰려올 거야. 놈들이 잠수함으로 접근하고 있으니까 보트에 있는 건 곤란해. 민간인까지 건드릴 줄은 몰랐는데, 이렇게 나오는 이상 끝장을 봐야지."

일행은 모두 놀란 듯이 눈을 동그랗게 하고는 말없이 도검을 바라보았다.

"산에 봐 둔 곳이 있으니까 일단 먼저 이동해. 이제 3분밖에 안 남았어."

"형은?"

"어서 가."

형준은 일행들을 데리고 산을 향해 달리기 시작했다. 도검은 들고 있던 군인을 보트 위에 내려놓았다. 그는 숨만 쉬고 있을 뿐 이미 살아날 가능성은 없어 보였다. 그를 빤히 바라보던 도검은 그를 번쩍 들어 바다에 던졌다. 가라앉는 모습을 확인하고는 산을 향해 달렸다.

해안에 도착한 2팀 대원들은 주위를 경계하며 각각 은폐물에 몸을 숨겼다. 그중 한 대원이 해변의 한복판에 누워 있는 시체를 바라보며 조용히 읊조렸다.

"우린 다시 2개조로 나눈다. 종명, 세원, 철진은 산으로 방향을 좁혀서 방해물을 제거한다. 원상, 용호는 나를 따라 목표물에 접근한다."

대원들은 디렉터를 작동시켜 자신의 위치를 팀원들에게 알렸다. 팀장은 시체 주변에 찍혀 있는 발자국을 따라 이동했다. 두 명의 대원이 그를 따라 그림자처럼 일정한 거리를 두고 이동했다. 팀장은 조용하면서도 빠른 걸음으로 길을 따라 뛰었다.

길 끝엔 2팀의 목표 지점인 집이 있었다. 팀장은 손으로 양옆의 대원에게 지시를 내렸고 각각 집의 양옆으로 갈라져 탐색에 들어갔다. 팀장은 집의 정문으로 들어섰다. 먼저 이동한 대원 한 명이 2층 난간 유리창을 소리 없이 잘라 내고 있었다. 이어폰을 통해 또 다른 대원의 목소리가 들렸다.

— 팀장님, 너무 조용한 것 같습니다. 집 전체가 죽은 것 같습니다.

"방심하지 마라. 집 안으로 진입한다."

팀장이 말을 끝마치고 안으로 뛰어들려는 찰라, 2층의 유리창이 요란하게 깨지며 위에 있던 대원이 튕기듯 밖으로 떨어져 내렸다. 팀장이 2층을 보니 빠르게 모습을 감추는 그림자가 언뜻 보였다. 팀장은 2층을 향해 발포했다. 소음기 때문에 총소리는 크지 않았지만, 유리창이 산산조각 나는 바람에 소리가 총소리 못지않게 요란했다.

"엄호해!"

나머지 대원에게 엄호를 맡긴 팀장은 문을 걷어차며 안으로 들어갔다. 가구만 있을 뿐 사람의 모습은 어디에도 보이지 않았다. 그때 2층에서 인기척이 느껴졌다.

"2층."

팀장은 조심스럽게 경계하며 계단을 올랐다. 시야에는 위협요인이 없었지만 그의 등골을 떨리게 하는 살기는 계속 느껴졌다. 무심코 위를 보았을 때 당황했지만 이미 늦었다.

기다렸다는 듯 천장에서 뭔가가 떨어져 내리며 그를 덮쳤다. 상대가 자신의 목을 노린 것을 알고 팔을 들어 막았다. 따끔한 통증과 함께 팔에서 피가 쏟아져 나왔다.

팀장은 공격을 막는 순간 총을 발사했지만 어느 틈엔가 그것은 팀장의 뒤로 돌아가 총을 걷어차서 떨어뜨렸다. 팀장은 간격에서 벗어나기 위해 뒤로 껑충 뛰며 물러났다.

그의 앞엔 검은색 복장의 여자가 서 있었다. 그녀는 팀장이 미처 전투태세를 갖추기 전에 나는 듯이 달려들었다. 팀장은 방어에 급급해 점점 밀렸다. 멀리 계단에서 총을 든 팀원이 금세 쏠 기세로 달려 올라오는 것을 보고는 큰 소리로 외쳤다.

"쏘지 마!"

팀장은 반사적으로 몸을 바닥에 밀착시켰고, 동시에 그녀는 공중으로 뛰어올랐다. 대원의 총알이 그들 사이를 그대로 지나 복도 반대편 벽에 박혔다. 유연한 자세로 공중에서 회전을 하던 그녀는 발을 뻗어 대원의 얼굴을 걷어찼다. 그 틈을 노려 팀장이 그녀에게 반격하자 그녀는 계단 아래로 몸을 날렸다.

제법 큰 나무 뿌리 밑의 공간이어서 그들 여섯이 들어가기엔 충분했다. 습한 흙냄새가 진동했지만 그것에 대해 불평하는 사람은 아무도 없었다. 모두 해안에 있을 때보다는 안정된 모습이었다. 정욱만이 화미를 미친 듯이 흔들고 있었다.

"화미야, 정신 좀 차려 봐. 화미야."

일곤은 그런 정욱을 보며 머리를 가로저으며 말했다.

"그냥 둬라. 지금 정신을 차릴 수나 있겠냐? 나도 지금 반 미친 상태라고. 꿈꾸는 거 같기도 하고."

일곤은 토굴의 벽에 기대어 있다가 그들을 따라온 검은 피부의 남자를 돌아보았다. 일곤은 그에게 막대기를 쥐여주며 달빛이 비치는 바닥에 글씨를 쓰기 시작했다. 일곤이 필담으로 이름을 묻자 그는 자신의 이름을 적어 주었다. 일곤은 일행에게 말을 전했다.

"이 아저씨 이름이 병삼이래. 하도 정신이 없어서 이제야 이름을 물어보네."

하지만 아무도 그에게 관심을 갖지 않자 다시 병삼과 필담을 나누기 시작했다. 밖의 상황을 돌아보고 온 형준이 토굴 안으로 들어서자 소영이 반색하며 말했다.

"아무 일 없어요? 얼마나 걱정했었는데요."

"소영 씨가 저를요? 정말이에요?"

"당연하죠."

"기분 좋네요. 이제 곧 모든 게 끝날 거예요. 조금만 참아요."

"도검이 오빠는요?"

"곧 올 거예요."

필담을 나누던 일곤이 형준을 돌아보며 물었다.

"저기, 형님. 아까 총 쏜 놈들이 누굽니까?"

"군인 같긴 한데 확실하지는 않아요."

일곤은 의심스러운 눈으로 다시 물었다.

"형님은 뭔가 알고 있죠? 그렇죠?"

"나도 몰라요. 뭐가 뭔지."

뭔가 더 말을 하려던 일곤은 입을 다물었다. 형준은 모여 있는 사람들의 상태를 확인하고는 모두를 향해 말했다.

"우린 여기 있다가 상황 봐서 빠져나갈 거예요. 살아서 나가는 게 중요하니까 제 말을 잘 따라 줘야 합니다. 알겠죠?"

말을 못 알아듣는 병삼을 제외하고는 모두가 고개를 끄덕여 대답했다.

팀장과 대원은 계단 아래로 쫓아 내려갔으나 방금 도망친 여자의 모습은 보이지 않았다. 주변을 좀 더 자세히 살피자 올라올 때는 발견하지 못한 문이 계단 아래쪽에 하나 있었다. 문을 열고 들어서니 아래로 향하는 계단이 있고 그 끝나는 곳에 철문이 닫혀 있었다.

철문은 전자식 잠금장치를 제외하고는 매끈한 강판으로 되어 있었다.

"팀장님, 이건 원래 지도하고 다른 위치인데요?"

"열어 보면 알겠지."

팀장이 주머니에서 카드 키를 꺼내 카드 자물쇠에 꽂고 렌즈에 눈을 가까이 했다. 잠시 후 전자장치에 녹색 불빛이 들어오며 문이 열렸다. 팀장은 거보란 듯 대원에게 고개를 끄덕여 보였다.

그들은 총을 앞세워 안으로 들어섰다. 냉기가 그들 주변을 감쌌다. 깜깜했던 곳에 전등이 자동으로 들어오며 나란히 준비되어 있는 여러 벌의 방한복이 모습을 드러냈다.

방한복 앞을 지나 원형으로 되어 있는 문을 향해 다가갔다.

팀장이 카드 키를 꺼낼 때 그들의 뒤쪽에서 여자의 목소리가 들렸다.

"기관원이었군."

팀장과 대원은 순간적으로 뒤쪽을 향해 총을 겨누었다. 2층에서 그들을 공격했던 여자가 팔짱을 낀 자세로 서 있었다. 약간 지친 듯 서 있는 여자는 여기저기 긁힌 모습으로 땀을 흘리고 있었다. 팀장은 자신을 노려보고 있는 여자에게 말했다.

"어디서 전투라도 벌이고 왔나?"

여자는 비꼬는 듯한 팀장의 말을 무시하고 소속을 밝혔다.

"난 파수대 소속이다."

여자의 말에 대원은 물론 팀장도 살짝 놀랐다.

"파수대라고?"

파수대라면 기관의 중요 기물을 지키는 것을 목적으로 하는 특수 목적 부대 중 하나였다.

지키는 것이 유일한 목적이기 때문에 조금만 따분해져도 집중력이 떨어지는 일반 병사로 구성하지 않고, 기관 전략에 따라 어릴 때부터 키운 병력으로만 구성한다는 소문 때문에, 용병들 사이에서는 괴짜 부대로 통했다.

"파수대에 여자가 있다는 소리는 못 들었는데."

여자는 콧방귀를 뀌며 대꾸했다.

"이 상황에서 성 역할 따지는 등신은 어디 소속이신지?"

"뭐라?"

발끈하는 대원을 막으며 팀장이 대신 대답했다.

"기관 용병 부대 해마2팀이다."

여자는 멀뚱히 바라보다 입을 열었다.

"다이버 부대가 여기서 뭐하는 거야? 당신들에 대해서는 연락을 못 받았거든."

"실험체 이송 작전이다. 실험체 이탈이 감지됐거든."

여자는 땀을 닦으며 말했다.

"사, 상황 정리는 됐어. 이미 냉동 처리까지 됐으니까. 명령서나 꺼내 봐."

"긴급 작전이다. 문서 같은 게 있을 리가 없잖아."

여자는 여전히 의심스러운 듯 말했다.

"내 말이 그 말이야. 왜 정식 인수인계 루트를 통하지 않고 이렇게 잠수함까지 동원해서 쳐들어왔냐는 거지."

"누군가 진작 했어야 할 보고를 누락시켰으니 이렇게 올 수밖에."

여자는 노려보기만 할 뿐 반박을 하진 못했다.

팀장은 상부 지시를 떠올렸다. 상부 지시는 분명 '전원 말살'이었다. 그 말인즉슨 앞에서 인상을 쓰고 있는 파수대원도 그 대상이란 얘기였다. 팀장은 미소를 지으며 말했다.

"자, 그럼 들어가도 될까?"

"아, 잠깐만. 저 괴물을 고작 두 명이서 옮기겠다는 거야?"

"2미터 사이즈의 캡슐이라고 들었다. 전동 캐리어라면 충분할 것 같은데 다른 문제라도 있나?"

"당신들 아는 게 아무것도 없구나. 잘 들어. 사이즈가 문제가 아니야. 실험체를 저 냉동고에 처넣는데 얼마나 많은 손실이 있었는지 아나?"

"실험체 부작용으로 약간의 난동이 있었다고 알고 있다."

"전투 병력 열다섯에 연구원 다섯이 죽었는데 약간이라고? 연구팀장은 아직도 저 냉동고 안에 갇혀 있어! 그런데 약간이라고?"

"멍청하게 실험체를 놓친 탓이잖아."

여자가 이를 으드득 갈았다. 그렇게 찾아도 보이지 않던 놈은, 어딘가에서 부상을 입은 채 이곳으로 돌아왔고, 기회를 놓치지 않고 놈을 압박해서 냉동고로 몰아넣어 봉인할 수 있었다.

"원래 작전 수행에는 부수적인 피해가 있기 마련이잖나."

그녀는 대원이 겨누고 있는 총은 아랑곳없이 팀장의 코앞까지 다가갔다.

"연구팀장이 엽총 하나 들고 저 냉동고 안으로 들어가는 게 눈에 선해. 난 그것을 보고 있을 수밖에 없었어. 왜냐면, 그 괴물 녀석에게 거의 죽기 직전이었거든. 그런 나를 위해 그분이 놈을 끌고 들어간 거라고. 몇 초 만에 얼어 죽을 걸 알면서 들어간 거라고. 너희 용병 새끼들은 그걸 부수적인 피해라고 부르냐?"

"상황은 달라도 현상은 같지. 하지만 유감이야."

부릅뜬 그녀의 눈가에 눈물이 흘렀지만, 그녀는 굳이 그것을 닦으려 하지 않았다. 매서운 표정이었지만 가까이서 보니 꽤 예쁜 얼굴이었다. 팀장은 자신도 모르게 그녀의 눈물을 향해 손을 뺐었다. 그녀는 뒤로 물러서며 낮은 목소리로 말했다.

"손가락 잘리기 싫으면 내 몸에 손대지 않는 게 좋을 거야."

팀장은 어깨를 으쓱해 보이고는 물러섰다.

"어쨌든, 임무다. 실행해야겠어."

"더 불러오기 전엔 허가할 수 없다."

"기관에 항명하는 건가?"

"다시 말하지만, 첫째, 나는 실험체를 인수하라는 명령을 받은 적이 없고, 둘째, 인수받을 병력이 턱없이 부족하다. 이 두 가지 이유에서 난 허가할 수 없다."

"우린 실행해야겠는데."

"결국 피를 보겠다 이건가."

팀장은 그녀의 경고에도 냉동고에 카드 키를 꽂았다.

"안 된다고 말했잖아!"

여자는 발을 날렸지만 팀장에게 닿기 전에 대원이 쏜 총알이 그녀의 복부를 관통하고 지나갔다. 그 충격으로 여자는 바닥에 떨어졌다.

"이 개새끼가 아군에게 총을 쏴?"

"임무는 임무다."

"열지 마. 여기 있는 것들 다 죽을지도 모른다고."

"적당히 해. 그래 봐야 냉동 고기잖아."

여자는 그를 말리기 위해 다가가다 다시 쓰러졌다. 대원은 그녀의 목덜미를 총으로 가격한 후에 그녀의 허리에 있던 검을 걷어 내고는 입구 쪽으로 끌고 갔다.

팀장은 냉동고 문을 열었다.

압력 차에 의해 공기가 유입되는 요란한 소리와 함께 하얀 김이 쏟아져 나왔다.

"이런 세상에……."

냉동고 한가운데 연구팀장으로 보이는 시체가 주저앉아 있었다. 긴박한 상황을 그대로 보여 주듯 모든 것이 그대로 멈춰 있었다. 연구팀장의 배는 괴물에게 맞았는지 내장이 그대로 드러난 채로 얼어 있어 냉동고의 소시지를 연상시켰다. 연구팀장의 손엔 엽총이 들려 있었고 그의 앞에 은백색의 거대한 캡슐이 놓여 있었다. 팀장은 대원과 함께 전동 캐리어에 캡슐을 싣고 냉동고 밖으로 나왔다. 입구엔 그녀가 고통스러운 표정으로 벽을 기대고 앉아 그들이 하는 모습을 지켜보고 있었다.

팀장은 냉동고 안에 있던 엽총을 그녀 앞에 던져 주었다.

"말린, 좋은 총이지. 생명의 은인 총이니까, 잘 간수해."

그녀는 그가 던져 준 총을 집어 들어 팀장을 향해 방아쇠를 당겼지만 작동되지 않았다. 팀장은 뒤도 돌아보지 않고 입을 열었다.

"30분은 지나야 쓸 수 있을 거야."

"멍청한 놈들. 놈이 깨지 않기만을 빌라고."

"다른 조언은 없나?"

"영하 78도 이하로 유지하는 게 좋을 거야."

"잠수함에 그런 냉장고가 있는지는 모르겠군."

계단 위로 끌어 올리는 두 사람을 보며 그녀는 점점 의식이 흐려졌다.

어느덧 동이 트고 있었다. 햇빛이 바다를 가르며 다가와서는 그들이 있는 토굴 안까지 들어왔다.

"모두들 나와."

불쑥 고개를 내민 도검의 목소리에 처져 있던 형준이 벌떡 일어섰다.

"형!"

"육지로 갈 수 있을 거 같다."

형준은 다른 일행을 두고 도검을 한쪽으로 끌고 갔다.

"어떻게 된 거야?"

"다 철수했어. 짐을 옮기는 게 임무였던 것 같다."

"무슨 짐?"

"이제부터 알아볼 생각이야. 기관 자식들이 뭔 짓을 꾸미고 있는지 알아봐야겠어. 형준이 넌 애들 데리고 항구로 먼저 들어가."

"나만 먼저?"

"보조 엔진 있으니까, 그걸 쓰고. 그럼 너만 믿고 간다."

형준은 이미 저만치 달려가는 도검을 바라보다 일행을 챙기기 시작했다.

도검이 도착한 곳은 2층의 유리창이 다 깨진 집이었다. 집 안은 전쟁이라도 한 듯 난장판이었고 계단 아래 열려 있는 작은 문에서 새어 나온 아이스 스모크가 거실을 뿌옇게 만들고 있었다. 도검이 문 안으로 들어서려는 순간 총소리가 들렸다. 문짝이 산산이 부서지며 떨어져 나갔다. 파편을 피해 엎드린 도검의 관자놀이에 차가운 금속이 닿았다. 총구라는 걸 인지하기도 전에 여자의 목소리가 먼저 들렸다.

"넌 또 뭐야……."

도검은 아주 천천히 올려다보았다. 매우 피곤해 보이는 여자가 도검의 머리에 총을 겨눈 채 힘겹게 서 있었다.

"너 뭐냐고."

"당신이야말로 누군데, 다짜고짜 총질이야?"

"지금 말장난할 기분 아니야."

도검은 빠른 동작으로 총을 낚아챘다. 총은 여자의 상태만큼이나 손쉽게 도검의 손으로 넘어왔다. 여자는 당황하는 기색도 없이 자리에 털썩 주저앉았다.

"다치지만 않았어도 너 같은 건……."

도검은 그녀의 배에서 흘러나오는 피를 보았다. 도검이 다가가자 여자는 방어 자세를 취했지만 아무 힘 없는 저항이었다. 도검은 그런 그녀를 안아 들고 방으로 들어가 먼지가 잔뜩 낀 침대 위에 눕혔다.

"사내새끼들이란……. 손가락 잘리기 싫으면 내 몸에 손대지 않는 게 좋을 거야."

그녀의 말이 끝나기도 전에 이미 도검은 그녀의 상의를 벗겼다.

"넌 죽었어……."

그녀의 얼굴은 하얗다 못해 파랗게 변해 가고 있었고, 전신이 부들부들 떨렸다. 배에 난 총상은 심한 상태였다.

"근거리에서 맞았나?"

그녀는 고개를 가볍게 끄덕여 보였다.

"보통 탄이다. 척추나 내장은 다치지 않은 것 같군. 살 수 있겠어."

"……."

도검은 왼팔에서 의료 키트를 꺼내 그녀의 상처를 치료하기 시작했다. 졸린 듯이 자꾸 눈을 감으려는 그녀에게 도검은 계속해서 말을 시켰다.

"이름이 뭐야."

"그보다 당신 목소리 왜 그래? 스피커 집어 먹은 거야?"

"…… 너도 기관원인가?"

그녀의 눈에 순간 당황의 빛이 떠올랐지만 아주 잠깐이었다.

"여기서 뭐하는 거야. 낙오자인가?"

"……."

"장도검이다."

도검의 말에 그녀의 눈은 크게 떠졌고 고개를 돌려 도검을 똑바로 응시했다.

"조금 참아라. 응급처치는 됐다."

그녀는 도검의 말에 대꾸도 하지 않고 여전히 그의 얼굴만을 뚫어지게 바라보았다.

"혈액형이 뭐야?"

"O형."

"젠장, 하필이면 왜 O형이야. 피곤해 죽겠는데……. 쯧."

도검은 투덜거리면서 여자 옆에 나란히 누웠다. 그는 의료 키트에서 조그만 기계와 호스를 연결하고, 한쪽은 도검의 팔에 다른 한쪽은 여자의 팔에 꽂고 기계의 전원을 올렸다. 필터가 돌아가는 소리와 함께 도검의 피가 그녀에게 투입되었다. 두 사람은 한동안 말없이 누워 있었다.

침묵을 깬 것은 여자였다.

"파수대."

"뭐?"

"파수대 소속이라고. 장도검이 이렇게 생겼다니 의외야."

"무슨 뜻이야?"

"만나 보고 싶었다는 뜻이야. 이렇게 만나게 되는구나."

"소감이 어때?"

"…… 닥쳐."

기계의 필터 소리가 멈추자 도검은 천천히 일어나 앉았다. 현기증 때문에 잠시 앉아 있던 도검은 여자의 상체를 안아 올려 머리를 자신의 어깨에 기대게 한 다음 상처에 붕대를 감기 시작했다.

"왜 만나고 싶었는데?"

"첫째, 넌 기관에서는 전설이었으니까."

"두 번째 이유는?"

"꺾고 싶었거든."

"미치겠군."

여자의 몸에 붕대를 다 감고 나서 다시 그녀의 웃옷을 입혀 주었다. 여자의 혈색은 약간 붉게 돌아왔지만 도검은 심하게 피곤함을 느꼈다. 도검은 모든 장비를 챙겨 넣고 여자를 들쳐 업고 밖으로 나왔다. 해가 꽤 높이 떠올라 있었다.

"참 나, 어이가 없군. 처음 보는 여자한테 피 뽑히고 업어 주기까지 하다니."

"살살 걸어. 아프잖아."

"버리고 갈 수도 있으니까 조용히 해."

"살렸으면 끝까지 책임져야지."

"갈등하게 하지 마."

"같은 기관원인데, 전우애 좀 발휘할 수 없어?"

"기관? 그런 거 까먹은 지 오래됐어."

"……."

"기관으로 복귀할 생각인가?"

"그런 명령 받은 적 없다."

"한 번 파수대는 영원한 파수대 뭐 그런 건가?"

"……."

"몸이 완쾌한 뒤에 복귀하든가 말든가 하라고."

"지금 어디 가는 거야?"

"우리 집."

"뭐?"

"일단 심문 좀 해야겠어. 물어볼 게 많거든."

"역시 그런 이유였군. 날 치료한 게."

"그건 별개의 문제야. 적이 아닌 이상 일단은 살리고 봐야지."

"난 네 적이 아니란 말이야?"

"아직은. 그런데 놈들이 운반해 간 게 뭐야?"

"……."

"지금 말하는 게 좋을 거야. 고문 방법만 여든아홉 개를 알거든."

"실험체. 그 이상은 말할 수 없어."

"어떤 실험체인데 그 난리를 피운 거야?"

"괴물."

"진짜 괴물?"

"세상에 풀리면 안 되는 놈이지. 절대로."

여자는 도검의 등에 업힌 채 스르르 잠이 들었다.

심해. 잠수함 한 척이 일정한 속도로 이동하고 있었다.

잠수함은 정면에 커다란 암초가 있었지만 방향을 바꿀 생각을 하지 않고 곧바로 직진했다.

잠수함의 동체가 암초에 긁히며 장갑이 찢어졌다. 하얀 거

품이 뿜어져 나오며 동체가 점차 기울어지기 시작했다.

잠수함의 동체가 아래쪽으로 틀어져 바닥에 닿을 때쯤 해치가 열렸다.

해치 안에서 붉은 핏물이 흘러나와 바닷물에 안개처럼 퍼져 나갔고 주변에 상어가 하나둘 모이기 시작했다.

해치에서 누군가 빠른 속도로 튀어나와 수면을 향해 솟아올랐다. 그의 몸에 엉겨 붙은 피가 퍼져 나가자 상어가 그의 주변으로도 모이기 시작했다.

그는 속도를 줄이고는 잠시 멈추었다. 그가 손을 모으고 힘을 주자, 그 순간 주변의 상어들이 몸을 뒤틀며 경련을 일으키고는 바닥으로 서서히 가라앉았다.

그는 다시 빠른 속도로 떠올랐다.

그가 수면 위로 고개를 내밀며 숨을 급하게 몰아쉬고는 잠시 멈추었다가, 주위를 둘러보고는 하늘을 향해 소리를 질렀다.

그 소리는 넓은 바다에 울려 퍼졌다.

도검은 형준을 매장 한쪽 구석으로 끌고 가서 물었다.

"소영이한테 말했냐?"

"뭘?"

"섬에서 있었던 일 진술할 때, 나에 관한 건 다 빼라고."

"당연하지. 차 박사님하고 같이 짠 완벽한 시나리오를 읊어

줬으니까, 걱정 마. 그런데 그 섬에 있었던 게 기관 시설이라고?"

"실험체 중에 위험한 개체는 격리시키기도 하지. 기관 본체에서 일이 터지면 대형 사고로 이어지니까. 그런 용도야. 그런 무인도를 사용한다는 건 이번에 알았고."

"나도 그런 데 갇힐 수도 있었겠군."

도검이 그 어느 때보다 확신에 찬 표정으로 말했다.

"백 퍼센트. 그러니까 나한테 감사하는 마음으로 살아."

콧방귀를 뀐 형준이 생각난 듯 입을 열었다.

"아 참, 병삼이 아저씨 말이야."

"누구?"

"몸 시커먼 아저씨. 생체 실험 실패한 사람 중에 유일한 생존자였어. 안타깝지. 섬에서 안 나오겠다는 거 간신히 달래서 데려왔어."

"지금 어디 있는데?"

"조그만 절. 그곳에서 받아주셨어. 그건 그렇고, 이젠 어쩔 생각이야?"

"뭘?"

"저 여자 말이야."

형준이 턱으로 가리킨 곳엔 피자를 미친 듯이 먹고 있는 여자가 있었다. 그녀는 여전히 배에 붕대를 감은 채 벌써 네 판째 피자를 먹고 있었다.

"형이 봤을 때, 저게 사람의 식성이라고 생각해?"

"일단은 사람이지 않겠나 싶은데."

그녀는 피자를 먹다가 시선을 느꼈는지 잠시 형준과 도검을 돌아보았다. 이내 씩 웃어 보이고는 다시 먹는 데 열중했다.

"행복해 보이지?"

"확실히."

여지는 1.5리터 콜라를 통째로 마시고는 큰 소리로 트림을 하고 다시 피자를 입에 물었다. 도검과 형준은 그녀를 멍하니 바라보고 있었고, 옆을 지나던 수연도 여자의 모습을 멍하니 바라보았다. 형준이 입을 열었다.

"내가 얘기했나?"

"뭘."

"난 결혼 못 할지도 몰라."

"왜?"

"저런 여자 만날까 봐."

"터프하잖아."

"더티한 거겠지. 혹시 남자일지도 모른다는 생각은 안 해 봤어? 좀 예쁘장하게 생긴 남자."

도검은 치료할 때를 떠올리고는 확신하듯 말했다.

"확실히 여자 맞아."

형준은 도검을 쓱 돌아보며 말했다.

"굉장히 확정적인데? 근거가 아주 확실해 보여. 뭔가 여성의 증거를 보기라도 한 거야?"

"닥치고, 어쨌거나 완쾌될 때까지 참는 수밖에 없잖아."

"내가 저 여자 때문에 왜 피해를 봐야 하는 건데? 저 여자가 소파에서 자야 정상 아냐? 왜 내 방에서 재우는 건데?"

"소파에서 자기 싫으면, 빈방 치우든가."

"아니 그러니까 그걸 왜 내가 해야 하냐고. 빈방에 있는 거 전부 형 물건이잖아!"

"난 그런 물건 쓴 기억이……."

"관두자, 관둬. 그런데 저 여자 기관원이라며, 여기 둬도 되는 거야?"

"여러 가지 알아낼 게 많으니까."

"부탁인데, 제발 서둘러 줬으면 좋겠어. 저 여자 때문에 난 돌아 버리기 직전이라고."

여자가 먹던 피자를 신경질적으로 테이블에 툭 내려놓았다. 여자가 벌떡 일어나 천천히 다가오자 형준은 자기도 모르게 몇 걸음 물러났다. 여자가 형준에게 말했다.

"야, 꼬마."

"저, 저요?"

"자꾸 저 여자, 저 여자 할래? 나이도 어린 자식이 건방지게."

"잘못했습니다. 다시는 안 그럴게요."

"한 번만 더 그러면 죽는다."

형준이 마른침을 한번 삼키고는 고개를 끄덕이자, 그녀는 만족한 표정으로 다시 자리로 돌아갔다. 형준은 도검에게만 들리는 크기로 말했다.

"형, 나 스트레스 쌓여서 죽을지도 몰라. 죽으면 양지바른 곳에 묻어 줘."

"화장할 거야. 아무튼 오래 살려면, 저 누나에게 잘 보이는 게 낫겠다. 저 사람이 내 머리통 날릴 뻔한 거 얘기 안 했지?"

"…… 그래, 소파면 어때. 살아 있는 게 중요하지. 그런데 저 분 이름이 뭐야?"

"몰라."

"일주일이 지났는데 아직도 몰라?"

도검은 여자를 향해 큰 소리로 물었다.

"어이, 당신 이름이 뭐야?"

그녀는 피자를 먹다가 표정이 굳어지며 도검을 바라보았다.

"일주일째 공짜로 숙식 제공받았으면 이름 정도는 얘기해 줘도 되잖아. 안 그래?"

"…… 좋아, 대신 웃지 마."

"알았어."

"…… 슬, 슬기."

도검과 형준은 순간 표정이 멍해졌다가 큰 소리로 웃음을 터뜨렸다.

"으하하하! 피자 네 판을 씹어 먹는데 이름은 소녀 타입이었어!"

그들의 웃음이 길어질수록 슬기의 표정은 더욱 굳어졌다.

"큭큭큭, 가명이래도 웃기다고! 너무 안 어울리잖아!"

슬기가 테이블을 내려치며 소리쳤다.

"웃지 말랬지! 야, 꼬마! 너 지금 눈물까지 흘리면서 웃었냐? 그런 거야?"

형준의 표정이 순식간에 얼었다.

“슬기 누님, 그게 아니고요.”

“내 이름 부르지 말라고.”

“누님, 그게 아니고요…….”

“아무래도 넌 좀 맞아야 정신을 차릴 것 같다. 맞자.”

“누나! 누님! 잠깐, 잠깐! 잠깐만!”

도검은 끔찍한 광경을 본 것처럼 뒤로 물러서며 인상을 찌푸렸다. 슬기가 쿵쾅거리며 밖으로 나가 버리고 나서야 도검은 누워 있는 형준을 조심스럽게 살폈다.

“형준아, 안 죽었냐? 수연아, 물 좀 떠 올래? 아무래도 뇌진탕 같다.”

도검은 볼을 때리며 이름을 불렀지만 형준의 정신은 돌아오지 않았다.

명희는 ‘레드아이’를 향해 걸었다. 맡고 있는 사건에 대해 도검에게 자문을 구하기 위해서였다. 가게에 거의 이르렀을 때 어디에선가 은은한 향기가 느껴졌다.

뒤에서부터 흐르는 향이 명희의 뇌는 물론 심장까지 스며들었다.

명희는 자신도 모르게 고개를 돌렸다.

숏커트의 늘씬한 여인이 그를 향해 다가오고 있었기 때문이다.

CF에서나 볼 수 있는 그런 사람이 화면 밖으로 튀어나온 것 같은 착각이 들었다.

명희의 걸음걸이는 형식적으로 변했고 그의 고개는 기형적으로 뒤로 돌아가 있어 보기에도 괴상한 상태였다. 지나는 사람들이 그의 모습을 힐끗거렸지만 명희의 머릿속은 그런 것을 의식할 여유 따위는 없었다.

여인은 명희를 향해 똑바로 걸어왔다. 그녀의 시선이 자신을 향한 것인지 아닌지 알 수는 없었지만 자신에게 가까워지는 것만으로도 심장이 요동을 쳤다.

삼십 평생 이런 경험은 처음이었다. 침이 마르고 식은땀이 났다. 그녀 외에는 아무것도 눈에 들어오지 않았다.

가까워질수록 여인의 이목구비가 점점 더 뚜렷하게 보였다.

명희는 자신 있게 말할 수 있다. 진정 여신을 만난다면 '오뚝한 콧날', '앵두 같은 입술' 따위 상투적인 표현 같은 건 떠오르지도 않는다고.

여인이 옆을 스쳐 지나는 순간 명희의 심장은 멈췄다.

그리고 그녀가 멀어지고 나서야 심장이 다시 뛰었다. 명희는 그녀가 남긴 향을 따라가다 우뚝 멈췄다. '레드아이'로 들어가는 것을 봤기 때문이다.

"이건 운명이다."

명희는 혼자 휴대폰 벨소리를 몇 번 연습하고서 서둘러 가게 안으로 들어갔다. 점심때라 그런지 손님이 꽤 북적거렸다.

"어, 명희 아저씨가 웬일이세요?"

"안녕하세요, 수연 양."

인사는 수연에게 했지만 명희는 눈은 바쁘게 앞서 들어간 여인을 찾고 있었다.

"누구…… 찾으세요?"

"예? 아, 아니오, 아니오. 혹시 도검 씨 있어요?"

"네, 주방에요."

"네, 고맙습니다. 오늘 장사 잘되네요."

명희는 주방에 들어갔다가 아무도 없어서 뒷문 쪽으로 향했다. 문을 열려는 순간 밖에서부터 도검의 독특한 목소리가 들려왔다.

"할 얘기란 게 뭐야?"

"배가 아파 오기 시작 했어……."

이건 분명 여인의 목소리였다. 그녀의 목소리를 들어본 적은 없지만 명희가 상상하던 바로 그 목소리였다. 하지만 그녀에 대한 도검의 말투는 퉁명스러웠다.

"그래서 나보고 어쩌라는 거야?"

"날 이렇게 만들었으면 책임을 져야지."

"다른 놈이 그렇게 만든 거잖아!"

"내가 거부했는데도 옷을 벗기고 막……."

"어쩔 수 없었잖아. 옷도 안 벗기고 어떻게 해?"

명희는 대화 내용에 놀라 손으로 입을 막았다. 문을 건드렸는지 활짝 열리며 대화 중인 도검과 여인이 눈에 들어왔다.

바로 그녀였다.

자신의 심장을 잠깐 멈추게 한 그녀.

도검은 심드렁한 표정으로 명희를 보고는 손을 들어 보였다.

"어이, 왔어?"

도검을 따라 자신을 바라보고 있는 여인의 시선 때문에 입이 잘 떨어지지 않았다. 도검은 여인의 어깨를 툭 치며 말했다.

"손님 왔으니까, 다음에 얘기하자."

"……."

여인은 말없이 자리에서 일어나 뒷문으로 나갔다. 도검은 의자 등받이에 팔을 걸치며 말했다.

"짭새가 웬일이야?"

"……."

"어이, 정신 차려!"

"응?"

"지금 뭐야?"

명희는 홀린 듯 테이블로 다가와 여인이 앉았던 의자를 쓰다듬었다. 아직도 그녀의 온기가 남아 있는 듯했다. 명희가 앉기를 기다려 빤히 바라보던 도검이 말했다.

"경고하는데 다시는 그런 손길로 의자 더듬지 마. 알겠어?"

"내, 내가 뭘."

"됐고, 무슨 일이야?"

명희는 고개를 가로저어 정신을 차리고 말했다.

"뭐, 별일은 아니고 이 근처에 사건이 하나 있었거든. 그래서 말인데…… 아까 그 여자 누구야?"

"조금 전에 나간 애?"

"응."

"사건이랑 관계있는 거야?"

"아니, 딱 그렇다기보다는…… 그냥 못 보던 분이라서."

"그냥 아는 친구야."

"어떻게 아는 사인데?"

도검은 또다시 명희를 빤히 바라보다 대답했다.

"그 여자한테 관심 있냐?"

"아, 아니, 아니! 관심은 무슨! 관심이라기보다 인상이 워낙……."

"그냥 말해. 서른 살 넘어서 뭘 부끄러워하고 있어. 관심 있는 거지?"

"…… 응."

도검은 웃음을 터뜨리고 한참을 웃다가 벌떡 일어서며 말했다.

"가자."

"어딜?"

"안과. 치료비는 내가 내 주지."

"아, 안과?"

"아니면 정신과에 가 보든가. 미치지 않고서야 어떻게 저런……. 어쨌든 가자."

"사람에겐 자신만의 타입이 있는 거라고. 그렇지 않으면 어떻게 사람들이 결혼을 할 수 있겠어?"

"너무 이른 거 아냐? 처음 본 여자하고 결혼까지 생각하다니. 그 여자가 어떤 여자인지도 모르잖아. 이 경우엔 정체를 모르는 게 더 낫겠지만."

"내 말은 그게 아니고……."

"얼굴은 왜 붉히고 난리야?"

도검은 다시 자리에 앉으며 생각에 잠긴 듯 팔짱을 끼었다.

"좋아, 한번 생각해 보지. 두 사람 연결시켜 주는 거."

"저, 정말!"

"나중에 날 원망하면 곤란해."

"원망은 무슨! 무슨 그런 말도 안 되는 소리를!"

"어이, 격투기 좀 하나?"

"당신 앞에서 할 말은 아니지만, 두세 명 정도는 가뿐하지. 그런데 그건 왜?"

"약해, 약해. 태권도든 유도든 다닐 수 있는 체육관은 다 접수하는 게 좋아."

"갑자기 왜?"

"너 연애하고 싶다고 했잖아."

"그거하고 이거하고 무슨 상관이야?"

"차츰차츰 알게 될 거다."

도검은 불쌍하다는 표정으로 명희를 바라보았다.

Chapter 6 :: 라일락

‘레드아이’ 문이 열리며 명희가 들어섰다. 그는 카운터에서 준비를 하고 있던 장서에게 고개를 숙여 보였다.

“안녕하셨어요?”

“오, 짭새군. 슬기 만나러 왔나?”

“네.”

명희는 머리를 긁적이며 멋쩍어했다. 매장에 놀러 왔다가 슬기에게 반한 명희는 틈만 나면 ‘레드아이’에 들락거리며 슬기와 친분을 쌓아 갔다. 명희의 자상함에 끌린 슬기도 명희와의 만남이 싫은 기색은 아니었다. 테이블을 닦던 형준과 수연은 짓궂은 표정으로 바라보았다.

형준이 짓궂은 얼굴 그대로 명희에게 물었다.

“아유 짭새 형님, 요즘 너무 자주 아녜요? 여기 명함이라도 하나 파 드려야겠네."

수연이 밝게 웃으며 물었다.

"아저씨, 그 꽃 언니 줄 거예요?"

"아, 네. 지나다가……."

"예쁘네요. 언니 부럽다. 언니랑 진행은 잘돼 가세요?"

명희는 그 말에 뒤통수를 긁적였다.

"저야 늘 기도하는 마음으로……. 슬기 씨는 안 계세요?"

"누나 배달 갔어요. 안 나가겠다고 버텼었는데 짭새 아저씨 만난 이후로 태도가 확 바뀌었더라고요."

"아 그래요? 그럼 저는 잠깐 밖에서……."

명희는 슬기를 마중할 요량으로 매장 밖으로 나갔다. 한쪽으로 가서 습관적으로 담배를 꺼내 든 명희는 얼마 전에 했던 슬기와의 데이트를 떠올리며 홀로 배시시 웃었다.

명희는 영화관 표를 흔들며 슬기에게 다가왔다.

"슬기 씨, 아직 상영 시작하려면 시간이 좀 남았는데……."

"그런데요?"

"뭐라도 드실래요?"

"좋죠. 그런데 여기 사람들 정말 많네요."

"영화관, 처음이세요?"

"아, 아니요. 이번이 두 번째예요. 아주 어릴 적에 한 번……."

"그럼 그동안 영화관에 안 오셨단 말이에요?"

"네, 뭐…… 그렇게 됐네요."

"뭐하시느라 그렇게 바쁘셨어요?"

"…… 도검이가 저에 대해서 아무 얘기 안 했어요?"

"네, 자기도 모른다고 전혀 얘기해 주질 않더군요. 그 친구 입 하나는 무진장 무겁잖아요. 떼를 써도 말을 안 하더라고요. 그래서 말인데, 실례가 안 된다면, 슬기 씨에 대해서 조금 더 알아 가는 시간을……."

"어? 저거 봐요. 저기 뭐 하나 봐요."

슬기가 백화점 앞 이벤트 행사장으로 달려가자 명희는 슬기 뒤를 따라갈 수밖에 없었다.

"뭐하는 행사예요?"

"팔씨름 대회 같은데요? 상품이…… 우와, 대형 TV! 명희 씨, 팔씨름 좀 할 줄 알아요?"

"제가 한 힘 하죠. 도검이 만난 이후론 기를 못 펴고 있긴 하지만 뭐 약한 편은 아녜요."

"한번 해 볼래요?"

명희는 손목 관절을 돌리며 행사장을 바라보았다.

"어디 그럼, 슬기 씨를 위해서 한번 힘 좀 써 볼까요?"

"같이 가요. 저도 할 거니까."

"오, 좋아요!"

명희는 접수처에 가서 뭐라고 하더니 대기하고 있는 사람들의 대열에 끼었다. 맞은편에는 슬기가 여자 대기자들 틈에 끼어서 손을 흔들어 보였다. 그런 슬기의 모습을 보니 명희는 온몸에 투지가 끓어오르는 게 느껴졌다.

"아자, 아자!"

기합 소리에 많은 이들의 시선이 집중됐지만 명희는 전혀 개의치 않고 슬기만 보며 몸을 풀었다.

백화점 앞 행사장은 팔씨름 대회로 열기가 점점 올랐다. 여기저기서 환호성과 탄식이 교차했다. 명희는 손뼉을 치며 슬기에게 외쳤다.

"슬기 씨 정말 대단한데요? 운동 많이 하셨나 봐요?"

"저희 집 유전자가 힘이 좀 세요. 명희 씨도 꽤 오래 버텼잖아요."

"그렇죠? 8강이면 선방한 거죠? 그래도 우승한 슬기 씨에 비할 바는 아니지만."

"TV는 언제 주는 거죠?"

"택배로 보낸다고 했으니까 늦어도 모레에는 받으실 거예요. 이런, 상영 시간 다 됐어요."

"배고픈데……."

"일단 빵으로 때우고 식사는 영화 후에 어때요? 제가 근사한 저녁 대접할게요."

"저 때문에 너무 무리하시는 거 아녜요?"

"데이트 신청 받아 주신 게 어딘데요."

"데, 데이트요? 그럼, 지금 이게…… 데이트?"

"이게 데이트가 아니면 뭐예요? 이건 뭐 그냥 영화 동호회 모임?"

"……."

"자, 들어가시죠. 시간 다 됐어요."

스쿠터 엔진 소리에 명희가 회상에서 깨어나며 담배를 급히 비벼 껐다. '레드아이' 로고가 새겨진 조끼를 입은 슬기가 스쿠터에서 내리며 헬멧을 벗었다. 그 모습에 홀린 명희는 배시시 웃으며 그녀에게 다가섰다.

명희를 발견한 슬기도 표정이 한층 밝아졌다.

"아, 명희 씨?"

"배달 다녀오세요?"

"네."

슬기가 문을 열고 안으로 들어가자 명희도 졸졸거리며 따라 들어갔다.

"다녀왔습니다."

명희의 입 꼬리가 귀에 걸린 걸 본 형준이 놀렸다.

"저 정도면 중독 아닌가요? 이해가 안 가네."

명희는 웃는 얼굴로 말했다.

"슬기 씨는 이렇게 입어도 예쁘지 않아요?"

슬기는 명희를 살짝 흘겨보았다.

"에이, 왜 이러세요."

그 모습을 가만히 지켜보고 있던 형준이 손을 휘저으며 말했다.

"장서 아저씨, 두 사람 좀 눈앞에서 치워 주세요. 닭살이 쭈아악! 이건 좀 아니지 않나요?"

수연도 한마디 거들었다.

"보기 좋긴 한데 손이 오그라들어서……."

"어이, 들었지? 닭들한테 쪼이기 싫으면 어서 나가. 슬기는 너무 늦게 다니면 안 된다. 알겠지? 내가 수연이한테 확인 전화 할 거야."

"아저씨도 참……. 그럼 먼저 나가 볼게요. 두 사람한테도 미안해."

"걱정 말고 다녀와."

명희와 슬기가 나가자 수연과 형준은 한동안 유리창을 통해 두 사람을 부러운 눈으로 바라보았다. 장서는 돈을 챙겨 들고는 큰 소리로 말했다.

"거기 바보 남매, 일 안 할 거야?"

"예? 아, 예. 하고 있잖아요."

"네 녀석들 머릿속에 무슨 생각 하고 있는지 훤하다, 훤해."

"뭔데요?"

"형준이 놈은 소영이와 데이트하는 장면을 떠올리고 있었겠지. 뿌옇게 보이는 화면으로 멋진 공원에서 '나 잡아 봐라' 하는 유치한 상상."

"아, 아니에요!"

"아저씨는 어쩜 그렇게 잘 보세요?"

"수연이 너도 웃지 마. 네 머릿속도 다 보였으니까."

"저, 저는 아무 생각 안 했는데요?"

"과연? 네 머릿속에는 말이야……."

주방에서 도검이 불쑥 모습을 나타냈다. 그는 기름 묻은 장갑을 벗으며 장서에게 말했다.

"이거 오븐이 이상한데요? 불 세기가 조절이 안 돼요."

"그럴 리가? 오늘 아침까지만 해도 잘 됐었는데?"

장서가 도검을 따라 주방 안으로 사라지자 수연은 한숨 돌렸다는 듯이 숨을 내뱉었다. 형준은 그런 수연을 힐끔거리며 입을 열었다.

"안도하기는. 아는 사람은 다 아는 걸 가지고 혼자 비밀로 하는 이상한 버릇이 있다니까."

"네, 네가 뭘 안다고 그러니?"

"말했잖아. 아는 사람은 다 안다고. 맞은편 커피숍 직원도 아는 사실을."

"뭐! 정말이야?"

"정말이겠어?"

수연은 형준의 등을 소리 나게 때리고는 다시 테이블을 정리하기 시작했다.

카페에 마주 앉은 슬기는 꽃다발을 보며 물었다.

"꽃 이름이 뭐예요?"

"'거베라'라고 하더라고요."

"좀 쑥스럽네요. 꽃다발 받아 보기는 처음이라서."

"정말이에요? 그럼 제가 최초로 꽃을 준 사람인가요?"

"네, 기분 좋아요."

향기를 맡아 보기도 하고 꽃을 자세히 들여다보기도 하는 슬기의 모습을 지그시 바라보던 명희가 생각난 듯이 말했다.

"그 꽃, 꽃말이 뭔지 알아요?"

"처음 본 꽃인걸요."

"신비, 알 수 없는 수수께끼, 그게 꽃말이에요. 꼭 누구와 비슷한 것 같아서 골랐어요."

"……."

"그래서 말인데, 슬기 씨……."

슬기는 카페 테이블 위에 꽂혀 있는 연극 리플렛을 들고 말했다.

"우리 연극 보러 갈래요? 연극도 한 번도 못 봤거든요."

명희는 물어보려던 걸 멈추고 밝게 웃으며 맞장구를 쳤다.

"좋죠! 대신 저녁은 슬기 씨가 사는 거예요. 아셨죠?"

"물론이죠!"

주 팀장은 경찰서 사무실에 앉아 사건 파일을 보고 있었다. 수첩에 뭔가를 적던 그는 불현듯 고개를 들었다.

"김 형사, 저번에 감전 사고 있었지? 그거 전부 몇 건이었지?"

"최근 사고 말입니까?"

"그래, 전부 비슷해서 이상하다고 생각했었잖아. 그냥 사고사로 처리하기는 했지만 말이야."

"세 건이요. 이번 것도 혹시 연관이 있나 생각하시는 겁니까?"

"아무래도 이상해. 전부 상태가 똑같잖아. 꼭 같은 종류에, 똑같은 전압과 전류로 죽은 것처럼. 누가 배터리 가지고 다니면서 죽이는 건 아니겠지?"

"그건 너무 번거롭게 죽이는 거 아녜요?"

"역시 그렇지?"

팀장은 사건 파일을 좀 더 살피다가 다시 말했다.

"스턴건 좀 개조하면 되지 않을까?"

"전신이 홀라당 구워졌잖아요. 스턴건 가지고는 턱도 없죠."

"그런가? 아무래도 수상해."

"우리 팀장님 또 꽂히셨네."

"김 형사, 명희 연락되나?"

"이 형사 오늘 비번입니다."

"밥 사 줄 테니까 나오라고 해 봐. 이거 아무래도 이상해."

슬기는 매장 안으로 들어와 배달용 재킷을 주섬주섬 입었다.

"언니 왜 이렇게 일찍 들어와?"

"명희 씨가 급한 사건이 생긴 모양이야."

"응, 그렇구나. 경찰은 연애도 제대로 할 시간이 없겠네."

"연애? 연애는 무슨……."

"그럼 지금 둘이 하는 건 뭐야?"

"보통 데이트지, 뭐."

"보통 데이트? 데이트면 데이트지, 보통 데이트는 뭐야?"

"자꾸 물어보면 부러운 걸로 간주할 거야. 수연이도 하면 되잖아. 그까짓 데이트."

"데이트는 혼자 하나?"

"네 얼굴이면 관심 있는 남자들 꽤 많을 텐데 뭘 그래. 여기 손님들만 해도 너 때문에 단골 된 남자 손님들이 한둘이 아닌데."

"그러면 뭐해. 정작 내가 관심 있는 사람은 반응도 없는데."

"난 수연이 네가 좀 이상해. 어쩌다 그런……."

"응?"

"아, 아니다. 아니야."

수연은 아예 자리를 잡고 앉아 물었다.

"나가서 뭐했어?"

"응, 그냥 차 마시고 연극 보러 가다가 명희 씨에게 연락이 와서 돌아왔지."

"실망했지?"

"어쩔 수 없잖아. 아, 저기, 수연아. 저기 말이야……. 에이, 아니다."

"뭔데 그래?"

"아니야. 그냥 불러 본 거야. 도검이는 지금 뭐해?"

"언니가 계속 반말해도 오빠가 뭐라고 안 해? 오빠하고 세 살 차이나 나면서 왜 계속 그래?"

"흥, 도검이 녀석에게는 지고 싶지 않거든."

"기가 막혀서. 나이까지도 경쟁을 하는 거야? 나이는 능력과는 아무 상관이 없잖아."

"시끄러워! 어쨌든 도검이한테는 아무것도 지고 싶지 않다."

"그러면서 오빠가 뭐하는지는 왜 궁금한데?"

"지금 집에 있겠지?"

"별달리 할 일도 없는 사람이니까. 왜?"

"데이트 신청하려고."

"뭣!"

"으하하하!"

도검은 가벼운 옷차림으로 어슬렁거리며 슬기가 기다리고 있는 공원 나타났다.

"왜 불렀냐?"

벤치 주변에 듬성듬성 떨어져 있는 핏자국을 보고 말을 이었다.

"여기 왜 이래? 무슨 일 있었냐?"

슬기는 벌겋게 상기된 얼굴로 호흡을 고르며 대답했다.

"시답잖은 놈들이 껄떡대서. 그건 그렇고 왜 이렇게 늦게 나와? 여자 혼자 기다리게 하니까 이런 일이 생기는 거 아냐?"

"뭐를 혼자 기다리게 한다고? 이제 제법 개그도 할 줄 아네.

여자는 무슨…….”

“또 성질 건드릴래?”

“그 녀석들 죽인 건 아니겠지?”

“당장 죽지는 않을 거야.”

“…….”

“좀 앉아 봐.”

“무슨 일인데 집 놔두고 이렇게 먼 데서 만나자고 한 거야?”

“상의할 게 있어서.”

“연애도 하고 잘나가는 분이 나 같은 미련한 곰탱이한테 상의할 게 뭐야?”

“진지하다고.”

“명희 때문이냐?”

슬기는 말없이 고개를 끄덕였다. 도검은 벤치 등받이에 팔을 걸치며 기대앉았다.

“예상보다는 빨리 왔군. 언젠가는 겪게 될 거라고 생각은 했지만 예상보다 빠르네.”

“너도 이런 적 있어?”

“오래된 얘기지. 명희가 너에 대해 알고 싶어 하지? 넌 당연히 말해 줄 수가 없는 거고.”

“…….”

슬기는 침울한 표정으로 아무 의미 없이 발로 바닥을 문질렀다. 도검은 말을 이었다.

“왠지 너를 완전히 알려 주면 명희가 떠나 버릴 것 같은 느낌도 들고.”

“오늘 명희 씨가 꽃다발을 주더라고. 꽃말이 뭐냐고 하니까, 알 수 없는 수수께끼래. 베일에 싸인 게 누구랑 닮아서 그 꽃을 골랐다면서. 그때 기분을 뭐라고 설명해야 할지…….”

“아마도 미안하고 비참한 느낌이 섞인 기분?”

“비슷해. 내 자신이 비참하게 느껴졌어.”

“…….”

도검은 벤치의 등받이에 몸을 기대고 여전히 하늘을 바라보고 있었다.

그들 앞쪽엔 보기에도 불량스러운 양아치들이 실실 웃으며 두 사람을 지켜보다 슬슬 다가왔다. 개중엔 접이식 칼을 반복해서 접었다 폈다 하며 다가오는 놈도 있었다.

“명희 좋아하니?”

“아니, 응……. 아니, 모르겠어.”

“그럼 좋아하는 거다.”

양아치들이 몇 미터 앞으로 다가왔을 때, 도검의 왼팔에서 날카로운 소리를 내며 칼날이 튀어나왔다. 양아치들은 자연스럽게 발길을 돌려 다른 방향으로 발길을 돌렸다. 도검은 칼을 다시 집어넣고 슬기를 힐끗 보며 말했다.

“사랑이란 건 말이다, 스펀지에 물이 스며들듯 소리 소문 없이 오는 거라더군. 물론 난 그게 어떤 건지 잘 몰라. 그냥 그런 느낌인 것만 아는 거지.”

“…….”

도검은 쌀쌀한 날씨에 어깨를 웅크리고 있는 슬기에게 스포츠 재킷을 벗어서 던져 주었다.

"오, 웬일이셔?"

"감기 걸리면 옮을까 봐 그래."

슬기는 픽 웃으며 옷을 둘렀다. 너무 커서 이불을 두른 기분이었다.

"내가 해 줄 수 있는 말은 없어. 나도 비슷한 상황이었을 땐 제대로 말을 못 했거든."

"그런 적이 있었어?"

"긴 이야기라 자세히 말할 순 없지만 제대로 말도 못 하고 상처받은 적이 있었지."

"언제까지 이렇게 명희 씨의 질문을 피해만 다닐 수는 없잖아."

"만약 내가 다시 그런 상황에 처하게 된다면 그냥 솔직히 털어놓을 거다. 결과가 어찌 되었든 지금처럼 후회는 없을 테니까."

"……."

"해 보지도 않고 평생 후회하면서 사는 것보다는, 하고 나서 후회 없이 사는 게 훨씬 맘 편하지 않겠냐? 장담하는데 그런 짐을 짊어지고 사는 건 생각보다 쉬운 일이 아니야."

슬기는 도검의 옆모습을 바라보았다. 눈동자에 알 수 없는 슬픔이 깃들어 있는 것 같았다.

"들어가자. 늦었다. 이상한 애들 또 나타나기 전에 들어가

자고.”

“이 옷은 집에 가서 줄게. 좀 춥네.”

“세탁해서 가져와.”

“치사하게 이럴래?”

“네 땀 묻은 옷을 그냥 돌려주려는 더러운 매너는 아니겠지?”

“야, 꺼져. 안 입어. 가져가, 가져가!”

“이미 더럽혀 놓고 무슨 소리야?”

“버리고 간다!”

“알았어, 알았어. 집에 가서 줘. 성깔하고는…….”

“그리고 나 땀 냄새 같은 거 안 나.”

“뭐? 그럼 겨드랑이에서 방향제 흘리냐? 뭔 어이없는 소리를 연속 해 대?”

“안 난다면 안 나는 줄 알아!”

“…….”

명희는 불만 가득한 표정으로 경찰서 사무실로 들어섰다. 재킷을 책상에 홱 던져 놓고 의자에 풀썩 주저앉았다. 그걸 가만히 지켜보던 주 팀장이 말했다.

“꼭 짜증 난 걸 온몸으로 표현해야겠냐?”

“팀장님, 그러는 거 아닙니다.”

“미안하다. 사건이 생겼는데 어쩔 수 없잖아.”

"경찰 하는 일이 사건 수사하는 건데, 사건 생길 때마다 부르실 거면, 비번이라는 제도는 뭐하러 있는 거예요?"

"내가 만든 것도 아닌데 뭐. 그리고 대한민국 경찰이 사건을 앞에 두고 휴일을 꼭 챙겨 먹어야겠냐?"

"그건 팀장님처럼 집에 가기 싫은 중년 가장들이나 해당되는 얘기고요."

"어쩌면 하시는 말씀, 마디마디마다 저렇게 아름다우신지! 계속 그렇게 지랄만 하고 있을 거야?"

명희는 정수기에서 물을 한 컵 받아 마시고 시큰둥하게 물었다.

"무슨 일인데요?"

"이 감전 사고 말이야. 아무래도 이상해. 밀폐 공간이라 감전될 곳이 전혀 없었거든."

"그거 때문에 절 부르셨어요?"

"그럼, 뭐 때문에 불렀을 거라 생각하세요?"

"그냥 사고사로 처리하세요. 쓸데없는 일에 바쁜 사람을……."

주 팀장은 사건 파일을 책상에 집어 던지며 말했다.

"가끔은 어머니가 원망스럽다. 왜 나를 낳으셔 가지고 저런 자식 상관이나 하고 있게 만드신 거냐고!"

"아마 어머님도 원하지 않으셨을 겁니다."

주 팀장은 볼펜을 집어 창 던지듯 명희에게 던졌다.

"물건 던지는 것 좀 그만하십시오! 곧 있으면 결혼해서 애 아빠가 될 사람인데! 쯧!"

"뭐? 너 설마 사고 친 건 아니겠지!"

"그런 무식한 방법은 제 스타일이 아니죠. 플라토닉 사랑의 결정체가 육체적인 사랑으로 귀결되는 것이라고나 할까?"

"등신 같은 소리 그만하고, 세 사건 연결 고리 좀 찾아봐."

"바빠서 좀 나가 봐야 할 것 같은데요?"

"바빠?"

"슬기 씨하고 저녁도 못 먹고 그냥 왔습니다. 이런 허접한 일인 줄 알았으면 안 들어왔다고요."

"그래서 안 하시겠다?"

"쉬는 날 쉴 수 있는 제 권리를 갖겠다 이거죠."

"그럼 나도 권리 행사를 좀……."

주 팀장은 들고 있던 파일로 명희의 머리를 후려치고 나가 버렸다. 명희는 너무 아파 머리를 감싸 쥐고 한동안 움직일 수가 없었다.

작은 공장에서 퇴근 준비를 하고 나오던 근로자는 여전히 일하고 있는 동료 직원에게 큰 소리로 외쳤다.

"어이, 김 기사! 들어갑시다!"

"이것만 마저 끝내고!"

"뭘 그렇게 충성해? 하여간 일 욕심은 알아줘야 한다니까.

나 먼저 들어갑니다!"

"네, 내일 봐요!"

김 기사는 점검을 끝내고 기름때가 잔뜩 묻은 손으로 얼굴을 훔치며 공구를 챙겨 들었다.

"이놈의 고물딱지 빨리 좀 바꿔 주지 않고, 왜 이렇게 고생시키는 거야?"

그는 선반 위에 놓여 있던 드링크를 단숨에 마시고 공구실로 향했다. 공구실의 스위치를 올렸으나 전등이 켜지지 않았다.

"이상하네, 낮엔 멀쩡했는데."

스위치를 몇 번 툭툭 건드리니 전등이 깜빡이며 잠시 들어왔다가 다시 꺼져 버렸다.

"이젠 별게 다 나를 우습게 보는군. 에잇!"

그때 공구실 안쪽에서 파란 빛이 순간 번쩍였다. 그는 조심스럽게 불빛을 향해 다가갔다. 낮에도 불을 켜야만 하는 공구실이기에 밤인 지금은 한 치 앞도 보이지 않았으나 유독 구석진 곳에 두 개의 푸른 기운이 흐릿하게 빛나고 있었다.

"나비니? 나비야, 나비야."

공장엔 도둑고양이 한 마리가 늘 돌아다녔으므로 어렵지 않게 그것이 고양이의 눈이라고 생각했다.

"이리 와, 나비야, 이리 나와."

고양이의 눈이라고 생각했던 것이 천천히 올라오더니 그의 눈높이보다 높은 곳까지 떠올랐다.

"뭐, 뭐야!"

눈이 부실 정도의 파란 불꽃이 주변을 뒤덮으며 그에게 덮쳐 왔다. 그 순간 두 개의 파란 빛의 정체를 알 수 있었다.

매장에 들어선 슬기는 배달 가방을 내려놓았다.

"다녀왔습니다!"

"흐흐, 누나. 어제 짭새 형님이랑 나가서 일찍 들어왔다며?"

"도대체 비밀이 없어."

주방 안쪽에서부터 장서의 목소리가 크게 들렸다.

"형준아, 빨리 배달 안 나가고 뭐하냐! 얼른, 얼른! 빨리, 빨리!"

"아저씨, 숨 좀 돌리면서 일하자고요!"

"숨을 돌리든 던지든 그건 맘대로 하고 얼른 배달이나 나가. 물 들어왔을 때 노 저어야 한다고 몇 번을 말해!"

"노 저으러 갑니다, 가!"

수연은 장서에게 쟁반을 건네주며 말했다.

"아저씨, 형준이 너무 귀엽지 않아요?"

"저 빤질이가? 아서라."

장서는 서 있다가 그새 피자를 먹고 있는 슬기를 발견했다.

"너 그러다가 돼지 된다. 연애도 하는데 몸매 신경 써야 하는 거 아냐?"

"연애는 무슨……. 그리고 저는 먹어도 살 안 찌는 체질이라서요."

"수연아, 이따가 구충제 좀 사 와라. 아무래도 슬기 몸속에……."

"아저씨!"

"아, 깜짝이야. 정색 좀 하지 마라, 좀. 그런데 오늘은 명희는 안 오냐?"

"사건이 터져서 바쁜 모양이에요."

"경찰이란 직업도 정말 힘든 직업이라니까. 불쌍한 우리 슬기. 명희랑 나가서 오글거리는 대사나 주고받고 싶을 텐데, 이렇게 맑은 날 그렇게 싫어하는 배달이나 해야 하고. 쯧!"

"배달도 꽤 재미있다는 걸 알았어요. 남의 집을 들여다보는 것도 흔한 일은 아니잖아요."

"그런 취미도 있었냐? 어허, 멀쩡하게 생겨 가지고 훔쳐보기 취미를……."

슬기는 장서를 소리 없이 노려보았다. 장서는 개의치 않고 배달 가방에 피자를 넣어 슬기에게 건넸다.

"이 피자 좀 배달하고 와. 그리고 이번 집은 어땠는지 나중에 알려 주고."

주 팀장은 시체를 살피는 내내 인상을 찌푸렸다. 명희는 거리를 두고 서서 주 팀장 어깨너머로 시체를 힐끗 바라보았다.

"휴, 냄새."

"불고기 냄새랑은 확실히 다르네요."

"너 미쳤냐? 아니면 시위하는 거야?"

"왜요. 다르잖아요. 냄새가 아주 더럽네요. 어휴, 이 진물 봐."

"아, 그만해!"

주 팀장은 천을 덮고 명희와 함께 법의관에게 다가갔다. 뭔가를 열심히 적고 있는 법의관에게 명희가 물었다.

"이거 분명 타살 맞죠?"

법의관은 안경을 고쳐 쓰며 말했다.

"두 번째 사건부터는 의심을 하고 있네. 약간의 오차는 있지만 모두 같은 종류의 전기로 당한 것 같거든."

이번엔 주 팀장이 말했다.

"사망자들의 연관성도 없고 골치 아파요."

"그럼 또 무차별 살인이란 말인가?"

"그런 셈이죠. 무슨 패션도 아니고 묻지 마 살인이 트렌드가 됐다니까요."

"골치 아프게 됐군."

"그러게 말입니다. 형님, 저는 다른 데 가 볼 곳이 있어서 먼저 나갑니다."

"그래."

주 팀장은 명희와 공장에서 나오자마자 동시에 담배를 입에 물었다. 주 팀장이 미간을 찌푸리며 입을 열었다.

"아, 이런 싸……."

"잠깐!"

"뭔데?"

"이런 싸가지 없는 놈 보게? 상관하고 맞담배질이나 하고. 이렇게 말씀하시려고 하셨죠?"

"알고도 피우냐? 이런 싸가지 없는 놈."

"벌써 열 하고도 세 번짼데 그런 거 못 맞추겠어요?"

"아주 똑똑하시네. 이런 유능한 양반이 왜 이렇게 맨날 욕만 처먹나 몰라. 취미냐?"

"치매 노인 봉사하는 마음으로 사는 거죠. 사는 게 다 그런 거 아닌가요?"

주 팀장은 명희의 뒤통수를 후려치고는 다른 이야기를 했다.

"범인의 살인 동기 말이야. 아무리 생각해도 이상해. 자, 네가 범인이다 생각하고 내가 피해자다……."

"팀장님이 피해자요? 그럼 난 전기로 안 죽여요. 이만한 몽둥이를 구해 가지고 똥물을 토할 때까지……."

"오호라! 네놈이 비로소 속마음을 털어놓는구나!"

주 팀장이 총을 꺼내 들자 명희는 놀란 눈으로 뒷걸음질 치다가 도망치기 시작했다.

"오늘 아주 끝장을 내 주마! 거기 서!"

"농담이에요! 농담! 농담!"

"그 싸가지 없는 주둥이에 총알을 양껏 먹여 주마! 사정거리 안으로 들어온다, 실시!"

"다시는 안 그럴게요!"

"어? 자, 잠깐만! 야, 명희야! 너 어디 가! 지금 어디 가는 거야!"

"도망치는 중이잖아요!"

"어디 가! 야, 야! 명희야! 야!"

명희는 이미 보이지도 않을 정도로 멀리 뛰고 있었다.

슬기가 창을 통해 밖을 내다보고 있자니 명희가 달려오는 것이 보였다. 명희도 슬기를 발견하고는 더욱 밝게 웃으며 패스트푸드점 안으로 들어섰다.

"웬 땀을 그렇게 흘렸어요?"

"휴, 아까 좀 달렸거든요. 왜 이렇게 일찍 나오셨어요?"

"저도 방금 왔어요."

명희는 이미 식어 버린 땀을 훔쳐 내며 슬기 옆자리로 슬그머니 옮겨 앉아 숨을 골랐다.

"지금 근무 중 아니에요?"

"맞아요."

"그런데, 어떻게 나왔어요?"

"그냥 도망쳐 나왔어요. 잠깐인데요, 뭐. 식사하셔야죠?"

"좀 전에 피자 먹었어요."

"그럼 안 드시려고요?"

"아니오, 좀 전에 피자 먹어서 다른 걸로 먹겠다고요."

"아하, 조크였군요. 아 참, 잠깐만 기다리세요. 금방 다녀올게요."

명희는 밖으로 뛰어나간 지 몇 분 만에 뭔가를 뒤춤에 숨기고 다시 돌아왔다. 그리고 슬기 앞에서 그것을 펼쳐 보였다.

"짠! 예쁘죠?"

"와!"

라일락이었다. 보라색과 백색이 섞여 조그맣고 투명한 팩 속에 들어 있었다.

"꽃다발보다 더 예쁘죠? 들고 가기도 편하고."

"정말 그러네요."

슬기는 그것을 테이블 위에 올려놓고 한참을 보다 명희에게 물었다.

"이건 꽃말이 뭐죠?"

"물어보시기만을 기다렸습니다."

명희는 팩을 사이에 두고 슬기를 바라보며 입을 열었다.

"백색은 아름다운 인연을 나타내는 거예요. 보라색은 첫사랑의 감동을 뜻하고."

"꽃의 분위기하고 정말 잘 어울리는 말이네요."

"꽃에 어울리는 연인들이 있었기에 꽃말이 더욱 어울렸겠죠?"

"이 꽃은 특별히 더 좋아질 것 같은데요?"

"그래요? 그럼 앞으로 제가 배달해 드릴게요. 가끔 예쁜 꽃이 보이면 라일락 속에 한 송이씩 꽂아서 말이죠."

두 사람의 눈이 잠시 마주쳤다. 슬기는 어색한 미소를 짓고 고개를 돌리며 말했다.

"우리 햄버거 먹을까요?"

"제가 살게요."

"아뇨, 저번에도 명희 씨가 부담하셨으니까, 이번엔 제가 살게요."

"그럼 그럴까요?"

"뭐로 드시겠어요?"

"이 집에서 제일 비싼 걸로요."

"아, 그, 그러세요."

명희는 계산대 앞에 줄 서 있는 슬기를 바라보았다. 슬기를 보고 있자니 동생 명원과 했던 대화가 떠올랐다. 명원이 언젠가 거울 앞에서 넥타이를 매고 있는 명희에게 이렇게 말했었다.

"오빠, 연애하지?"

"응? 어떻게 알았냐?"

"연애하는 사람들은 행동 패턴이 바뀌는 법이거든. 일단 오빠의 발을 보라고. 사흘에 한 번 갈아 신던 양말을, 하루에 한 번 꼬박꼬박 갈아 신잖아."

"그거 소문내지 마라."

"속옷도 하루에 한 번 꼭꼭 갈아입고."

"그것도."

"전에는 검소하게 입었는데, 이젠 제법 화려하고 멋지게 입고 말이야."

"그건 소문내도 좋아."

"방에서 제법 향수 냄새도 나고."

"비싼 거지."

"까칠했던 피부도 윤택해지고."

"신경 좀 썼지."

"누구야?"

"곧 알게 될 거야."

"내가 아는 사람이야?"

"네가 아는 사람이 몇이나 된다고. 너 모르는 사람이야."

"눈 높은 오빠가 뻑 갈 정도면 상당한 미인이겠는데?"

"아마 너도 반할 거야."

이성을 만나면 사람은 확실히 바뀌고 주변에선 그걸 한눈에 알아보게 된다.

멍하니 바라보고 있던 명희는 슬기의 손짓에 벌떡 일어났다.

"무슨 생각을 그렇게 하세요?"

"아, 예. 사건을 어떻게 풀어야 하나 고민 좀 하느라……. 아하하!"

"자, 드세요. 제일 비싼 거예요."

"닭고기네요? 그런데 슬기 씨는 안 드세요?"

슬기 앞에는 김이 모락모락 나는 커피 한 잔이 전부였다.

"갑자기 배가 불러서요."

슬기를 빤히 바라보던 명희가 빙긋 웃으며 말했다.

"그럼 우리 이렇게 잘라서 반 나눠 먹을까요? 저도 사실 배가 많이 고프진 않거든요."

"그럼…… 그럴까요?"

개천이 흐르는 곳 벤치에 웅크린 자세로 몹시 떨고 있는 사내가 있었다. 그는 쓰레기통에서 주운 외투 하나만을 걸치고 두통이 심한 듯 머리를 감싸 쥐었다. 자신이 왜 이곳에 있는지 전혀 기억나지 않았다.

잠깐씩 떠오르는 것은 낭자되어 있는 피와 잔인하게 죽어 있는 여자들의 시체뿐이었다. 시간이 갈수록 자신이 누군지에 대해 기억이 하나둘 떠올랐기 때문에 더욱 생각에 열중할 수밖에 없었다.

영화의 장면이 갑자기 전환된 것처럼 갑작스럽게 섬이 떠올랐다. 빠른 속도로 이동하는 배에 올라타 있었지만 섬은 쇠창살 밖으로 보였다. 섬에 도착해서는 검은색 제복을 입은 사내들에게 끌려 작은 집으로 옮겨졌다. 그리고 예쁘게 생긴 여자가 보였다. 예쁘게 생겼지만 왠지 꺼려지는 달갑지 않은 느낌의 여자였다.

"으윽!"

다시 두통이 심해져 더 이상 생각할 수가 없었다. 이 두통은 의식이 돌아온 이후로 줄곧 계속되었다. 그는 휘청거리며 몸을 간신히 일으켜 정처 없이 걷기 시작했다.

도검과 슬기는 얼마 전 얘기를 나눴던 공원에 나란히 앉았다. 공원은 오늘도 운동하는 몇몇 사람들을 제외하고는 한가했다. 도검이 먼저 물었다.

"얘기는 해 봤어?"

"아니. 도저히 할 수가 없었어."

"쉽진 않을 거다."

도검은 슬기 곁에 앉아 예전처럼 팔을 등받이에 걸치고 맞은편에 연인으로 보이는 사람들을 바라보았다.

"수연이가 그러는데 꽃에 질식해 죽을 지경이라는데, 그거 다 명희가 선물한 거냐?"

"수연이가 그래? 참 나, 예전에 그 스토커에 비하면 아무것도 아닌 걸 가지고."

"크크, 맞아. 그랬었지. 그땐 가게에까지 꽃이 쌓여 있었잖아. 그놈은 어떻게 됐나 모르겠네."

"뒈졌기를 바랄 뿐이지."

"말 좀 무섭게 하지 마라. 네가 말하면 정말 몸서리가 쳐진다니까?"

슬기는 한숨과 함께 벤치에 기대며 하늘을 올려보았다.

"후우, 이상하게 갈수록 명희 씨가……."

그들 맞은편에 있던 연인에게 양아치 한 무리가 천천히 다가가고 있었다. 도검은 그들을 바라보며 슬기의 말을 받았다.

"좋아지는구나?"

"후훗, 하여튼 눈치 하나는……."

"명희, 괜찮은 놈이지. 경찰만 아니었으면 좀 더 가깝게 지내도 좋은 친군데."

슬기는 흥미로운 듯 도검을 돌아보며 물었다.

"그래서 일부러 거리를 두는 거야?"

"골치 아파질 수가 있으니까. 정확히 말하면 명희가 곤란해질 수 있으니까."

슬기는 실망한 듯 고개를 숙였다. 그런 모습을 보며 도검은 양손을 벌려 보이며 말했다.

"어디까지나 내 얘기야. 너하고는 입장이 다르다고. 그런 것 때문에 멀리할 필요는 없어."

양아치들은 연인에게 가서는 빙 둘러서서 장난스럽게 시비를 걸었다.

"언제쯤 얘기할 생각이야?"

"아직 모르겠어. 지금 같아서는 영원히 말할 수 없을 것 같아."

도검은 맞은편을 향해서 큰 소리로 휘파람을 불어 양아치들의 시선을 집중시키고는 왼팔을 높이 치켜들었다. 도검의 왼팔에서 칼이 튀어나오며 가로등 불빛에 번쩍이자, 양아치들은 움찔하더니 최대한 빠른 걸음으로 공원 밖으로 사라졌다. 그곳에 앉아 있던 연인이 도검에게 고개를 숙여 보이고는 자리를 급히 떴다. 도검은 그런 그들에게 손을 흔들어 보이며 슬기에게 말했다.

“생각을 너무 오래 하다 보면 말하고 싶어도 못하는 상황이 올 수도 있어. 뭐든 타이밍이 중요하니까.”

슬기는 조용히 고개를 끄덕였다.

“우리 슬기가 드디어 사랑에 눈을 뜨게 되는구나. 다 컸네.”

“야, 네가 키운 것처럼 말하지 마.”

“직접 말하기가 뭣하면, 내가 말해 줄까?”

“관둬라, 관둬. 뻔하지.”

“한번 믿어 봐. 말 잘해 줄 테니까.”

슬기는 도검의 말투를 흉내 내며 입을 열었다.

“슬기는 싸가지도 없고 네 앞에서만 얌전한 척하는 거야. 이상한 곳에서 이상한 훈련을 받아 가지고 비위 안 맞으면 다 박살 내 버리는 애라고……. 뭐, 이런 식이겠지.”

“이 자식, 생각보다 주제를 잘 알고 있었는데? 생각보다 속이 깊은 놈일세?”

“지금 한판 붙어 보겠다는 거야?”

“됐다. 부인 때리는 남편 다음으로 못난 놈이 여동생 때리는 오빠거든.”

“칫, 오빠는 개뿔.”

“명희는 요즘 무슨 사건 맡고 있는데 소식이 없어?”

“무슨 감전 사고에 대해서 조사하고 있나 봐.”

“감전?”

“단순한 사고가 아니라 타살인 것 같다더라고.”

슬기는 말을 하다 말고 갑자기 표정이 굳었다.

"왜 그래?"

바닥을 뚫어지게 응시하다가 고개를 설레설레 흔들었다.

"그럴 리가 없지."

"갑자기 왜 그래? 너, 혹시, 꿔었냐?"

"꿔어?"

"하는 행동으로 봐서는 그렇게밖에 생각할 수 없는데? 한순간 몸이 굳어지고 시선은 한곳을 응시하고 잠시 후에 다시 행동이 자유로워지고."

슬기는 한심한 듯 도검을 바라보며 말했다.

"내가 널 오빠로 인정할 수 없는 이유 중에 하나가 뭔 줄 알아? 이런 유치함 때문이야. 알겠어?"

슬기가 자리에서 일어나 성큼성큼 가 버리자 도검도 그녀를 따라 나서며 중얼거렸다.

"흥, 그냥 떠본 건데 진짜였던 모양이군. 뭐 뀐 놈이 성낸다더니 진짜였어."

현장에 있던 명희가 주 팀장을 졸졸 따라다니며 계속 말했다.

"팀장님 이제 그만 철수하죠."

"시끄러, 뭐 찾은 거 없어?"

"도대체 뭐가 수상하다는 겁니까? 제가 보기엔 그냥 사고 같은데.”

“마음이 딴 데 가 있는 놈이 사건을 제대로 볼 수 있겠냐?”

“팀장님도 사랑해 보셨을 거 아녜요? 저는 지금 상사병 환자라고요.”

“사랑은 사랑이고 일은 일이야. 그것도 모르냐? 일과 사랑.”

“그거 예전에 했던 드라마 제목 아니에요?”

“그게 중요한 게 아니잖아.”

“늦었다고요. 지금 몇 신지나 아세요?”

“시간 알려 주랴?”

“아, 팀장님!”

“알았다, 알았어! 정말 징징대기는. 들어가자. 뭐, 더 건질 것도 없다.”

“오늘 늦게 끝났으니까…….”

“내일 새벽 6시까지 나와.”

“…….”

“늦게 나올 생각은 아예 하지도 마! 아까 도망친 건 징계감이었으니까. 알겠어?”

“총으로 위협한 게 누구신데 그러세요?”

“장난 좀 한 거 가지고 진짜 도망친 놈은 닥치도록 해. 낼 일찍 나와. 늦으면 진짜 죽을 줄 알아.”

“먼저 들어가 보겠습니다.”

“차 안 타고 갈 거야?”

“잠시 들를 곳이 있어서요.”

이미 저만치 가고 있는 명희의 뒷모습을 보며 주 팀장이 고개를 가로저었다.

"좋을 때다, 좋을 때야……. 얼마나 가나 보자. 흥!"

사내가 머리를 감싸 쥐고 쓰레기 더미 옆에 앉아 있었다. 두통이 점점 심해져 몸을 가눌 수가 없었다. 그의 머릿속엔 여전히 짧은 영상들이 스쳐 지나갔다.

섬에서의 집과 방호복을 입은 사람들이 기계장치가 연결되어 있는 침대에 자신을 눕히고 장비들을 들고 그의 몸에 알 수 없는 작업을 했다. 그다음은 고통…… 너무나 아픈 고통이었다.

그는 그때가 생생하게 떠올랐는지 신음 소리를 내며 배를 움켜잡았다. 고통이 점차 완화되면서 옆으로 길게 누웠다. 하지만 머릿속 기억은 멈추지 않았다.

몹시 추운 냉동실, 한 남자가 장총을 들고 그를 위협했다. 총을 든 사내는 화난 듯 그에게 큰 소리로 외쳤지만 입 모양만 보이고 말소리는 들리지 않았다. 위협을 느낀 그는 총을 든 남자를 공격했고 그 순간 총소리와 함께 복부에 극심한 통증이 느껴졌다.

"으아!"

총 맞는 순간의 고통이 실제처럼 느껴지자 주변이 울리도록 길게 소리를 질렀다.

당구장에서 당구를 치던 양아치들이 소리를 듣고 창가로 모였다. 그중 한 명이 건물 옆에서 웅크리고 있는 사내를 발견하고는 담배를 꺼내 물었다.

“저 미친놈이 신경 건드리네. 공원에서는 덩치 큰 놈 때문에 재미도 못 보고 요새 왜 이렇게 미친놈들이 많은지 몰라.”

그의 동료가 대꾸했다.

“기분도 그런데 저 자식이나 데리고 놀아 볼까?”

“돈도 없어 보이는데? 게다가 수컷이고.”

“화풀이 좀 하는 거지 뭐.”

“그럼 그래 볼까?”

양아치들이 우르르 몰려 아래로 내려갔을 때 사내는 여전히 앉아 있었지만, 흐트러져 있던 조금 전까지와는 다르게 정자세로 반듯하게 앉아 있었다. 어두워서 잘 보이지는 않았지만 그의 표정 또한 매우 차분해 보였다.

“아저씨, 왜 이 오밤중에 소리를 지르고 지랄이야? 집중이 안 되잖아.”

“꼴을 보니 미친놈 맞네. 뭐야, 저 새끼 외투 안에는 아무것도 안 입었어! 변태 새끼잖아!”

“변태?”

“왜 있잖아, 노출증 환자. 여자나 애들 지나가면 그 앞에 슈퍼맨처럼 나타나서 외투를 활짝 열어 보이는 새끼들 말이야.”

“그런 새끼들이 세상에서 제일 싫은데 말이야.”

무리 중에 하나가 좁은 틈 사이로 들어서자 앉아 있던 사내가 천천히 일어섰다. 그가 다 일어섰을 때는 고개를 젖혀 올려다보아야 했다.

"이, 이 새끼 봐라? 한번 해보자 이거야?"

사내의 눈에서 파란 불꽃이 이는 것을 보았지만 양아치는 자신이 잘못 보았을 거라고 생각했다.

"봉식아! 그 자식 이리 끌고 나와. 아주 작살을 내 버리자!"

"그래 어디 한번……."

그는 말을 끝내지도 않고 갑작스럽게 사내에게 주먹을 휘둘렀다. 사내는 피하지 않고 그대로 주먹을 맞았지만 밀리지도 않고 손상을 입은 것 같지도 않았다.

사내가 처음으로 입을 열었다.

"기억났다."

"뭐라는 거야?"

"모든 것이 기억났다."

"이 새끼가 무슨 소리 하는 거야? 에잇!"

그가 또 주먹질을 했으나 이번엔 사내가 주먹을 가볍게 붙잡았다.

"모든 게 생각났다고."

사내가 잡은 팔을 빠른 속도로 잡아당겼다. 찢어지는 소리와 함께 거짓말처럼 팔이 뜯겨져 나갔다.

"어?"

순간 자신의 팔이 길게 늘어난 것처럼 보인 그는, 멍하니 있다가 얼굴이 파랗게 질리며 어깨를 감싸 쥐고 주저앉았다.

"뭐, 뭐야! 왜 그래!"

"저 새끼 지금 어떻게 한 거야."

피가 뚝뚝 떨어지고 있는 양아치의 팔을 들고 서 있는 사내의 모습을 보고 나서야 상황이 헤아려졌다.

"미, 미친 새끼……."

"경찰 불러!"

"그냥 죽여 버리자!"

사내가 좁은 틈에 서 있어서 세 명 모두가 한꺼번에 덤빌 수가 없었다.

"이리 나와! 나와 새끼야!"

그들 중 한 명은 어딘가로 달려갔고 다른 한 명은 주저앉아 있는 동료를 길로 끌어냈다. 남은 한 명이 칼을 꺼내 들고 위협했지만 사내는 여전히 감정을 읽을 수 없는 표정으로 서 있었다.

그는 어디를 보는지도 알 수 없는 시선으로 허공을 바라보며 중얼거렸다.

"내가 누군지 알아 버렸어. 나를 이 꼴로 만든 놈들도 생각났고. 이젠 내 차례다, 개새끼들아. 그년부터 찾아서 찢어 죽이고 한 놈씩 산 채로 태워 주지. 내가 겪었던 고통 그대로 되돌려 주지!"

양아치는 뒤로 물러서며 칼을 든 동료에게 말했다.

"처, 철형아, 그냥 가자. 저 새끼 이상해. 느낌이 안 좋다고!"

"봉식이 안 보여? 이대로는 못 간다고!"

사내는 그들을 보며 씩 웃어 보였다. 동시에 눈이 부실 정도로 밝은 푸른빛이 주변을 감쌌다.

"뭐, 뭐야!"

빛은 주변의 어둠을 모두 삼킬 듯이 커졌다가 이내 사라져 버렸다. 순간의 일이었다.

주 팀장은 커피를 들고 지나며 책상 앞에 앉아 있는 명희에게 물었다.

"몽타주 다 됐어?"

"예. 아주 세련되게 생겼던데요?"

"어쨌든 목격자가 있어서 다행이다. 자, 내 예상이 맞았지? 그건 사고가 아니라 살인이었다니까!"

"어디서 잡죠? 진술 들어 보니까 그냥 부랑자처럼 떠돌아다니는 모양인데. 그렇다고 살인 동기를 발견한 것도 아니고. 결정적으로 어떻게 사람을 감전시켜 죽였는지 알 수가 없잖아요."

"그렇긴 하지."

"놈은 알몸에 외투 하나 걸치고 있었답니다. 스턴건이나 변압기 같은 건커녕 시계도 안 차고 있었대요. 어떻게 한 걸까요?"

"번개를 맘대로 하는 놈 아닐까?"

"……."

"니미럴, 용의자 없을 때보다 더 짜증 나네. 시체 중에 하나는 옷이 벗겨져 있었다고 했지?"

"예. 블랙진에 가죽 재킷을 걸치고 있었답니다."

"놈이 뺏어 입은 거군. 수배 내릴 때 그 복장으로 수배 내려. 그동안은 왜 알몸으로 다녔을까?"

"돈이 없었으니까요."

"뺏어 입으면 되잖아. 이번처럼."

"그땐 빼앗을 줄 몰랐나 보죠."

"그럼 이번엔 어떻게 된 거야?"

"이젠 빼앗을 줄 알았나 보죠."

"…… 너랑 말하다 보면 짜증이 확 나는 거, 너는 모르지?"

주 팀장은 자신의 책상으로 가다가 갑자기 생각에 잠겼다. 그러고는 명희를 다시 바라보며 입을 열었다.

"늑대소년이라고 들어봤지?"

"정글에서 늑대들이 키웠다는 지저분하게 생긴 애잖아요."

"지저분하게 생겼는지 어떤지는 모르겠는데 그 애도 발견될 당시에는 알몸이었다던데."

"당연하죠. 배운 적이 없으니까. 그런데 갑자기 왜요?"

"이 범인, 혹시, 인간의 기본 행동 패턴까지 깡그리 잊어버리는 악성 기억상실증에 걸려서 짐승처럼 살다가 이번에 각성하게 된 건 아닐까?"

"에이, 그런 기억상실증이 세상에 어디 있어요."

"상상력을 조금 보태 봐. 아주 심하게 다쳤을 경우에 본능만

남고 다 잊는 거지."

"그럼 사람들을 죽인 건 본능에 따라서 공격한 것이라는 말씀인가요?"

"내가 현장에서 처음 느낀 느낌은 어쩐지 차갑다는 거였어. 시체가 타 죽었는데도 그런 느낌이 들어서 이상하다 생각했지. 나중에 그 이유를 알겠더군. 그 현장엔 도무지 감정이 느껴지지가 않았어. 감정이 빠진 살인 말이야. 이런 경우는 두 가지뿐이지. 짐승에게 습격당하거나 사이코 짓이거나."

"그렇다면 놈은 후자 쪽이군요. 적어도 사람 짓인 건 확실하니까."

"아냐, 느낌이 달라. 놈은 말이야……. 양쪽 다야."

명희는 쫓기고 있었고 그런 그의 모습을 슬기는 바라보았다. 도망치던 명희가 벼랑 끝에 몰렸을 때 슬기는 그를 구하기 위해 달렸지만 늪에 빠진 것처럼 몸이 말을 듣지 않았다.

누군가가 슬기 옆을 빠른 속도로 지나쳐 곧장 명희에게 달려갔다. 스쳐 지나는 짧은 순간, 슬기는 그와 눈이 마주쳤다. 그를 보는 순간 슬기의 심장이 덜컥 내려앉았다.

바로 그놈이었다.

놈은 엷은 미소를 띠고 슬기를 향해 뭐라고 말했지만 들리지 않았다. 놈은 명희에게 달려가 그를 덥석 집어 높이 들어 올리고는 슬기에게 다시 말했다.
이때의 목소리는 생생하게 그녀의 귀에 꽂혔다.
"다음은 네 차례다."
놈은 명희를 벼랑 밖으로 던졌다. 허공에 떠오른 명희의 표정을 잊을 수가 없었다.
"안 돼!"
슬기는 비명과 함께 눈을 떴다.
온몸은 침대 시트까지 젖을 정도로 식은땀으로 흥건했다.
"언니!"
수연이 잠옷 차림으로 방문을 열고 들어왔다. 슬기는 일어나 앉아 숨을 골랐다. 꿈이 너무 생생해 명희의 마지막 표정이 아직도 잊히지 않았다.
"괜찮아?"
"응, 괜찮아."
"물 좀 떠다 줄까?"
"응, 고마워."
슬기는 수연이 떠 온 물을 단숨에 비우고 다시 숨을 골랐다. 손가락 움직이기도 힘들 만큼 온몸에 힘이 하나도 없었다.
"감기 걸리겠어, 언니."
"고마워. 신경 쓰지 말고 자. 미안하다."
"뭐가 미안해. 괜찮겠어?"
"응, 어서 자."
"그래, 그럼 잘 자."

슬기는 생각난 듯 휴대폰을 집어 들었다가 다시 내려놓았다.
"그냥 꿈인데 뭘. 피자만 먹어서 몸이 잘못됐나?"

슬기는 배달 가방을 내려놓으며 장서에게 속삭이듯 말했지만 장서는 큰 소리로 대답했다.
"추적기? 그건 뭐하게?"
"아 좀 작게 좀 말씀하세요. 다 쓸 데가 있으니까 달라는 거죠."
"이젠 미행 취미까지?"
"아저씨, 정말 필요하다니까요."
"추적기가 라디오 키트 조립하는 건 줄 알아? 얼마나 손이 많이 가는 줄 아냐고!"
"만들어 놓은 거 없어요?"
"저번에 너 하나 줬잖아."
"스토커 자식 잡느라 수연이한테 줬다가 부서졌잖아요."
"도검이가 몇 개 가지고 있을 거다. 도검이한테 달라고 해."
"그래요?"
슬기는 곧장 주방에 들어가 오븐에서 피자를 막 꺼내고 있는 도검을 불렀다. 도검은 돌아보지도 않고 먼저 말했다.
"이건 배달할 거니까, 집어 먹을 생각 하지 마."
"내가 피자 못 먹어서 미친 인간이냐?"
"하는 걸로 봐서는 아니라고는 못 하지."
슬기는 조금 뜸 들였다가 입을 열었다.

"부탁 하나만 하자."

"하지 마."

"들어 보지도 않고 그러기야? 궁금하지도 않아?"

"관심이 없으면 호기심도 없는 법. 침 튀기지 말고 비켜."

"나 추적기 하나만 줘."

"뭐?"

"필요하단 말이야."

"벌써 그런 지경인 거냐?"

"뭔 말이야?"

"명희에게 붙일 거 아냐?"

"눈치는 진짜 인정해 줘야겠군. 그런데 그런 지경이란 게 무슨 뜻이냐고."

"감시용이잖아. 명희가 요즘에 다른 여자한테 한눈팔아? 이제야 명희가 제정신으로 돌아온 모양이……. 이봐, 설마 그거 집어 던지려는 건 아니겠지? 피자 재료도 이제 거의 바닥났단 말이야!"

"피자를 살리고 싶으면 추적기 하나만 내놔. 이유는 더 이상 묻지 말고."

"알았어. 그냥 농담 좀 한 걸 가지고. 아휴 저 밴댕이 자식."

"나도 장난이었어."

"그럼 그 이마에 튀어나온 핏줄은 뭔데?"

"나, 화 안 났어."

"열 받은 얼굴 표정이나 바꾸고 거짓말하시지."

"언제 줄 건데?"

"이따 끝나고 집에 가서."

"당장 가져와!"

도검은 자신에게 말을 쏟아 놓고 나가는 슬기를 황당한 표정으로 바라보았다.

주 팀장은 여전히 책상 위에 발을 올린 채 말했다.

"연쇄살인범 중에서 유명한 놈이 누가 있지?"

"잭 더 리퍼요."

"외국인 말고 자식아."

"팀장님이 더 잘 아실 거 아닙니까."

"내가 아는 놈 중에는 망나니가 최고이긴 한데 일반적인 연쇄살인범 범주에 넣기는 좀 애매해. 부패한 권력자나 재벌들만을 노려서 망나니가 설치고 다닐 땐 오히려 서민들은 더 활기차게 살 수 있었거든."

"그 정도였어요?"

"네가 햇병아리는 햇병아리구나. 옛날에 시장에 '도깨비'라고 해서 한때 유행했던 캐릭터 알지? 옷이며, 모자, 장갑 같은 거에 붙었던 상표 말이야."

"알죠. 웬만한 애들은 그거 하나 정도는 가지고 있었잖아요."

"그 '도깨비' 모델이 된 게 망나니였어."

"진짜요?"

"처음엔 당시 놈의 별명대로 '망나니'라고 해서 올렸다가 퇴짜를 맞았거든. 악질 범죄자로 캐릭터 사업을 한다는 게 말이 돼? 그래서 도깨비로 이름만 바꿔서 올렸단다."

"그래서 허가 받은 거예요?"

"거절할 명분이 없잖아. 칼 들고 있다고 해서 모두 망나니라고 할 수도 없는 일이고, 또 이름은 도깨비였으니까 말이야."

"누군지 몰라도 떼돈 벌었겠네요."

"어쨌든 망나니는 아냐. 무차별 살인마 중엔 아는 놈 없냐?"

"팀장님, 그런데 왜 갑자기 살인마 타령이세요?"

"이번 녀석 말이다. 전형적인 연쇄살인자 유형인데 왠지 익숙한 느낌이라고나 할까? 그게 언제였더라……."

"리스트 뽑아 볼까요? 이름이나 별명을 들으면 기억이 날 수도 있잖아요."

"그래 볼래?"

"어려울 것 없죠."

방울 소리와 함께 모텔 주인은 작은 창을 통해 밖을 내다보았다. 호리호리한 체격의 남자가 막 들어서서 둘러보고 있었다. 긴 앞머리에 가려 얼굴이 제대로 보이지 않았지만 예리한 눈빛만큼은 또렷하게 보였다.

그는 대뜸 용건을 말했다.

"여자 구할 수 있소?"

"손님, 우리 업소는 그런 곳이 아닙니다."

남자가 주머니에서 지폐 뭉치를 꺼내 카운터 위에 올려놓았다. 주인은 돈을 챙기면서 조심스럽게 떠봤다.

"저희는 원래 그런 곳이 아닙니다. 하지만 연락처는 드릴 수 있습니다만……."

"방으로 올려 보내 주시오."

경찰이 아니라는 확신을 가진 주인은 열쇠를 들고 직접 앞장섰다.

"손님, 제가 안내해 드리겠습니다."

"필요 없소."

사내는 카드 키를 낚아채듯 집어 들고는 엘리베이터를 타고 사라졌다.

"싸가지 하고는."

주인은 미소를 싹 지우고 어딘가로 연락을 했다.

몇 분 지나지 않아 짧은 미니스커트에 튜브 탑을 입은 직업 여성이 모텔로 들어섰다.

"201호."

짧은 주인의 말에 그녀는 엘리베이터를 타고 올라갔다. 복도를 지나 201호 앞에 서서 노크를 하고 기다리니 문이 열리며 남자가 모습을 드러냈다.

방 안에 불을 켜 놓지 않아 잘 보이지는 않았지만 나이가 많은 남자가 아니라는 생각에 그나마 낫다고 스스로 위로하며 안으로 들어섰다. 남자는 여자를 제대로 보지도 않고 창문 앞으로 가 담배를 물었다. 여자는 어찌해야 할지를 몰라 침대에 걸터앉았다.

"왜 불도 안 켜고 있어요?"

"켜지 마."

그녀는 불을 켜려던 손을 움찔하며 다시 접었다. 남자가 그녀를 돌아보았을 때 어딘지 모르게 기분이 오싹해졌다. 창밖의 불빛에 비친 얼굴이라 그렇게 보였을 거라고 생각했지만 그러기엔 그의 눈빛이 너무 매서웠다.

그녀를 앞에 두고도 남자는 바라만 볼 뿐 말이 없었다. 혹시 변태가 아닐까 걱정되어 가방에 손을 넣고 물건을 찾는 척하면서 휴대폰을 집어 들었다. 여차하면 삼촌들을 불러야 했기 때문이다.

"떨고 있군."

남자의 말을 듣고 나서야 자신이 떨고 있다는 것을 깨달았다.

"왜 그래?"

"아, 그냥 좀 추워서."

"이름이 뭐지?"

"써니."

"그게 본명이야?"

여자는 억지로 미소를 지으며 말했다.

"오빠 짓궂다."

남자는 다시 입을 다물었고 정적이 흘렀다. 시간이 흐를수록 두려움에 사로잡혀 손가락 하나 움직이는 것도 허락을 받고 움직여야 될 것 같았다.

"저…… 씻을까요?"

"좋을 대로 해."

여자가 화장실에 들어가려 하자 남자가 말했다.

"여기서 벗고 들어가."

여자는 조심스럽게 일어나 옷을 벗기 시작했고 남자는 감상하듯이 바라보고 있었다. 방은 옷 벗는 소리만 희미하게 들렸다.

명희는 두꺼운 서류철을 들고 주 팀장 책상 위에 올려놓았다.

"생각보다 많은데요? 우리나라에 연쇄살인범이 이렇게 많았나?"

"잡히지 않은 놈이 더 많아."

"화성 사건 범인도 아직 안 잡혔잖아요."

"그냥 어딘가에 처박혀서 거시기 잘려 뒈져 버렸기를 바랄 뿐이지."

"오우, 그런 무서운 말씀을."

"강간범은 하여간 거시기를 잘라다가 교도소 앞에다가 걸어놔야 한다니까."

"……."

"어디 보자, 어디 보자."

주 팀장이 넘겨보던 리스트 중에 하나를 명희가 짚었다.

"이 자식 별명은 뭐였습니까?"

"아, 이놈? 내가 잡아넣었어. 별명이 망태였어, 망태."

"후원한다며 소녀 가장만 유인해서 강간하고 생매장을 한 엄청난 개새끼던데요?"

"김동근 검사가 사형시켰어."

"이런 놈들은 곱게 죽이면 안 되는 건데."

주 팀장은 생각난 듯 혼자 픽 웃으며 말했다.

"명희야, 너 김동근 검사 알지?"

"네. 몇 번 같이 일했었죠."

"김 검사 스타일 알고 있나? 그런 거 못 참는 성미거든. 내가 검사 나부랭이들 중에서 유일하게 인정하는 친구지. 김 검사가 망태 그놈한테 시비 걸어서 난동 피우게 만들었어. 그러고는……."

"어떻게 하셨는데요?"

"거시기를 걷어차서 터뜨려 버렸지. 진압 과정에서 사고로 처리했고. 죽은 애들 생각하면 그것도 모자라다고 했지만 말이야."

"김 검사님이 그런 스타일이었어요? 생긴 건 그냥 깐깐하게만 생겼던데."

"여기 이놈도 내가 잡아넣었어. 여기 보이지? 여기 움푹 팬

상처, 이 새끼가 낫을 휘두르는 걸 막다가 생긴 상처야."

"어떤 놈이었는데요?"

"상습 강간 살인이지 뭐. 그런데 이놈이 언제부터 강간을 시작한 줄 알아? 군대에 있을 때 외부로 훈련 나갈 때마다 동네 60대 노인을 상습적으로 성폭행했어."

"윤리를 떠나서 정신적으로도 문제가 있는 놈이네."

"그 노인 양반, 말도 못 하고 벙어리 냉가슴 앓다가 돌아가신 뒤에 밝혀졌지. 그런데 부대에서 쉬쉬한 모양이야. 군대란 게 다 그런 거 아니겠나. 자기 부대에 사고 나면 지휘관은 진급에 문제가 생기니까 말이야."

"하여간……."

"처음엔 강간하고 사진 찍어서 신고를 못 하게 했는데 나중에는 대범하게 돈까지 요구했지. 그러다 어떤 용감한 피해자가 신고를 해 버린 거야. 현장에서 잡혔지."

"사형이에요?"

"이놈은 형 살고 나왔어."

그들은 어느새 낡은 소파로 자리를 옮겨 커피를 마시며 느긋하게 앉아 얘기에 열중했다.

"제 버릇 개 못 준다고 강간을 또 했는데 덜컥 겁이 난 모양이야. 또 신고당할까 봐."

"그래서 죽였군요?"

"이놈은 완전 미친놈이었어. 교살한 다음에 차 트렁크에 싣고 다니면서 시간屍姦을 한 거야."

"완전 또라이 자식이었네!"

"멀쩡한 놈이 그랬겠냐? 시체 훼손은 중죄 중에서도 중죄지. 주유소에서 주유하다가 시체 썩는 냄새 때문에 주유소 직원이 의심을 하고 신고를 했지. 그래서 잡힌 거야."

"이번엔 어떻게 됐어요?"

"김 검사 스타일로 처리. 짓지도 않은 죄 잔뜩 뒤집어씌워서 사형."

"김 검사님 깡도 좋네요. 그러다 걸리면 어떻게 하려고……."

그때 익숙한 목소리가 불쑥 끼어들었다.

"뭣들 하십니까?"

언제 왔는지 김 검사가 그들 곁에 서 있었다.

"아, 김 검사님, 어서 오세요."

명희는 바짝 얼어서 부동자세를 취했고 주 팀장은 김 검사와 악수를 하며 옆에 자리를 내주었다. 옆에 자리를 잡은 김 검사가 웃는 얼굴로 말했다.

"무슨 얘기를 이렇게 재미나게 하세요?"

"내가 연쇄살인범 잡았던 얘기를……. 명희야, 우리 아까 책상에 있지 않았냐?"

"팀장님 또, 무용담을 늘어놓으셨어요?"

"연쇄살인범 얘기하다 보니 그렇게 됐네요. 그런데 검사님은 여기 웬일이시죠?"

"이번 사건 때문에 왔습니다. 팀장님을 믿지만 위에서 하도 닦달해서요."

"지금 그것 때문에 리스트 살피는 중이었어요."

"어디 좀 봅시다. 감이 오는 놈이 있습니까?"

"아직은 딱 떠오르는 놈이 없네요."

김 검사는 주머니에서 빨간 사인펜을 꺼내 리스트에다가 무엇인가를 체크하기 시작했다. 잠시 후에 체크가 모두 끝났는지 리스트를 내려놓았다.

"이건 뭔가요?"

"죽은 놈들입니다. 체크가 안 됐나 보네요."

주 팀장은 명희를 힐끗 보았고 명희는 조용히 고개를 숙였다. 주 팀장은 너털웃음을 지으며 말했다.

"간혹 사망 처리된 놈 중에 범죄 저지르다 잡힌 케이스도 있어서요."

김 검사는 여전히 웃으며 고개를 끄덕였다.

"그럴 수 있죠. 제 사건에는 없었지만."

형사 한 명이 다가와 주 팀장에게 말했다.

"팀장님, 모텔에서 감전사 사건이 접수됐습니다."

김 검사와 주 팀장이 서로 마주 봤다. 주 팀장이 다시 보고한 형사를 돌아보며 물었다.

"어디래?"

"구의동입니다."

"이 새끼가 본격적으로 활동하기 시작한 모양이군."

김 검사도 인상을 찌푸리며 말했다.

"사이클이 점점 짧아지고 있어요. 자, 갑시다."

모텔 입구는 구경꾼과 경찰들로 어수선했다. 그들 사이를 주 팀장과 명희가 비집고 들어갔다. 경찰에게 아직도 질문을 받고 있는 모텔 주인을 지나 사건 현장으로 올라갔다.

"아주 엉망을 만들어 놨네요. 성질 건드렸나?"

이번엔 이전 사건 현장과 다르게 방 안이 온통 피투성이였다. 바닥은 물론 벽과 천장까지 피가 튀어 온통 검붉은 자국뿐이었다.

"뭘 했기에 천장까지 피가 튀어 있을까요?"

주 팀장은 현장에 들어온 이후로 한마디 말도 없이 그곳의 광경을 머릿속에 완전히 저장이라도 하는 듯 세밀하게 관찰했다. 그러고는 잠시 눈을 감고 서 있었다. 명희는 그런 주 팀장을 그대로 두고 시체를 확인했다.

전기로 인한 파열로 피부가 가뭄 든 땅처럼 갈라져 있었고 내장이 시커멓게 익은 채 밖으로 나와 있었다. 명희는 과학수사팀 한 명을 붙잡고 물었다.

"성별이 뭡니까?"

"여자예요."

아직 초년생인지 메스꺼워서 못 견디겠다는 표정으로 그렇게 말하고는 다시 일했다.

"명희야."

"예, 팀장님."

"사장 좀 이리로 불러 와라."

모텔 주인은 두려움 때문에 정신이 없어 보였고 한사코 현장 근처는 가려고 하지 않았다. 명희는 주인을 옆방으로 데리고 갔고 이어서 주 팀장이 방으로 들어왔다.

주 팀장은 자리를 잡자마자 몽타주를 꺼내 보였다.

"이렇게 생긴 놈 맞습니까?"

주인은 잠시 보고 있다가 두려운 듯 고개를 끄덕여 보였다.

"수염은 없었지만 맞아요. 틀림없어요."

"죽은 사람이 누군지 혹시 아십니까?"

"……."

"사장님이 부른 직업여성 같은데, 맞나요?"

"……."

주 팀장은 최대한 편안한 표정으로 말했다.

"사장님, 지금 살인 사건 수사 중이니까 그냥 사실대로 말씀하세요. 이번은 눈감아 줄 테니까."

사장은 쭈뼛거리며 고개를 끄덕였다.

"제가 보도방에 연락해서 불러 줬어요."

"숙박계엔 뭐라고 썼나요?"

"쓰지도 않았어요. 워낙 돈을 많이 줘서 신경도 안 썼어요."

"그 남자 별다른 특징은 없었나요?"

"가죽 재킷에 검은색 바지를 입고 있었어요. 키가 크긴 했는데 호리호리해서 더 커 보이는 그런 스타일 있죠? 그리고 눈빛이 정말 무서웠어요. 마치……."

주인은 생각하는 듯이 창가 쪽을 바라보다가 뭔가를 보았는지 몸을 부들부들 떨며 눈을 크게 떴다. 비명을 지르지는 않았지만 표정은 영락없이 비명을 지르는 얼굴이었다.

명희와 주 팀장은 그녀의 시선을 따라 맞은편을 바라보았다. 맞은편 모텔 창문 커튼 사이로 한 남자가 미소를 머금고 지켜보고 있었다. 남자는 명희를 향해 손을 들어 보이고는 손가락을 까닥거리며 자기를 가리켰다. 명희는 큰 소리로 외치며 밖으로 뛰어나갔다.

"봉쇄해!"

남자는 곧 커튼 뒤로 모습을 감췄지만 주 팀장은 여전히 그곳을 보며 무전기를 통해 정신없이 명령을 내렸다.

명희는 맞은편 모텔로 뛰어 들어갔다. 막아서는 모텔 직원을 밀치고 2층으로 올라가며 권총을 꺼내 들었다. 남자를 봤던 방의 문을 걷어차고 안으로 들어갔으나 이미 사라지고 난 후였다.

그때 뒤에서 누군가가 팔을 거머쥐고는 잡아챘다. 명희는 버티지 않고 순간적으로 이끄는 힘을 이용해 몸을 같이 움직였다.

"운동신경 좀 있는 놈이군."

명희가 권총을 들어 올렸으나 남자는 자연스럽게 명희의 옆구리를 걷어차고는 다른 방으로 뛰어 들어갔다. 탈골된 어깨를 움켜쥐고 따라 들어갔지만 창문만 열려 있고 남자는 보이지 않았다.

"주변 도로 모두 봉쇄해!"

뒤늦게 들이닥친 경찰들에게 소리 지르고는 명희도 창문에서 뛰어내려 그를 쫓아갔다.

접시 깨지는 소리에 주방에서 잘 나오지 않던 도검마저 머리를 내밀고 매장 홀을 바라보았다.

"왜 그래?"

바닥엔 깨진 접시 조각들이 널려 있고 슬기가 어지러운 듯이 테이블을 짚고 서 있었다.

"안 다쳤어? 여긴 내가 치울 테니까 슬기 부축 좀 해 줘. 어디 아픈 모양이다."

장서가 접시를 치우고 형준은 슬기를 부축해 주방 뒤 야외 테이블에 앉혔다. 슬기는 얼굴이 하얗게 질린 채 식은땀을 계속 흘리고 있었다. 수연은 물을 가져다주며 안색을 살폈다.

"언니, 이것 좀 마셔."

수연이 입술에 컵을 댔지만 슬기는 마시지 못하고 테이블에 엎드렸다.

"언니, 어지럽고 메스꺼워?"

"아냐, 괜찮아. 괜찮아질 거야."

슬기를 지켜보던 도검이 말했다.

"안 되겠다. 수연아, 데리고 들어가라."

"오빠, 구급차 부르자."

슬기는 엎드린 채 손을 흔들어 그러지 말라는 신호를 보냈다.

"이대로는 안 돼. 집으로 가자."

도검은 그녀를 안다시피 일으켜 세우고는 차고로 가다가 수연에게 말했다.

"수연아, 아저씨께 말씀드리고 따라와. 형준이는 아저씨 좀 도와 드리고."

"응."

도검은 차를 몰고 수연의 아파트로 향했다. 슬기의 안색은 갈수록 나빠졌고 식은땀의 양도 더 많아졌다.

"오빠, 언니 이상해. 병원 가야 하는 거 아냐?"

이번에도 슬기는 손을 흔들었다.

"좀 쉬면 나아질 거야."

힘들어하는 슬기를 보며 수연도 어느새 눈물을 흘렸다. 슬기의 안색을 살피던 도검은 방향을 바꾸어 차 박사 병원으로 향했다.

남자는 신호를 기다리고 있는 승용차의 운전자를 밖으로 끌어내고는 그 차를 타고 도주하기 시작했다. 명희는 급한 김에 신분증을 내보이며 오토바이를 타고 있던 노란 머리의 사내를 밀쳐 내고 그것을 타고 쫓기 시작했다.

승용차는 아슬아슬하게 신호를 위반하고 차들 사이를 달렸다. 주변에 있던 건물들이 하나둘 사라지고 논과 밭이 나타나기 시작했다. 따라잡힐 듯이 가까워지다가도 다시 멀어지기를 반복했다. 포장도로를 벗어나 비포장도로를 타고 안쪽으로 들어갔다. 왠지 유인하고 있는 느낌이었지만 범인을 쫓고 있는 명희로서는 멈출 수가 없었다.

긴 곡선 도로를 돌고 나니 차 문이 열린 채로 승용차가 어떤 건물 앞에 멈춰 있는 것이 보였다. 명희는 날이 어두워져 가는 하늘을 힐끔 올려다보고는 오토바이에서 내려 왼손으로 권총을 뽑아 들었다. 대충 관절을 맞춘 상태로 장시간 오토바이를 운전해서 그런지 어깨의 통증이 한층 더 시큰거려 왔다.

명희는 혼자라고 생각하니 새삼 두려움이 몰려왔다. 한 걸음 한 걸음 걸을 때마다 놈이 자신을 주시하고 있는 듯 온몸이 간지러웠다.

"떨 거 없어. 놈도 사람이야. 나와 같은 사람이야."

그러나 상대는 사람을 전기로 구워 죽이는 살인마였다. 결코 자신과 같을 수가 없는 것이었다. 그때 무슨 생각이 났는지 명희의 표정이 밝아졌다. 명희는 휴대폰을 꺼내 전화를 걸었지만 전화가 걸리지 않았다. 안테나 아이콘에 X 표시가 떴다.

명희는 방향을 바꿔 보고 높이도 들어 봤지만 여전히 안테나는 뜨지 않았다. 휴대폰에 시선을 고정시키고 뒷걸음질을 치며 도로가 끝나는 곳에까지 나가 보았지만 상태는 똑같았다.

"젠장!"

명희가 신경질적으로 내지른 고함 소리가 주변에 넓게 울려 퍼졌다.

갑작스러운 고함 소리에 남자는 움찔했지만 자신을 추격해 온 경찰은 여전히 이상한 짓을 하고 있었다. 팔을 높이 들었다가는 아래로 내리고, 뒤로 걷는가 하면 옆으로 걷는 등 그로서는 이해할 수 없는 행동을 하고 있었다.

"저건 나보다 상태가 안 좋은 놈이군."

남자는 건물 천장을 가로지르고 있는 철골 위에 걸터앉아 건물 틈새를 통해 상대방을 지켜보고 있었다. 경찰이 건물 안으로 들어오는 순간 위에서 녀석의 목을 비틀어 버릴 계획이었으나, 놈은 좀처럼 이상한 짓을 멈추지 않았고 건물로 들어오지도 않았다. 형사는 여전히 이상한 몸짓을 하며 고함을 질렀다가도 다시 웃었다. 그러고는 또다시 고함을 지르기를 반복했다. 상대가 경찰인 만큼 남자도 긴장했는지 조금씩 초조해지기 시작했다.

"저 미친놈은 대체 뭘 하는 거야?"

남자는 저려 오는 엉덩이 때문에 자세를 바꿔 앉으며 이상 행동을 하는 경찰을 계속 지켜보았다.

병실에서 슬기를 지켜보던 도검이 말했다.

"좀 괜찮아졌어?"

"응."

"들어갈 수 있겠어?"

"그럭저럭."

"박사님이 그러시는데, 그냥 어지럼증이라고 하신다."

"내가 별거 아니라고 했잖아. 수연이는?"

"너 괜찮다고 하니까, 재료 주문해야 한다면서 가게로 갔어. 아까 너보다 수연이 달래느라고 더 땀 뺐다."

"너무 여려서 탈이라니까."

슬기는 말없이 냉장고를 뒤지고 있는 도검을 바라보았다. 거대한 덩치에 평범한 외모를 가진 그였지만 어딘지 모르게 믿음이 가는 모습이었다. 이 남자라면 죽음마저도 비켜 갈 것 같은 느낌이었다. 도검이 무심코 그녀를 돌아보자 그녀는 짐짓 딴청을 부리며 천장으로 시선을 옮겼다.

도검은 슬기 옆에 자리를 잡고 앉으며 말했다.

"왜 그랬어?"

"으, 응?"

"아까 왜 접시를 떨어뜨렸냐고."

"아, 그거? 어지러워서 그랬지 뭘."

"그러니까 너같이 건강한 애가 어떻게 어지러울 수가 있냐고."

"모르겠어. 그냥 느낌이…… 번개 맞은 것처럼 갑자기 몸이 굳어지면서 힘이 빠지더라고."

슬기는 무슨 생각에 잠겼는지 멍하니 천장만을 바라보고 있었다. 도검은 느닷없이 그녀의 얼굴을 바짝 들여다보았다.

"무, 무슨 짓이야!"

도검은 말없이 얼굴을 그렇게 바짝 들이댄 채 정면으로 그녀의 눈을 바라보고 있었다. 그녀의 눈엔 도검의 오른쪽 기계눈이 아주 세밀하게 보였다. 그 빨간색의 눈은 뭔가를 탐지하듯이 짧은 파장으로 번쩍이고 있었다. 차가운 기계였지만 도검의 일부라고 생각하니 그렇게 차갑게 느껴지는 것도 아니었다.

"뭐, 뭐하는 거야? 얼굴 안 치워?"

"흠……."

도검은 시선을 돌리며 말했다.

"뭔가가 있어. 뇌파가 평소와는 달라."

"뭐, 뭐라고?"

도검은 오른쪽 눈을 가리켜 보이며 말했다.

"메디컬 기능도 내장되어 있다고. 소프트웨어가 진단하길, 넌 뭔가 두려워하고 있다는데?"

"그런 것도 알 수 있는 거야?"

"불편한 의안인데 그런 기능이라도 있어야 하지 않겠냐? 자, 말해 봐. 뭐가 두려운 거야? 수연이 말로는 악몽까지 꿨다던데."

"……."

"마, 난 네 오빠다. 숨길 게 뭐가 있어?"

슬기는 도검을 다시 바라보았다. 자신과 같은 환경을 겪은,

유일하게 숨길 필요가 없는 상대.

"어제 꿈을 꿨어. 꿈에서 명희 씨가 누군가에게 쫓기고 있었는데 난 명희 씨를 도울 수가 없었어. 몸이 움직이지 않았거든."

"그래서 악몽인 거지."

"명희 씨를 쫓던 놈이 내 옆을 스쳐 지났는데……."

떨고 있는 슬기의 손을 도검이 잡아 주었다. 슬기는 손을 꼭 쥐며 말을 이었다.

"그놈이었어. 우리가 그렇게도 많은 희생을 치르며 간신히 가뒀던 그놈."

"섬에서의 일을 얘기하는 거야?"

슬기가 고개를 끄덕였다. 도검의 표정도 매우 심각하게 바뀌었다.

"놈이 명희 씨를 절벽으로 던지면서 나를 보고 웃으면서 말했어. 다음은 내 차례라고."

"그놈 기관에서 수거했다고 하지 않았나?"

"기관에 잘 도착했다면야 아무 문제가 없겠지. 하지만, 만약에 그놈이 이송 중에 깨어났다면, 그리고 탈출했다면……."

"네가 두려워할 만큼 그렇게 대단한 놈이냐?"

"그놈 하나 가두려고 열다섯 명이 넘는 인원이 희생됐어. 내가 아버지처럼 따르던 분도 그놈 때문에 돌아가셨는데 묻어 드리지도 못하고 나만 이렇게 빠져나왔지."

"어쩔 수 없었어. 너부터 살려야 했으니까."

"알아, 알아."

슬기는 보이지 않으려고 고개를 돌려 눈물을 훔치고는 다시 말을 이었다.

"만약 놈이 살아 있다면 일은 걷잡을 수 없을 정도로 커질 거야. 그 실험을 육지에서 멀리 떨어진 무인도에서 한 이유도 그거야. 실험체 자체가 위험했거든. 그놈이 육지를 돌아다닌다면 분명 지옥처럼 될 거야."

"놈의 이름은 알고 있나?"

"잘 알잖아. 실험체의 신상 명세는 일급 기밀인 거. 놈의 고유 번호만 알고 있어. ES01 베타."

"베타야? 불안정한 상태겠는데?"

"그래서 더욱 두려운 거야. 어떤 부작용이 있을지 모르니까."

"어떤 실험이었지?"

"전기. 인간을 집전기로 만드는 거지."

"인간 건전지?"

"그건 아니고. 공기 중에 떠 있는 전기 입자를 끌어모아서 증폭시키는 거라는데 자세한 건 나도 몰라. 하여튼 무기 없이도 적을 즉시 사살할 수 있는 병사를 만드는 게 목적이었어."

"그런 건 만들어서 뭐하게?"

"나 같은 HS 계열이나 너 같은 MS 계열의 병사들은 무기 없이는 전투를 효율적으로 할 수 없어. SS 계열도 마찬가지지. 신체적으로 다른 계열보다 강화됐다고는 해도 역시 무기에 의존하지 않고는 효율적인 전투는 힘들다고 봐야지."

"그러니까, 무기가 없는 극한 상태에서도 살상을 할 수 있는 병사를 만드는 게 목적이었다는 거야?"

"그런 목적으로 만든 것 중에 하나가 SNS 계열이라고 나노 금속 활용한 게 있고, ES 계열이 전기를 이용한 거고 그 실험체가 바로 그 개자식이고."

"아무 때나 전기를 날리는 놈이라면 확실히 위험하긴 하겠군."

"내가 걱정되는 건 그런 것보다도, 그 실험체 자체에 있어."

"어째서?"

"실험체가 제대로 된 인간이 아니거든."

도검은 몇 개월 전에 만났던 인후를 떠올렸다. 그도 탈출한 실험체였지만 정신만큼은 건전했기 때문에 도검과 금세 가까워질 수 있었다. 그가 떠난다고 했을 때 티는 안 냈지만 제일 아쉬워했던 사람은 도검 자신이었다.

"그 자식 사형수였어. 지원자가 없어서 사형수를 활용했다더라고."

슬기는 뭔가 생각난 듯 침대에서 내려왔다.

"벌써 일어나게?"

"아무래도 꿈이 이상해. 아무 상관도 없는 명희 씨와 놈이 동시에 나오다니. 개꿈이라도 너무 기분 나쁜 꿈이야."

"그래서 추적기를 달라고 했군. 명희라면 안 도와줄 수가 없군."

"뭐야? 그럼 나였다면 안 도와줬을 거란 얘기야?"

"까칠하게 또 왜 이래? 명희는 일반인이잖아. 우리 같은 사람이 아니라고."

"구분 짓는 거, 왠지 기분 나빠."

"내가 뭔 말을 한들 맘에 들겠냐."

병원 문이 부서질 듯 열리며 한 남자가 뛰어 들어왔다. 남자는 병원 안에다 대고 큰 소리로 외쳤다.

"응급 환자입니다! 도와주세요!"

그 소리에 간호사들이 뛰어나오다가 놀란 표정으로 남자를 바라보았다.

걸레처럼 찢어진 옷을 입고 있는 남자는 온몸이 상처투성이였고 오른팔은 까맣게 그을린 채 관절이 빠진 것처럼 아래로 축 처져 있었다.

왼팔은 안쪽으로 접어서 고정시키고 있었는데 두 번이나 꺾여 있었다.

"이쪽으로! 어서요!"

남자는 자신의 두 발로 걸어 응급실의 침대 위에 올라가 누웠다. 간호사들이 응급처치를 위해 팔을 건드릴 때마다 인상을 찌푸렸지만 이를 악물고 소리 내지 않았다.

남자의 상의에서 지갑을 꺼낸 간호사는 신분증을 보고는 그에게 물었다.

"이명희 형사님?"

"예, 맞습니다. 거기 빨간색으로 적혀 있는 전화번호로 연락 좀 해 주세요."

부상 상태와는 달리 또렷한 목소리에 놀란 간호사는 연락하기 위해 급히 밖으로 나갔다.

명희의 출혈이 심해질수록 그들의 움직임은 더욱 일사불란해졌다.

옆구리의 상처는 꽤 깊어서 내장이 보일 정도였다.

"소독 준비하고, 바로 수술실로 옮겨!"

"혈압이 떨어지고 있습니다."

"준비됐습니다."

"이동합시다! 마취하겠습니다. 마음 편안히 가지세요. 약간 메스꺼울 수도 있습니다."

명희는 그제야 의식이 흐려지는 것을 느꼈다.

슬기는 물건들을 이것저것 가방에 챙겨 넣고 밖으로 나섰다. 계산대에 있던 장서가 세던 돈을 놓고 물었다.

"오늘도 병원으로 출근하니?"

"예."

"빨리 나아야 할 텐데. 그래 다녀와."

"언니, 나도 명희 아저씨 쾌유를 빌고 있다고 전해 줘."

"나도, 누나."

"그래."

슬기가 나간 뒷모습을 형준과 수연은 약속이나 한 듯이 멍하니 바라보고 있었다. 그걸 지켜보던 장서가 탁자를 탁 쳤다.

"어이! 정신 차려! 이것들이 아주 듀엣으로 노는구먼."

형준은 한숨을 길게 내쉬었다.

"어휴……."

"왜 또!"

"짭새 아저씨는 슬기 누나가 간호해 주고, 장서 아저씨 편찮으시면 맞은편 피자 가게 아줌마가 간호해 주실 거고, 도검이 형 아프면 수연이 누나가 간호해 줄 거고. 내가 아프면 도대체 누가 간호해 주냐고!"

"그냥 죽어."

"아저씨!"

"너 소영이 있잖아."

"소영 씨가 올 것 같아? 나에겐 관심 없고 다른 사람에게 관심 있단 말이야, 소영 씨는."

"다른 사람? 그게 누군데?"

"알면 누나 열 받을걸?"

"누군데 그래?"

"관두자. 옛날에 누나의 무서움을 보았기 때문에 함부로 말 못 하겠어."

"내가 무서워?"

"기억 안 나? 모두 TV에 나오는 소녀의 팬이라니까 마녀처럼 웃으면서 여자애 사진을 가스 불에 태워 버렸잖아."

"글쎄, 기억이 안 나는데?"

"역시, 그때 제정신이 아니었군. 꼭 누나 같지가 않고 다른 사람처럼 느껴지더라니까?"

"난 모르겠으니까, 일이나 마저 하시지!"

침대에 누워 있던 명희가 병실에 들어서는 슬기 모습에 미소를 지어 보였다. 슬기는 그의 곁에 꽃다발을 내려놓았다.

"뭐하러 번거롭게 매번 오세요. 이젠 괜찮은데."

"괜찮기는요. 아직 2주는 더 있어야 한다잖아요."

"꽃 예쁜데요? 무슨 꽃이에요?"

"아칸더스란 꽃이에요."

"아, 그렇구나."

"꽃말 안 물어봐요?"

"꽃말이요?"

"난 명희 씨가 꽃말을 참 많이 알고 있구나 하고 생각했었는데 꽃말 카드가 붙어 있더라고요. 저한테 줄 땐 카드 없었잖아요. 왜 떼어 버린 거예요?"

"……."

명희가 얼버무리고 있을 때 주 팀장의 목소리가 불쑥 끼어들었다.

"멋있게 보이려고 그랬겠지요."

"오우, 팀장님."

주 팀장은 음료수를 탁자 옆에다가 올려놓자마자 냉장고를 뒤지기 시작했다.

"문병 오신 거 맞아요? 또 식사하러 오신 건 아니죠?"

"거 되게 눈치 주네. 아랫것 보러 보스가 몸소 왔는데 이깟 빵 몇 개 제공 못 해?"

"오실 때마다 냉장고가 초토화되니까 그러죠."

"슬기 양, 이런 싸가지 없는 놈 뭐하러 매일 문병 와요? 분명히 은혜도 모르고 있을 거라고."

"팀장님하고 슬기 씨는 저에게 등급이 달라요."

"아주 대 놓고 차별하네. 그런다고, 내가 빵 놓을 거 같으냐?"

"슬기 씨, 전 이런 분하고 매일 얼굴 마주 대고 살고 있습니다. 제가 왜 살이 빠지는지 아시겠죠?"

주 팀장은 음료수와 빵을 먹으며 물었다.

"그런데 아까 무슨 얘기하고 있었던 것 같은데 내가 방해가 됐나?"

"아셨으면 좀 가시죠."

주 팀장은 명희 말은 들리지도 않는 듯 슬기에게 물었다.

"아까 무슨 얘기 했어요?"

"아, 그냥 꽃말 얘기했어요."

"저 꽃이요? 꽃말이 뭔데요?"

슬기는 씁쓸한 표정으로 대답했다.

"숨겨진 사랑."

슬기의 말에 명희의 표정이 묘하게 변했다. 주 팀장은 그런 명희의 표정을 보고는 갑자기 벌떡 일어섰다.

"아 참, 보고서를 작성한다는 게 깜빡했네. 명희야 나 먼저 간다. 슬기 양 다음에 또 봐요."

명희는 슬기를 한동안 바라보았다. 창문을 통해 드는 햇빛에 비친 슬기의 얼굴은 천사 그 자체였다. 명희는 설레는 마음을 감추고 밝게 웃어 보였다.

"와, 정말 멋진 꽃말이네요."

"꽃말이 예뻐서 샀어요. 향기 한번 맡아 보세요. 왠지 꽃말이 느껴지는 것 같아요."

명희는 슬기가 내민 꽃에 코를 대고 모조리 빨아들일 듯이 숨을 들이켰다. 지나친 들숨으로 얼굴이 떨리면서 안색이 점점 빨개졌지만 멈추지 않았다.

"며, 명희 씨?"

슬기는 터질 것 같은 명희의 얼굴을 보고 간호사를 부르려 했으나 명희는 그녀의 팔을 잡아 의자에 앉혔다. 숨을 편안히 내쉬니 안색이 다시 정상으로 돌아왔다.

"아예 꽃을 코로 다 마셔 버리려고 했는데 잘 안 되네요."

잠깐 어이없는 표정으로 바라보다 웃음을 터뜨리는 슬기를 보고 명희는 마냥 행복했다. 슬기는 웃다가 시계를 보고는 가방을 챙기며 일어섰다.

"벌써 가시게요?"

"명희 씨 가족 분들 오실 시간이잖아요."

"같이 계시면 안 돼요?"

"아직은 좀…… 불편하잖아요. 내일 또 올게요. 간호사분들 말 잘 듣고요."

"아, 네."

명희는 병실을 나서는 슬기의 뒷모습을 보며 흐뭇하게 웃으며 더 이상 보이지 않을 때까지 바라보았다.

남자는 길게 찢어진 팔의 상처에 약을 바르고 붕대를 감으며 중얼거렸다.

"너무 얕봤어."

살짝 긁혔다고 생각했지만 실은 꽤 깊게 베여 지혈이 잘 되지 않았다. 지혈제 한 통을 다 썼지만 여전히 피가 흘러나와 붕대를 적셨다. 그는 알 수 없는 분노에 사로잡히며 얼굴이 벌겋게 달아올랐다.

"아무래도 네놈 숨통도 끊어 놔야 화가 가라앉겠어, 형사 나리."

그는 붕대의 끝부분을 힘주어 묶으며 화풀이로 바닥에 침을 뱉었다.

경찰서 사무실 책상에 앉아 서류를 보고 있는 주 팀장에게 부하가 물었다.

"막내는 좀 어때요?"

"명희? 멀쩡해. 의사도 놀라더라고. 저렇게 회복이 빠른 친구는 처음 봤다고."

"중상이었잖아요?"

"장난 아니었지. 오른팔 화상에, 어깨 빠져, 왼팔은 두 군데나 부러져, 좌측 옆구리는 찢어져서 내장이 튀어나와……. 하나의 거대한 걸레였다더라고."

"어휴, 저라면 쇼크사였을 겁니다."

"더 놀라운 건 뭔 줄 알아? 그놈이 글쎄 자기 입으로 자기 응급 환자라고 외치면서 병원으로 들어왔대."

"역시, 뭔가 한 방이 있는 녀석인 줄 알았다니까. 그놈도 정상은 아니라니까."

"병원 사람들은 아직도 놀라더라. 저런 사람 처음 봤다고."

"어디서 다쳤는지 아직 말 안 해요?"

"경기도 외곽의 건설 현장에서 그랬나 봐. 쪽팔린다고 자세한 건 말 안 하려고 하지만 그 용의자하고 한판 붙어서 대박 깨진 거지. 그놈은 말짱하게 걸어서 도망쳤고. 정확히 말하자면 명희가 도망친 거겠지만."

"명희를 그 지경을 만들 정도면 보통 놈이 아닌데요? 명희도 경찰 유도 대회에서 우승했었잖아요."

"센 놈은 언제나 있는 법이지. 거슬리는 게 하나 있는데, 명희 오른팔에 화상 말이야. 의사 말로는 전기 화상이라는데 언제 그렇게 된 건지 명희도 모르겠대."

"몽타주 돌렸으니까 좀 더 기다려 보죠."

"일단은 그 수밖에 없지. 그 자식 내 손에 잡히면 대가리에 총알구멍을……. 김 형사! 그 리스트 가져와 봐. 사진 넣었지?"

"네, 여기요."

주 팀장은 뭔가가 떠올랐는지 눈을 부릅뜨고 파일을 넘기다가 한 남자의 사진에서 시선을 멈췄다. 사인펜으로 사내의 양 볼을 조금씩 지워 마른 얼굴로 만들고는 다시 뚫어지게 바라보다 그의 이름을 읽었다.

"황완기."

"아, 죄송합니다. 깜빡하고 죽은 놈을 안 빼냈네요."

"죽었어?"

"사형 집행된 걸로 알고 있습니다. 무슨 문제라도?"

"서류상으로는 분명히 죽은 놈이지만 말이야, 내가 요즘 사망신고를 잘 못 믿게 되었거든."

주 팀장은 다시 사인펜으로 그려 앞머리를 길게 늘어뜨려 그리고는 자세히 바라보았다. 책상 구석에 있던 몽타주를 놓고 나란히 비교하다가 책상을 '탕' 내리쳤다.

"이 새끼다! 이 사진으로 다시 만들고 이름 박아서 배포해!"

"이 죽은 놈으로요? 좀 더 확인하시는 게 낫지 않습니까?"

주 팀장은 확신에 찬 얼굴로 사진을 뚫어지게 바라보며 말했다.

"뒷일은 내가 책임질 테니까 이걸로 배포해."

"알겠습니다."

주 팀장은 책상에 앉아 완기의 기록을 펼쳤다.

부녀자 연쇄살인으로 5년 전에 사형된 범죄자였다. 희생자들은 대부분 불에 훼손되어, 그 수법의 잔혹성 때문에 사회에 큰 이슈가 되었던 인물이었다.

"어찌 된 일인지는 모르겠지만 살아 있었구나. 반갑다, 개자식아."

매장에 들어오던 도검이 계산대 뒤쪽에 놓여 있는 꽃병을 보고 말했다.

"이거 뭐야? 갈대 아냐?"

수연이 자랑스러운 듯 말했다.

"내가 꽂아 놓은 거야."

"갈대를 왜 여기다가 꽂아 놨어?"

주방에서 나온 형준이 대화에 끼어들었다.

"뻔하지. 누구 따라 한 거지 뭐."

"오빠, 갈대의 꽃말이 뭔 줄 알아?"

"갈대도 꽃말이 있냐?"

"형은 그것도 몰라? 첫 경험, 당신의 아이를 낳고 싶어요, 뭐 그런 거 아니겠어? 드라마 보면 연인들이 맨날 갈대밭에서 엎어지고 화면이 돌아가잖아. 내 말 맞지?"

수연은 중얼거리며 자리를 떴다.

"내가 미쳤지. 돼지 목에 진주 목걸이라니까. 됐어, 됐어!"

수연이 꽃병에 꽂아 놓았던 작은 갈대를 뽑아다가 쓰레기통에 처넣고 화난 듯이 테이블을 거칠게 닦았다.

"재 왜 저래?"

"모르겠는데? 누나, 갈대 꽃말이 뭐야?"

"분위기라고는 눈곱만큼도 모르는 인간들아, 잘 들어. 갈대의 꽃말은 '신의', '믿음', '지혜'야. 이제 알겠어?"

"…… 넌 알겠냐?"

"모르겠는데?"

수연은 발끈해서 걸레를 내던지며 말했다.

"뭘 모르겠다는 거야? 한국말도 몰라?"

도검과 형준이 동시에 외쳤다.

"왜 꽂아 놨는데?"

"왜 꽂아 놨는데?"

수연은 할 말을 잃은 듯 바라보다 마침 들어오는 슬기를 보고 지원군을 만난 듯 반가워했다.

"언니, 언니 잘 왔어. 글쎄, 내가 여기다가 갈대를 꽂아 놨었거든?"

"응."

"그런데 글쎄 저 인간들이 왜 꽂아 놓았냐고 그러는 거야 글쎄……."

"그래? 왜 꽂아 놓았는데?"

"……."

"거봐, 슬기 누나도 모르잖아. 어? 누나! 수연이 누나 어디 가!"

"따라가 봐라. 쟤 또 운다. 참 어렵네. 아니 뜬금없이 왜 여기에 갈대를 꽂아 놓았을까?"

슬기는 도검을 잡아끌며 말했다.

"그런 건 천천히 생각하고 잠깐 와 봐."

"왜 그래 또."

"추적기를 어느 부위에 붙여야 고장도 안 나고 들키지도 않을까?"

"그런 건 제발 혼자 할 수 없냐? 애 보는 것도 아니고 귀찮아서 원."

"명희니까 도와준다며!"

도검은 귀찮은 듯 팔짱을 끼고 입맛을 다시다 못마땅한 표정으로 설명하기 시작했다.

남자는 승용차 안에서 기다리는 것이 지루해졌는지 아파트 앞 놀이터 그네에 걸터앉았다. 밤늦은 시간이라 그런지 활기차야 할 놀이터는 오히려 더 을씨년스러웠다. 남자는 담배를 입에 물고 알 수 없는 미소를 지으며 낮은 목소리로 중얼거렸다.

"네년을 죽인 다음이 본게임이지. 마무리를 잘해야 다음 경기도 잘 뛸 수 있을 테니까."

남자는 담배 연기를 동그랗게 만들어 내뿜었다. 동그란 연기 사이로 누군가 지나가는 것이 보였다. 그가 찾던 여자였다. 남자는 아까보다 더욱 진한 미소를 띠며 그네에서 내려섰다. 마치 게임을 하러 출전하는 선수처럼.

장서는 가게 정리를 마치고 들어가다 계산대 위에 있는 지갑을 발견했다.

"이거 슬기 거 아니냐?"

"아, 그런 유치한 지갑은 슬기 누나밖에 없어요."

"칠칠맞지 못하게, 쯧. 이거 좀 갔다 줘라."

"내일 주죠 뭐."

"여성의 사생활이 담겨 있는 건 바로바로 갖다 줘야 하는 거라고. 그런데 그전에 말이야……."

장서와 형준은 약속이나 한 듯 히죽거리며 지갑을 열었다. 하지만 안에는 신분증도 뭐도 아무것도 없이 얼마 되지 않는 돈만 들어 있었다.

"옛날 얼굴 좀 보려고 했더니……. 기대했던 내가 바보지."

"누나도 도검 형이랑 같은 처지죠?"

"큰 차이가 있지. 기록상으로 도검이는 죽은 놈이고 슬기는 살아 있다는 거지. 어여 갖다 주고 들어와. 정리는 내가 마저 할 테니까. 그런데 수연이는 왜 그렇게 일찍 들어간 거냐? 무슨 일 있었어?"

"조금 놀렸더니 울면서 가 버리잖아요."

"이놈들, 자꾸 수연이 울리면 혼날 줄 알아!"

"누가 울린다고 그러세요. 오늘은 스쿠터 좀 가져갈게요."

"사고 내지 마라."

"넵!"

걷다가 주머니를 뒤지던 슬기가 짜증 난 표정으로 중얼거렸다.

"젠장, 지갑을 놓고 왔네? 에이 진짜."

오던 길을 다시 돌아가려 할 때 슬기 앞을 누군가가 막아섰다. 긴 앞머리 때문에 얼굴이 잘 보이지 않았지만 키가 큰 호리호리한 체형의 남자였다.

"시간 있습니까?"

슬기는 인상을 찌푸리며 말했다.

"없어."

"잠깐이면 됩니다."

지나가려는 슬기의 팔을 남자가 붙잡았다. 슬기의 눈꼬리가 치켜 올라갔다.

"좋은 말로 할 때 꺼져라."

"그 주둥이는 여전히 더럽군."

슬기는 그의 얼굴을 올려다보았다. 악몽 속의 그 남자가 미소를 머금은 채 그녀를 쏘아보고 있었다. 슬기는 너무 놀라 소리도 나오지 않았다.

"까꿍. 잘 지냈어? 난 잘 못 지냈는데."

슬기는 등골이 곤두서서 부러질 것만 같았다. 이빨이 부딪히고 오한이 든 것처럼 온몸이 떨렸다. 남자는 그런 슬기가 재미있다는 듯이 지켜보고 있었다.

"왜, 내가 말을 하니까 이상한가? 말 못하는 짐승처럼 지낼 때는 편했겠지. 다루기도 쉬웠을 테니까."

슬기는 다리를 움직일 수가 없었다. 근육에 수분이 말라 그대로 굳어 버리는 것 같았다.

"날 개 취급 하던 기억에서부터 지난 과거까지 모두 기억이 나 버렸어. 안타까운 일이지. 그래서 널 찾아오게 된 거야. 네 년이 날 어떻게 다뤘는지 그게 제일 생생하거든."

남자의 손끝에서 푸른 불꽃이 일어났다. 슬기는 나무를 부러뜨리듯 다리를 뒤틀었다. 다리가 풀리기도 전에 몸을 돌려 도망쳤다. 남자의 웃음소리가 등 뒤로 들려왔지만 슬기는 최대한 멀리 도망쳐야 한다는 생각뿐이었다.

"그래, 쉬우면 재미없잖아! 열심히 뛰라고! 더 빨리!"

남자는 혼자 낄낄거리며 자신의 차에 올라탔다. 앞서 도망가고 있는 슬기를 보며 차를 천천히 출발시켰다.

수연의 집을 향해 가던 형준 앞을 누군가 바람처럼 지나갔다. 잠시 후 승용차가 튀어나와 그 뒤를 맹렬히 쫓았다.

"스, 슬기 누나!"

형준은 입에 물고 있던 껌을 뱉어 버리고 그들의 뒤를 쫓아 스쿠터 속도를 올리기 시작했다.

슬기는 승용차가 따라오지 못하도록 건물 사이의 좁은 틈으로 달아나다가 반대편 길로 뛰어가 서 있는 택시에 올라탔다.

"빨리 출발해요!"

"어디로 가실까요?"

"닥치고 빨리 출발해!"

슬기는 칼을 꺼내 그의 얼굴 앞에 들이밀었다. 기사는 잔뜩 겁먹은 표정으로 차를 출발시켰다.

"더 빨리, 더 빨리!"

"예, 예!"

"교외로 빠져나가!"

그때 택시 후면에 충격이 가해졌다. 슬기를 쫓던 놈의 승용차가 택시를 들이받으며 위협했다.

"밟아! 더 밟으라고!"

"이러다 사고 나겠어요!"

"죽기 싫으면 계속 밟아!"

택시와 승용차는 엉겨 붙었다 떨어지기를 반복하며 교외로 질주했고 형준이 탄 스쿠터가 그들의 뒤를 바짝 따라붙었다.

소파에 앉아 벽시계를 본 장서가 입을 열었다.

“얘, 왜 이렇게 안 와? 수연이한테 전화 좀 해 봐라.”

“곧 오겠죠.”

“얼른 해 봐.”

“에이, 거 귀찮게.”

도검이 전화를 하니 곧바로 수연의 목소리가 들렸다. 도검은 최대한 상냥한 목소리로 말을 했다.

“수연이니?”

— 왜 전화했어.

“아직도 화났어? 그냥 갈대가 왜 거기 있는지 궁금했을 뿐이었으니까 화 풀어.”

— 그래서 지금은 그 뜻을 알았어?

“뭐, 대충……. 혹시 형준이 아직 거기 있어?”

— 형준이? 여기 안 왔는데? 언니도 아직 안 들어와서 기다리고 있는 중이야. 왜, 무슨 일 있어?

“슬기가 지갑 놓고 가서 형준이가 그거 갖다 주러 간다고 했거든. 그런데 전화도 안 받고 지금까지 안 들어오네.”

— 그럼 둘이 뭐라도 사 먹는 중인가 보네. 한두 살 먹은 애들도 아니고 뭘 그렇게 걱정해?

“그래. 알았다. 잘 자라.”

— 뭐야, 나한테 전화해서 한다는 소리가 형준이 걱정이었어?

“내가 내일 영화 보여 줄게.”

— 정말?

"당연하지. 그러니까 화 풀어. 알았지?"

— 저녁도 사는 거지?

"그래, 내일 보자. 잘 자."

도검은 전화를 끊고 TV로 시선을 돌리며 말했다.

"슬기도 안 들어왔다는데요? 치킨이라도 먹는 모양이에요."

"그러면 다행인데……. 애들 별일 없겠지?"

"걱정 마세요. 슬기가 있잖아요."

슬기는 조용히 숨을 죽이고 소리가 나는 방향에 온 신경을 집중했다. 남자의 목소리가 들렸다.

"이렇게 한적한 곳으로 유인한 이유가 뭐야? 남자 생각이 나셨나? 뭐, 이런 곳도 괜찮지. 남녀가 일 벌이기에 창고만큼 어울리는 곳이 없지. 여기 경비원은 걱정 마. 이미 처리했으니까. 네 신음 소리를 듣고 달려오면 골치 아프잖아? 자, 이제 그만 수줍어하고 나오지그래? 내가 맘껏 사랑해 줄 테니까 말이야."

남자의 목소리가 울려서 뚜렷한 위치를 파악할 수가 없었다. 그렇다면 놈도 그녀의 위치를 잘 파악할 수가 없을 터였다. 슬기는 용기를 내서 목소리를 냈다.

"어떻게 된 일이지? 기관으로 송환된 걸로 알고 있는데."

"이제야 말을 하시는군. 그래, 그랬었지. 적어도 내가 그 잠수함에서 깨어나기 전까지는."

"역시……."

"내게 약을 얼마나 처먹였는지 아무것도 기억나지 않았지. 두통도 굉장히 심했다. 과거를 지우는 약에 반항해서 자꾸 과거를 떠올리니 약이 내 머리를 부숴 버릴 듯이 지랄을 하는 수밖에."

"아주 뒈져 버리지 그랬어."

"그건 예쁜 아가씨 입에서 나올 소리가 아니잖아? 계시라도 받은 것처럼 어느 날 모든 게 떠올랐지. 날 몰아붙였던 수많은 개자식들 중에서 두 명만 내 머릿속 깊이 각인됐어. 그게 연구팀장하고 너야."

"왜 하필 나지?"

"진짜 모르는 거야? 아니면 일부러 딴청 피는 거야? 내 이마에 그어진 이 상처를 보고도 이유를 모른다고 하진 않겠지? 네 년이 준 상처는 확실하게 남아 있거든. 나와서 봐. 두려워하지 말고 나와서 보란 말이야!"

그의 고함 소리가 건물 전체에 울려 퍼졌다.

"실험체 이전에 네가 쓰레기였다는 것도 알고 있나?"

"실험체라고 부르지 마!"

"그럼 뭐라 불러 줄까? 사형수?"

"닥쳐! 나 황완기는 그냥 황완기일 뿐이야! 예전엔 신문에 내 이름으로 도배될 정도로 잘나가던 인사였는데 너희들 덕분에 이렇게 됐지. 너희는 날 그냥 죽게 둬야 했었어. 지금부터 내 몸에 장난친 대가를 톡톡히 치르게 해 주마."

"네 말이 맞아. 너 같은 건 뒈져 버렸어야 했어."

"내가 당해야 했던 수많은 실험과 충격, 그리고 고통은 당해보지 않고는 아무도 모른다. 그래서 이제부터 기관 놈들에게 내가 당한 걸 똑같이 느끼게 해 줄 생각이야. 기대해도 좋아! 그 짜릿함을 말이야!"

"네 말대로 난 어차피 죽을 목숨이니까 한 가지만 더 묻자! 요새 일어난 감전사 사건, 전부 네놈 짓이냐?"

"다른 건 잘 모르겠지만 두 개는 확실히 기억이 나는군. 시비 거는 양아치하고 예쁜 아가씨. 그 여자는 너무 예뻐서 죽였어."

"미친놈……."

"그 여자가 얼마나 많은 남자들을 파멸시킬 수 있을지 난 알고 있거든. 여러 집의 가정을 지키기 위해서는 죽여야 했지."

"미친 새끼."

"지금은 너를 죽이고 싶어서 미치겠어. 첫 경험인가? 안 아프게 해 줄게. 눈 감고 있으면 금방 끝날 거야. 어서 나와."

"역겨운 새끼!"

완기는 순간 구석의 철골 기둥 뒤쪽에 미세한 움직임을 발견했다. 파란 불꽃이 일렁이는 손을 뒤로하고 그곳으로 조심스럽게 다가가 철골을 움켜쥐었다.

순식간에 주위가 환하게 밝아지며 스파크가 튀었다. 슬기는 반사적으로 폐기물이 쌓여 있는 곳으로 몸을 굴려 피했다. 완기가 움켜쥐고 있는 철골은 까맣게 그을려 연기가 모락모락 나고 있었다.

"까꿍! 거기 있었네!"

"개자식!"

"나의 약점 하나 알려 줄까? 이렇게 한 번 힘을 쓰고 나면 30초 정도는 힘을 못 써. 무리하면 근육과 신경세포들이 서서히 파괴되거든. 내가 방전을 한 다음 30초 안에 맨손으로 날 쓰러뜨릴 수 있다면 승산이 있어."

"개수작 부리지 마!"

"정말이야. 난 아가씨들에겐 거짓말을 하지 않아. 아이고, 이번엔 벌써 충전이 되어 버렸군. 다음 30초를 기다려야겠는데? 이번 것을 네가 잘 피한다면 말이야."

슬기가 완기를 향해 전력으로 튀어나갔다. 완기는 손끝에 파란 불꽃을 일으키며 손을 뻗었으나 슬기를 붙잡지는 못했다. 그러나 그가 팔을 휘두르는 통에 슬기의 다리가 강렬한 스파크에 그을리고 말았다.

"오, 방금 좋았어. 하지만 이를 어쩌지? 다리를 다치셨으니 날 어떻게 상대하지?"

"넌 쓸데없는 능력 빼면 껍데기일 뿐이야. 껍데기쯤은 다리 좀 다쳤어도 금방 처리할 수 있거든."

슬기는 빠른 스피드로 완기에게 주먹을 날렸지만 그는 머리를 돌려 가볍게 피했다. 슬기는 내심 당황해서 도망치듯 뒤로 물러섰다.

"놀랄 것 없어. 난 요청한 적도 없는데 너희들이 무의식 교육 프로그램으로 격투 기술을 주입했거든. 네놈들이 한 가장 큰 실수지."

완기는 슬기의 어깨를 후려치며 연속적으로 관절만을 노리고 덤벼들었다. 슬기는 잘 막아 내고 있었지만 다리를 다친 지금은 점점 수세에 몰릴 수밖에 없었다.

“언제까지 피하기만 할 건가? 30초가 다 되어 간다! 공격을 해, 공격을!”

완기가 힘껏 밀치자 슬기는 바닥에 널브러졌다. 슬기는 완기의 손에서 푸른 불꽃이 일렁이는 것이 보였다.

“젠장!”

“땡! 30초가 지났군. 재미 좀 보고 싶지만 넌 너무 거칠어서 안 되겠어.”

완기가 슬기에게 손을 뻗으려는 순간 상자가 그를 향해 날아들었다. 완기를 그것을 쳐 내고는 상자가 날아온 방향을 바라보았다. 그곳엔 긴장된 표정의 형준이 서 있었다.

“넌 뭐하는 잡놈이야? 누나에게 손댔다가는 얻어터질 줄 알아!”

슬기가 다급하게 외쳤다.

“형준아! 도망가!”

슬기의 반응에 완기가 흥미를 가지며 말했다.

“오, 동생도 있었어?”

“뭐하는 놈인지는 모르지만, 지금 꺼지면 안 건드릴 테니까 어서 꺼져!”

“내가 화내지 않을 단어로만 말하는 건 어때? 내가 어떤 사람인지도 모르잖아?”

"손에서 파란 게 일어나던데 말이야, 어떻게 했는지는 몰라도 그런 건 TV에 출연해서 써 먹는 게 어때? 돈 좀 벌 수 있을 것 같은데."

"형준아, 물러서라고! 이 자식은……."

완기는 슬기의 배를 걷어차고는 보란 듯이 형준을 돌아보았다. 신음 소리를 내고 있는 슬기의 모습에 형준의 눈빛이 서서히 변하기 시작했다.

"기어코 나를 건드리는구나. 기어코……."

"상당히 어린놈이 속도 잘 긁어 놓는구나. 이년 걷어차는 게 맘에 들어? 더 보여 줄까?"

완기는 슬기를 밟듯이 걷어찼고 얻어맞던 슬기의 입에서 피가 튀어나왔다.

"그만해!"

형준의 인상이 험악하게 구겨지며 피부색이 점차 변해 가고 있었다.

"누나, 움직일 수 있으면 어서 도망쳐. 부탁인데 어서 이곳에서 나가. 시간 없어."

슬기는 형준을 보고는 놀라움을 금치 못했다. 형준의 몸에 어떤 변화가 오고 있었다.

그의 눈은 완전히 붉은빛을 발했고, 피부는 점차 창백한 은색으로 변하고 있었다.

완기가 형준의 변화에 주의를 뺏기고 있을 때 슬기는 몸을 이끌고 출입구 쪽으로 향했다.

"이건 또 뭐야……."

"이 시간 이후에 일어나는 일에 대해선 미안해. 내 의지가 아니라는 것만은 알아줘."

변화는 그 순간부터 가속도가 붙었다. 형준의 그런 모습에 슬기는 아픔도 잊은 채 충격 받은 표정으로 멍하니 서 있었다.

금속을 대충 조각한 듯한 은빛 피부로 뒤덮인 형준은 가시처럼 곤두선 머리를 흔들며 괴성을 질렀다. 완기의 손에 파란 불꽃이 일렁이기 시작했고 형준은 달려들기 직전의 맹수처럼 그를 노려보았다.

형준의 괴성이 한 번 더 창고 안에 울려 퍼지면서 파란빛이 순식간에 창고 안을 밝혔다.

주 팀장은 병실에 들어오자마자 인사도 없이 말했다.

"명희야, 찾았다."

"아, 팀장님."

"범인이 누구인지 알아냈어. 이놈이야. 너도 확인 좀 해 봐."

주 팀장은 명희의 배 위에 서류철을 툭 던졌다. 파일 속 몽타주를 본 명희가 놀란 얼굴로 말했다.

"오, 세상에! 어떻게 그림을 이렇게 사진처럼 그릴 수가 있죠?"

"그거 사진이야, 인마. 생긴 거 어때?"

몽타주 뒤에 있는 신상 명세서의 사진을 보던 명희가 고개를 끄덕였다.

"확실해요. 이놈 맞아요. 이름이…… 황완기? 이거 어디서 찾으셨어요?"

"사형수 명단."

"네?"

"예상대로 기록상으로는 죽은 놈이야. 부녀자 연쇄 강간 살인. 강간한 뒤에 모두 산 채로 방화로 죽이고 매장한 천하의 잡놈이지."

"그런 놈의 뇌는 도대체 뭐로 채워져 있을까요?"

"똥."

"맞아, 그럴 거야."

"그런데 오늘은 슬기 양이 안 보이네?"

"……."

"아하! 드디어 슬기 양 눈에 씐 콩깍지가 벗겨졌군!"

"…… 가세요, 팀장님."

"그럼 그렇지. 슬기 양이 네놈에겐 너무 아깝지."

"제발 가시라고요."

"퇴원 언제 하래냐?"

"며칠만 있으면 퇴원해도 된답니다."

"그럼 빨리 퇴원해서 나를 도와라. 범인 빨리 잡아야지!"

"팀장님, 어디서 몽둥이 좀 구해 주세요."

"왜, 이번엔 다리 부러뜨려서 입원 연장하려고? 그렇게는 안 되지. 빨리 퇴원해서 놈을 잡아야 슬기 양과 찐한 데이트를 할 거 아니냐!"

힘없이 늘어져 있던 명희의 눈빛이 영롱해지며 벌떡 일어나 앉아 큰 소리로 외쳤다.

"간호사님! 여기 영양제 좀 갖다 주세요! 제일 센 걸로!"

도검은 땀과 먼지로 엉망이 된 채로 큰 숨을 몰아쉬며 운전에 열중했다.

그 곁에 앉은 슬기 또한 엉망인 모습으로 창밖을 멍하니 바라보았다. 도검은 형준이 잠들어 있는 뒷좌석을 힐끗 보며 신호등 앞에 멈춰 서며 말했다.

"상처는 좀 어때? 괜찮아?"

"응, 갈비뼈가 나간 줄 알았는데 아닌가 봐."

"나갔으면 들어오라고 해야지."

"……."

"재밌을 줄 알았는데. 나도 스무 살 때는 웃겼거든."

둘은 한동안 말없이 앉아 있었다. 잠들어 있는 형준의 숨소리가 작게 들렸지만 차 안은 너무도 조용했다. 슬기가 입을 무겁게 열었다.

"왜 얘기 안했어?"

"뭘."

"형준이 말이야."

"물어보지도 않았잖아."

"넌 어떻게 된 게……. 관두자."

"……."

"그동안 잘도 감춰 왔네. 아무것도 모르는 순진한 놈인 척……."

도검의 목소리가 냉랭하게 변했다.

"함부로 말하지 마라. 형준이는 그냥 형준이야."

"뭐? 그 괴물 같은 모습을 봤는데도 형준이는 형준이라고? 난 황완기 그 미친놈이 제일 두려웠었어. 그놈을 냉동고에 몰아넣을 때 그 지옥 같은 순간을 생각하면 아직도 오금이 저려. 그런데 지금은 어떤지 알아? 그놈이 아주 우습게 보여. 형준이가 변해서 날뛸 때 심장이 멎는 줄 알았단 말이야! 우리가 십수 명의 목숨을 잃으면서 가까스로 봉인한 놈을, 형준이는 고양이가 쥐 잡듯 아주 일방적으로 가지고 놀았어! 그런데도 별거 아니라고? 형준이는 형준이라고? 난 예전에 형준이 대하듯이 그렇게는 못 하겠어. 난 못 해!"

도검은 형준을 힐끗 보고는 조용히 말했다.

"목소리 낮춰. 형준이 깰지도 몰라."

"왜 너도 겁나?"

잠시 말을 끊었던 도검이 대답했다.

"몸 상태가 약간 다르다고 해서 달라질 게 뭐 있는데?"

"약간? 완전히 괴물로 변해서 미친놈처럼 날뛰는데도?"

"널 구하려고 그랬던 거잖아!"

"듣기 싫어. 그런 괴물의 도움 따위는 필요 없어."

도검은 고개를 가로저으며 말했다.

"정말 우습군. 다른 사람도 아닌 네가 그런 말을 하다니. 난 기계에 의지해서 사는 병신이다. 그동안 나 같은 괴물은 어떻게 참았나 모르겠네."

"내 말뜻은 그런 게 아니잖아!"

"뭐가 아니야! 그러는 너는 정상이야? 살인 가르치는 학교에서 살인하는 기술 말고는 아무것도 모르는……."

"그만해! 다시 상기시킬 필요 없잖아!"

도검은 형준이 자고 있는지 확인하고는 화난 표정으로 다시 입을 다물어 버렸다. 도검은 화가 난 듯 운전만 하다가 다시 조용히 말을 이었다.

"동생한테 문제가 있다고 그냥 연 끊으면 그게 가족이냐? 삐뚤어진 녀석. 형준이가 왜 저렇게 됐는지 묻는 게 순서 아닌가? 형준이가 원해서 그렇게 된 줄 알아?"

"그런 건 미리 좀 알려 줘야 하는 거 아냐? 다른 사람은 모두 알고 있으면서 왜 나한테만 숨겼던 거냐고!"

"형준이가 원하지 않았으니까. 자신이 아끼는 사람들이 너 같은 반응을 보일까 봐 그랬다고. 알아들어?"

"……."

"수연이도 아직 몰라. 너 같은 반응을 보일까 봐 두려운 거야. 박사님과 아저씨, 나는 형준이가 우리 집에 들어올 때부터 알고 있었어. 그 일 때문에 우리가 만나게 됐으니까. 수연이도 형준이에게 뭔가가 있다는 건 짐작하고 있을 거라 생각해. 조심스럽기 때문에 굳이 캐묻지 않을 뿐이지."

말없이 창밖만 바라보고 있는 슬기를 향한 도검의 말은 계속되었다.

"가족들은 너에 대해서 많은 걸 알고 있어. 누군가 너의 뒷조사를 해서 그랬을까? 천만에. 널 가족으로 받아들였기 때문에 너에 대해 많은 걸 물었고 그렇게 해서 알게 된 거야. 진짜 가족처럼 되기 위해서. 그런데 넌 그동안 뭘 했어?"

"……."

"수연이가 어떻게 해서 우리와 함께 살게 됐는지 알아? 형준이가 어떻게 해서 우리 집에 함께 살게 됐는지는 알아? 모두들 매번 농담 따먹기나 하고 웃고만 다니니까 다 즐겁게 산다고 생각하는 거야? 그런 사람들일수록 가슴속은 더 큰 슬픔을 안고 있다는 거 몰라?"

"……."

"슬픈 기억을 애써 감추고 사는 사람들이야. 그런 사람들이 묻지도 않았는데 자신의 아픈 곳에 대해서 먼저 말을 꺼내고 싶을 리가 없잖아. 너라면 그렇게 하겠어?"

"……."

"실망했다. 넌, 세상에 적응을 못하는 게 아니라 네 스스로 닫고 있어. 앞으로 형준이를 괴물 취급하든 사람 취급하든 그건 네 맘이야. 하지만 한 가지는 기억해 둬. 네 그 생각 없는 반응 때문에 형준이가 받을 상처에 대해서 한 번쯤은 생각해 봐. 더 이상 상처받을 곳도 없는 애니까."

도검은 마지막 말을 하고 입을 다물었다. 차 안엔 엔진 소리와 형준의 가벼운 숨소리 말고는 아무 소리도 들리지 않았다.

완기는 피가 흐르고 있는 상처를 감싸 쥐고 방으로 들어섰다. 옷을 벗어 보니 온몸이 피투성이였다. 샤워하는 동안 상처가 욱신거려 고통스러웠다. 욕탕엔 그의 피가 흘러내려 핏물을 이루어 하수구로 빠져나갔다.

완기는 창고에서의 일을 떠올렸다. 은백색으로 변해서 날카로운 손톱을 세우고 덤벼드는 괴물을 보고 잠시 잊었던 공포가 다시 떠올랐기 때문이었다. 그는 괴물의 팔을 움켜쥐고 전기를 흘려보냈지만 놀랍게도 아무 일도 일어나지 않았다. 스파크가 튀었지만 괴물에게는 별 타격을 입히지 못했다. 괜히 화만 더 돋운 꼴이 되어 미친 듯이 날뛰는 바람에 자신은 지금 만신창이가 된 것이다.

"젠장."

벽을 주먹으로 쳤다. 그 괴물은 온몸이 금속이었다. 아마도 그 몸이 피뢰침처럼 전기를 흘려보내서 타격을 입지 않은 거라고 추측할 뿐이었다.

"기관에서 나온 놈이 분명한데……."

물을 온몸으로 받으며 방법을 생각해 보았지만 그 괴물에겐 대책이 서지 않았다. 힘도, 스피드도, 그리고 전기도 괴물에 비하면 자신은 보잘것없는 수준이었다. 도무지 방법이 떠오르지 않았다. 그렇다고 그녀를 포기할 수도 없는 노릇이었다. 지금 당장은 그것만이 유일하게 살아가는 목적이었으니까.

"그래, 측면 돌파도 돌파는 돌파지."

그는 물줄기를 맞으며 천천히 생각을 정리하기 시작했다.

수연은 엉망이 되어 들어온 슬기를 치료해 주고 있었다. 그런 그녀를 슬기는 멍하니 바라보고 있다가 상처가 아팠는지 인상을 찌푸렸다.

"미안해, 언니. 많이 아파?"

"아냐."

"그러니까 형준이 병원 갈 때 같이 갔으면 이런 일 없잖아. 왜 괜한 고집을 부려."

"……."

"어떻게 된 일이야? 누구랑 싸웠어?"

"넌 아직까지 안 자고 뭐했니?"

"뭘 하긴 뭘 해, 언니 기다렸지. 기껏 기다렸더니 온통 상처투성이나 되어서 들어오고. 자, 다 됐어. 내일 박사님 병원에 가면 되겠어. 또 아픈 데 있으면 말하고, 알았지?"

"…… 수연아."

"응?"

"오늘…… 같이 잘까?"

"응? 갑자기 왜?"

"이 마담, 오늘따라 예뻐 보이는데, 우리 뽀뽀나 할까? 으흐흐!"

"징그러! 저리 가!"

장서는 병원 침실에서 자고 있는 형준이를 보며 도검에게 물었다.

"요새 한창 살인하고 다니는 놈 말하는 거지? 전기 쏘는 놈."

"네."

"그놈은 못 잡았고?"

"제가 도착했을 땐 없었어요."

장서는 고개를 끄덕이며 말했다.

"이만하길 다행이다. 슬기는 어때?"

"괜찮아요."

장서는 도검의 표정을 빤히 바라보다 입을 열었다.

"다른 일은 없었냐? 있었던 거 같은데?"

"없어요."

"아닌 것 같은데……. 혹시 싸웠냐?"

"……."

"슬기랑 싸웠구먼? 그럴 줄 알았다. 매번 티격태격하더니. 심각한 거야?"

"모르겠어요. 그냥 저도 모르게 발끈해서 슬기한테 화를 냈거든요."

"기다려 봐. 아직 적응이 안 돼서 그런 거니까. 슬기에게는 모든 게 너무나 급하게 변해 버렸잖니. 그 정도는 이해했어야지."

도검은 씁쓸한 표정으로 고개를 끄덕였다.

"그럴 생각은 아니었는데 녀석이 워낙 말을 막 하는 바람에 그렇게 됐네요."

"슬기에게 시간을 좀 주자. 녀석도 차츰 너의 본심을 알게 될 거야."

도검은 완전히 곯아떨어져 있는 형준의 머리를 쓰다듬고는 이불을 덮어 주었다.

"아저씨, 맥주 한잔하실래요?"

"좋지! 내가 한잔 사마."

"다른 데서 드시게요?"

"아니? 집에서."

"그런데 뭘 사요?"

"집에 있는 술은 다 내 거야! 그러니까 내가 사는 거지!"

"어제 사 온 치킨, 혹시 남은 거 있어요?"

"……."

"남았기를 바란 내가 이상한 놈이지."

"그나저나 다행이다, 이만하기를."

"아 참, 아저씨. 저기 말예요……."

"뭔데?"

"슬기가 아까 도망칠 때 택시를 탔거든요."

"뭐! 설마 택시 훔친 거야?"

"택시 기사가 있었으니까 훔친 건 아니죠."

"그럼 택시 타고 도망을 쳤다고? 그게 가능한 일이냐?"

"택시 기사가 그냥 도망쳐 줬을 리는 없겠죠."

잠시 생각을 하던 장서가 더 놀란 표정으로 되물었다.

"설마 납치?"

"에이, 거기까지는 아니고요 칼로 살짝 위협을 좀 했다더라고요. 아주 조금. 그리고 황완기 그놈이 계속 들이받는 바람에 택시가 좀 약간 손상을 입었어요."

"얼마나?"

"보닛 조금하고, 문짝 네 개하고, 라이트 등이 좀 깨지고 타이어가 세 개……. 왜 세 개나 펑크 났지?"

"나, 내일부로 머리 깎고 산으로 들어갈 테니까 너희들끼리 잘해 봐. 너무 세상에 시달렸어. 이젠 좀 쉬고 싶다."

"……."

슬기는 이마에 반창고를 붙이고 라일락 한 다발을 손에 든 채 병실에 들어섰지만 침대는 비어 있었다. 방금 전까지도 누워 있던 흔적이 있어 화장실을 살폈으나 그곳에도 보이지 않았다.

"슬기 양 왔어요?"

병실에 들어서는 주 팀장이 먼저 인사를 건넸다.

"안녕하세요, 팀장님."

"매일 출퇴근이군. 이마에 그 상처는 어때요? 좀 괜찮아요?"

"네."

"하여튼 꼬마들은 말썽이라니까, 구슬을 어떻게 던졌기에 이마를 이 꼴로……."

"저, 팀장님. 혹시 명희 씨 못 보셨어요?"

"없어요? 어디 갔지? 곧 들어오겠죠. 일단 앉아서 기다려 봐요. 그럼 저는 이만 갑니다."

"벌써 가시게요?"

"명희 없으니까 가야죠. 슬기 양 다음에 봐요."

"네, 안녕히 가세요."

슬기는 꽃을 갈기 위해 꽃병에서 시든 꽃을 빼냈다. 그때 작은 쪽지가 꽃 사이에서 떨어졌다. 쪽지를 본 순간 슬기는 불길한 예감이 들었다. 왠지 만지기도 꺼려지는 쪽지를 떨리는 손으로 집어 들었다.

까꿍, 한 일주일 만인가? 다른 게 아니고 내 사랑은 아직 끝나지 않았다는 걸 알려 주고 싶어서 말이야. 이번엔 누구의 방해 없이 조용히 사랑을 나누고 싶군. 혼자 철원으로 와. 좀 거리가 멀긴 하지만 경치 하나는 끝내주지, 아주 조용하고. 아 참, 남자친구는 내가 잘 돌보고 있으니까 걱정하지 말고 와.

슬기는 가방에서 디렉터를 꺼내 보았지만 추적기가 있는 곳은 병실 안이었다. 옷장을 열어 보니 그녀가 추적기를 붙여 둔 옷이 그대로 걸려 있었다.

"젠장!"

슬기는 휴대폰으로 전화를 걸며 급히 서둘러 나가려다가 자신이 사 온 꽃을 집어 들고는 다시 달려 나갔다.

도검은 슬기의 전화를 받고 서둘러 일어섰다.

"기다려, 슬기야. 내가 곧 갈 테니까 혼자 움직이…… 슬기야!"

"언니야?"

수연의 질문에 대답도 안 한 채 도검은 전화기를 거칠게 끊어 버리고는 외투를 걸치고 밖으로 뛰어나갔다.

"무슨 일이지?"

명희는 환자복 차림 그대로 바위 위에 주저앉아 부들부들 떨고 있었다. 놈은 먼 산을 바라보며 담배를 피웠지만 명희는 조금도 몸을 움직일 수 없었다. 놈과 처음 맞섰던 날이 생각났다.

녀석은 아무 거리낌 없이 명희의 팔을 장난삼아 부러뜨리고는 실실 웃기까지 했다. 아픔의 고통보다도 놈의 잔인한 성격이 두려웠었다. 바닥에 떨어져 있던 철판 조각으로 목을 노리고 휘둘렀으나 놈은 간단히 쳐 내고는 그 보복으로 명희의 팔을 부러뜨린 것이었다.

"여자친구 사랑하나?"

완기의 말에 명희는 놀라며 돌아보았다.

"여자친구, 사랑하냐고."

"……."

완기는 명희의 표정을 살피며 말을 이었다.

"맞단 거야, 아니란 거야? 표정만으로는 알기 어려운데?"

"……."

"병원에서 널 보고 솔직히 좀 놀랐어. 내가 꼭 죽이겠다고 맘먹은 게 너하고 그녀 딱 두 사람인데 그 둘이 연인 관계였다니. 신이 있긴 있는 모양이야. 구하라 그러면 구할 것이요, 두드려라 그러면 열릴 것이다."

명희는 한마디도 하지 않고 입을 다물고 있었다.

"난 그녀이 올 것 같아서 널 데려왔는데, 넌 어때? 그녀이 와 줄 거라고 생각하나?"

"그녀이라고 하지 마."

"그럼 그놈이라고 할까?"

명희는 완기를 쏘아보며 물었다.

"슬기 씨하고는 무슨 관계야?"

"걱정 마. 로맨틱한 관계는 아니었으니까. 난 동물이었고 그년은 사육사라고나 할까?"

완기는 말을 불쑥 뱉어 놓고 무신경하게 명희를 바라봤다가 재미있다는 듯 자세히 바라보았다.

"오, 잠깐, 너, 그년에 대해서 아무것도 모르는 거냐? 오호라, 재밋거리가 또 하나 생겼는데? 그래, 그럴 거야. 네 앞에서는 여자이고 싶었겠지. 불가능한 일이지만."

완기는 뒷짐을 지고 배회하다 입을 열었다.

"그년에 대해서 얘기해 줄까? 아주 개 같은 그년 히스토리라서 네가 아무것도 모르고 있었다면 충격이 클 텐데 괜찮겠나? 오만 정이 떨어져서 다시 보고 싶지 않게 돼도?"

명희는 아무 말도 하지 않았지만 완기는 기다리지도 않고 말을 이었다.

"판단은 청중 몫이니까. 그년은 너와 사는 세계가 다르다. 나와 같이 어둠 속에서 살다 비명횡사할 년이지. 지금은 어울리지 않게 바깥세상에서 일반 사람 흉내 내고 있지만 근본을 바꿀 수는 없는 것 아니겠어?"

명희의 눈빛이 가늘게 떨렸다. 완기는 픽 웃으며 말했다.

"행여나 그년이랑 말다툼하지 마라. 너 같은 건 검지 하나로도 죽일 수 있거든."

완기는 혼자 키득거리며 주위를 둘러보았다.

"저 절벽 아래를 잘 봐 둬. 조금 후에 네놈의 무덤이 될 곳이니까. 너와 함께 그년도 보내 줄 테니까 너무 외로워하지는 말고. 지금 네가 앉아 있는 바위 이름이 뭔지 알아? 자살바위야. 여기서 많이 뒈졌다고 하더군. 왜 자살하는지 난 이해가 가지 않는단 말이야. 이렇게 즐거운 세상을 말이야. 안 그래?"

명희는 묶인 손을 열심히 움직여 봤지만 단단히 묶여 있었다.

"연인의 동반 자살. 그게 너희들을 장식할 헤드라인이지. 생각 같아서는 네놈도, 그년도 모두 태워 버리고 싶지만 자살로 위장할 수밖에 없는 게 안타깝군. 이번엔 내가 좀 위태로워서 말이야. 벌써 해가 지는군. 슬슬 그년이 올 때가 됐는데……."

슬기가 그들이 있는 절벽에 모습을 나타냈다. 완기는 미소 띤 얼굴로 맞았다.

"오, 왔군."

"슬기 씨!"

슬기는 명희를 힐끗 보고는 완기에게 말했다.

"나와 상관없는 남자야. 돌려보내."

"이놈은 아니라는데?"

"그냥 알고만 지낼 뿐이지 아무 사이도 아니니까 어서 풀어줘!"

슬기의 화내는 모습을 처음 본 명희는 깜짝 놀란 표정으로 슬기를 바라보았고, 그런 모습이 재미있었는지 완기는 연방 웃었다.

"그 남자 돌려보내."

"손에 들고 있는 꽃은 뭐지? 난 꽃 별로인데 어쩌지?"

슬기가 다가가려 하자 완기는 여유롭게 명희의 목덜미를 붙잡았다.

"행동 하나하나 조심해 주길 바라. 놀라서 네 남자 절벽으로 던져 버릴지도 모르잖아. 최대한 곱게 죽이게 해 줘, 제발. 너와 이놈을 태우지 않게 해 달라고."

"슬기 씨 도망쳐요!"

슬기는 고개를 가로저으며 단호하게 말했다.

"그럴 수 없어요. 저놈과 난 어차피 해결할 일이 있어요."

"할 말 다 끝났으면 절벽으로 뛰어내려. 내가 원하는 건 그것 딱 하나야. 좀 더 네년을 사랑해 주고 없애고 싶었지만 여의치가 않군. 경찰이 내 정체를 알아낸 모양이야."

"내가 그렇게 하면 그 남자는 돌려보낼 건가?"

"물론이지."

"네놈을 섬에서 처음 봤을 때, 이런 골칫거리가 될 줄 예상했어."

"우리가 이렇게 다시 만나게 될 것도 예상했었나?"

"이런 더러운 일은 생각하기도 싫었지."

"역시, 기관원 출신답게 쿨하네. 죽음 앞에서도 태연하니 말이야. 아이고, 이런! 남자친구에겐 비밀이었지? 아유, 내가 실수해서 어쩌나?"

슬기는 고개를 숙였다가 천천히 들며 명희에게 말했다.

"명희 씨, 미안해요. 그리고 정말 즐거웠어요. 절대 잊을 수 없을 거예요."

"그런 말 하지 마세요, 슬기 씨! 돌아가세요!"

슬기는 들고 있던 라일락을 그 자리에 내려놓고 절벽이 있는 곳으로 다가갔다. 며칠 전의 폭우로 강물이 붉게 물들어 있었다. 슬기는 절벽의 끝으로 가다가 갑작스럽게 몸을 숙여 사내의 허리를 껴안고 힘껏 온몸으로 밀어붙이며 말했다.

"같이 가자!"

"이 독한 년!"

"슬기 씨!"

완기의 손에서 푸른 불꽃이 일렁이기 시작했다. 슬기는 완기와 함께 허공에 몸을 띄우며 다짐하듯 스스로에게 외쳤다.

"봉인품은 파수대가 책임진다!"

완기는 감전을 시켜 몸에서 떼어 놓으려고 했지만 이미 강으로 떨어지는 중이었다.

"한, 슬, 기!"

완기가 분노에 차 외치는 소리가 허공에 울려 퍼지다 물소리와 함께 잠겨 버렸다.

"슬기 씨! 슬기 씨!"

명희는 묶인 팔을 풀기 위해 몸부림치면서 슬기의 이름을 계속 외쳤다.

그 외침은 이름을 부르는 소리가 아닌 절규에 가까웠다. 몸부림에 못 이겨 손목을 묶었던 테이프가 끊어지자마자 절벽 끝으로 달려가 다시 이름을 불렀다.

"슬기 씨! 슬기 씨!"

그들이 떨어진 곳에서 피가 뿜어져 올라와 흐르는 강물에 휩싸여 흩어져 버렸다. 슬기를 부르는 명희의 절규는 멈추지 않고 계속되었다.

그의 목소리가 강 위에 울려 퍼졌지만 대답하는 이는 아무도 없었다.

도검은 숲 저편에서 슬기의 이름을 외치는 소리를 들었다. 분명 명희의 목소리였다.

수풀을 거칠게 헤치고 소리가 나는 곳으로 향했다. 풀이 없는 공간이 나오며 바위 위에 앉아 울면서 슬기의 이름을 외치고 있는 명희의 모습이 보였다.

환자복 차림에 붕대 위로 피가 배어 나왔지만 그는 아랑곳하지 않고 여전히 울부짖고 있었다.

"명희! 어떻게 된 거야!"

도검의 목소리에 뒤를 돌아본 명희는 도검을 무섭게 노려보며 달려와 도검의 얼굴에 주먹을 날렸다. 이어서 도검의 가슴을 세게 때렸다. 그로 인해 명희의 팔뼈가 어떻게 됐는지 붕대 위로 피가 더 많이 스며 나왔다.

"왜, 이제 왔어! 왜! 왜! 왜!"

도검은 그런 명희를 바라볼 수밖에 없었다. 명희는 울부짖었다.

"난 내 사람 하나 지키지도 못하는 못난 놈이지만, 넌 다르잖아! 넌 다르잖아! 너였다면 슬기 씨를 구할 수 있었을 거야! 왜 이제야 나타난 거야! 왜! 왜!"

도검은 놀란 얼굴로 물었다.

"슬기 지금 어디 있어?"

명희는 그대로 주저앉아 슬기가 내려놓은 라일락을 품에 안고 울부짖었다. 도검은 그를 붙잡고 흔들며 말했다.

"슬기 지금 어디 있냐고!"

"그놈하고 같이 강 속으로……."

도검은 사색이 된 얼굴로 절벽의 바위로 다가가 강을 내려다보았다. 붉게 흐르는 강물만이 흐르고 있었다. 도검은 왼팔에 와이어를 꺼내 굵은 나무에 묶고 절벽에 내려섰다. 명희는 눈물을 훔치고 도검에게 다가와 내려가기 쉽게 손을 잡아 주었다.

"쉽게 죽었을 리가 없어."

도검은 수면에 발이 닿을 때까지 내려오다 줄을 끊어 버렸다. 강물 속에 들어갔지만 흙탕물이 되어 버린 강물 속은 육안으로는 아무것도 확인할 수 없었다. 오른쪽 눈으로 적외선부터 여러 가지 모드로 변경해 가며 탐색했지만 역시 보이는 건 없었다.

물속에 들어선 지 얼마 되지 않아 강바닥에 발이 닿았다. 3미터도 되지 않은 깊이였다. 저 높은 곳에서 이렇게 얕은 곳으로 뛰어내렸다간 십중팔구 강바닥에 머리를 부딪쳐 살아 있을 확률은 적었다.

도검은 수면으로 올라와 숨을 몰아쉬고 다시 잠수하기를 반복했다. 시간이 지날수록 점점 절망적이었다. 시체라도 찾겠다는 생각으로 물속을 휘젓고 다녔지만 손에 걸리는 것은 나뭇가지나 나무토막밖에 없었다. 도검은 점점 힘이 빠지는 것을 느꼈다. 이대로라면 물살에 휩쓸려 떠내려갈 것 같았다. 도검은 반대편 강가로 기어 나왔다. 그가 내려왔던 절벽이 한참 위쪽에 있었다. 떠내려온 것이다.

"젠장."

도검은 강가에 엎드려 눈앞에 있는 바위를 주먹으로 쳤다.

"젠장! 젠장!"

바위를 칠 때마다 주먹에서 피가 튀었다. 도검이 고함을 지르며 왼팔로 힘껏 내리치자 바위가 갈라지며 부서져 나갔다.

분노에 찬 도검의 고함 소리가 강 전체에 울리며 넓게 퍼져 나갔다.

도검은 새벽녘이 되어서야 집으로 돌아왔다. 그의 모습을 본 장서는 깜짝 놀랐다.

"도, 도검아!"

온몸이 젖어 있었고 주먹에는 굳은 피가 눌어붙어 있었다.

"형! 왜 그래, 무슨 일이야?"

도검은 대꾸도 하지 않고 곧바로 자신의 방으로 들어가 옷을 갈아입고 나왔다.

몸을 보호하고 각종 전투 장비를 부착할 수 있도록 설계되어 있는 강화 갑옷이었다. 그 복장은 대규모 전투에서나 입는 옷이었기에 장서와 차 박사는 놀랄 수밖에 없었다.

"도, 도검아!"

"도검아, 도대체 무슨 일이야!"

도검은 아무 말 없이 그들을 스쳐 지나 곧장 지하 창고로 향했다. 지하 창고로 들어가 더 안쪽에 있는 작은 철문을 카드 키로 열고는 안으로 들어섰다.

"도검아! 무슨 일이냐니까!"

뒤를 따라온 장서와 차 박사, 형준은, 각종 전투 장비를 챙기고 있는 도검을 두려운 얼굴로 바라보고 있었다. 장서는 평소엔 볼 수 없었던 무서운 표정으로 버럭 소리를 질렀다.

"장도검!"

도검은 그제야 뒤로 돌아 건조한 말투로 말했다.

"오늘, 슬기가 죽었습니다."

청천벽력 같은 말에 아무도 감히 입을 열지 못했다. 장서와 차 박사는 도검의 사무적인 태도가 더욱 불안했다. 도검의 그런 모습이 뭘 의미하는지 알고 있는 두 사람은 아무 말도 할 수 없었다.

형준이 어색하게 웃는 얼굴로 물었다.

"형, 지금 농담하는 거지? 그치?"

"……."

반응이 없는 도검의 모습에 형준의 표정이 점차 변했다.

"형, 농담이라고 말해. 응? 농담 맞잖아. 그렇지?"

도검은 형준을 무시하고 장서와 차 박사에게 말했다.

"슬기가 봉인했던 실험체 짓입니다. 슬기를 제거할 생각으로 명희를 납치해서 철원으로 유인했습니다. 투신한 곳의 절벽 높이와 강 깊이를 기준으로 판단하면 살아 있을 가능성은 3퍼센트 미만입니다. 슬기와 놈의 시체는 찾지 못했습니다. 강의 유속을 고려하면 강 하류 끝단까지 내려갔을 가능성이 높습니다."

형준은 도검의 팔을 잡아채며 다시 물었다.

"그럴 리가 없어. 형, 농담이지? 그렇지?"

"사실이다."

차가운 도검의 말에 형준은 무너져 내리듯 주저앉았다. 차 박사는 그런 형준을 부축하며 도검을 바라보았다.

"도검아, 지금 어디 가려는 거냐?"

도검은 대답하지 않았다. 그의 오른쪽 눈만이 짧은 파장으로 붉은빛을 깜빡일 뿐이었다.

그런 도검의 모습을 보며 장서는 10년 전을 떠올렸다. 그제야 도검이 무슨 일을 벌이려는 것인지 깨달은 장서는 도검 앞을 막아섰다.

"도검아, 안 된다! 아직은 때가 아니야!"

말리는 것은 차 박사도 마찬가지였다.

"장서 말이 맞다. 아직은 시기상조야! 여태껏 쌓아 올렸던 모든 것을 무너뜨릴 셈이냐!"

도검은 그들의 말은 들리지도 않는 듯 그들 사이로 걸어 나갔다.

장서와 차 박사는 도검의 몸에 밀려 벽에 부딪혔지만 도검은 돌아보지도 않았다.

창고 입구에 있는 대형 금고를 열고 들어가 벽에 걸어 둔, 슬로터용으로 개조된 체인 건과 소형 미사일 런처를 어깨에 들쳐 메고 나와 뒤를 한번 돌아보고는 성큼성큼 걸어 나가 버렸다.

장서는 다리에 힘이 풀린 듯 그 자리에 주저앉았다. 차 박사만 벌떡 일어나 다급하게 말했다.

"장서야, 도검이 저대로 두면 안 된다! 저렇게 가면 도검이는…… 죽는다. 개죽음일 뿐이야. 안 돼! 막아야 해!"

"어떻게 하냐, 기호야! 우린 이제 어떻게 해야 돼!"

차 박사는 팔짱을 끼며 다급했지만 차분한 어조로 말했다.

"천천히 생각 좀 해 보자. 방법이 있을 거야."

"도검이 저놈 저렇게 죽게 내버려 둘 거야!"

"젠장 좀 조용히 해! 방법이 있을 거라고!"

장서의 눈엔 어느새 눈물이 맺혀 있었고 차 박사는 진지한 표정으로 머리를 감싸 쥐었다.

지리산 입구에 도착한 도검은 차에서 각종 장비를 꺼내 몸에 부착했다. 오른쪽 눈만이 주변을 탐지하듯 가끔 둘러볼 뿐

장비 설치에 집중했다.

준비를 마치고 산에 오르기 시작할 때 누군가가 도검의 이름을 부르며 쫓아왔다. 어두워서 잘 보이지는 않았지만 점점 가까워지면서, 그것이 형준과 수연이라는 것을 알았다.

"오빠!"

도검의 복장을 본 수연은 눈이 더욱 커지며 금방이라도 눈물을 터뜨릴 것 같았다.

"오빠, 이러지 마!"

"왜 왔어?"

"형준이한테 얘기 다 들었어. 슬기 언니 죽은 것도……."

"돌아가라."

"슬기 언니 죽었는데도 슬퍼할 시간이 없었어! 왜 그런지 알아? 오빠 때문이야! 그러니 제발……."

"돌아가!"

도검의 기계 같은 음성과 표정에 수연은 당황했지만, 물러서지 않고 팔을 벌려 도검 앞을 막아섰다. 그녀는 이미 진작부터 울고 있었는지 목소리가 떨려 왔다.

"이렇게 훌쩍 가서 죽어 버리면 우린 어떻게 해! 오빠 믿고 사는 우린 어떻게 하냐고! 내가, 우리가 오빠에게 겨우 그런 존재였어? 그런 거야?"

"형, 제발 그만둬! 제발 형!"

옆에서 형준마저 울며 막아섰지만 도검의 태도에는 변화가 없었다.

"마지막 경고다. 돌아가라."

"차라리 죽이고 가! 그래, 그편이 낫겠어. 오빠 시체 보는 것보다 차라리 내가 먼저 죽는 게 낫겠어! 어서 죽여! 어서!"

수연은 울부짖으며 도검에게 목을 길게 내밀었고 형준은 그런 수연을 말리며 도검에게 애원했다. 그들 모습을 지켜보는 도검의 눈빛이 서서히 흔들리기 시작했다.

"오빠가 그랬잖아. 어깨가 필요하면 언제든지 오라고. 세상에 그렇게 넓은 어깨 드물다고. 오빠의 그 말 때문에 내가 살 수 있었던 거야. 그런데 지금 오빠 모습은 이게 뭐야. 오빠 목숨은 오빠만의 목숨이 아냐. 여기 우리들의 목숨이기도 한 거라고! 그걸 왜 몰라! 왜!"

수연은 떨리는 몸을 간신히 지탱하며 계속 말했다.

"오빠가 슬기 누나 아꼈던 만큼 나도 그랬어! 오빠가 슬퍼한 만큼 나도 슬퍼! 하지만 오빠가 이대로 무모한 죽음을 자초한다면, 나와 형준이는 지금 오빠가 가지고 있는 슬픔의 두 배를 느껴야 하는 거야. 왜 그렇게 오빠는 자신밖에 모르는 거야! 남은 가족들은 왜 생각해 주지 않는 거야! 그렇게 가서 개죽음을 당하고 싶다면 죽이고 가. 내 숨통을 끊어 놓고 맘 편하게 가서 죽어 버리라고!"

수연은 더 이상 버티지 못하고 쓰러졌다. 형준은 수연의 상태를 살피면서도 계속 도검을 말렸다.

도검은 그런 두 사람의 모습을 보자 견디기 힘들었는지 있는 힘껏 고함을 질렀다.

산 위로 소리가 퍼지며 온 산을 뒤흔들었다.

도검은 땅을 내리치며 주저앉아 오열을 터뜨렸다.

샘이 말라 버렸다던 도검의 왼쪽 눈에선 굵은 눈물방울이 뚝뚝 떨어져 내렸다.

그들 세 사람은 산속에 주저앉아 가슴에 피멍이 들도록 울었다.

장서는 카운터에 앉은 채 멍하니 창밖을 내다보고 있었고, 수연과 형준도 의자에 앉아 각자의 시선으로 밖을 보고 있었다. 손님은 아무도 없었고 배달도 거의 들어오지 않았다.

"도검이는 언제쯤 온다고 그러니?"

"모르겠어요."

슬기를 찾겠다고 집을 나선 도검은 거의 한 달이 다 되도록 아무런 소식이 없었다. 가끔 오던 명희조차 소식이 끊어졌다. 수연은 불현듯 드는 슬픈 생각에 말없이 눈물을 훔쳐 내며 주방으로 들어가 버렸다. 홀로 남겨진 형준은 밖에 시선을 두고 입을 열었다.

"아저씨."

"왜."

"슬기 누나 말예요."

"그래."

"자꾸 살아 있을 것만 같아서요."

"……."

"금방이라도 들어와서 제 머리통을 쥐어박을 것만 같아요."

"……."

"아저씨는 모르실걸요? 슬기 누나가 저를 얼마나 많이 때렸는데요."

"내가 못 때리게 했었잖아."

"아저씨 눈 피해서 얼마나 많이 때렸는데요. 그때마다 치킨을 얻어먹긴 했지만."

"치킨 너 혼자 다 먹었냐?"

"예, 마침 아무도 안 계셔서요."

"치사한 놈아."

그들은 아무 어조 없이 건조하게 대화했다. 웃긴다면서 웃는 이도 없었고, 즐거웠던 기억이라면서 즐거워하는 이는 아무도 없었다. 모두 그렇게 말뿐이었다.

문이 열리며 누군가가 들어섰다. 술을 마셨는지 술 냄새가 진동했고, 복장은 초췌하기 그지없었다. 면도를 얼마나 안 했는지 그의 얼굴은 대부분이 수염으로 덮여 있었다.

"명희 군?"

"안녕하셨습니까, 아저씨. 오, 형준 씨도 잘 있었어?"

명희는 약간 몸을 흔들며 서 있었고, 그의 소리를 들은 수연은 주방에서 눈을 비비며 나왔다.

"오, 수연 씨! 안녕하셨어요?"

"자네 많이 취했어!"

"예, 조금 마셨습니다. 짠! 수연 씨, 이거 받으세요."

명희가 내민 것은 하얀색과 보라색의 라일락 꽃다발이었다.

"도검이가 우리 슬기 씨 찾으면, 슬기 씨 무덤 위에다가 좀 놓아 주세요. 부탁드립니다."

"명희 아저씨……."

"용기를 내 보려고 했는데, 도저히 제 손으로는 못할 것 같네요."

"자네 근무 중 아니야?"

"저요? 약간 멍청한 짓을 했더니 정직 처분을 내리던데요? 지금 저는 자유인입니다. 훨훨! 하하하!"

"형님, 이리 앉으세요."

"아, 형준 씨 고마워요. 그리고 아저씨!"

"그래, 나 여기 있네."

"저는 말입니다. 슬기 씨를 너무나, 너무나 사랑합니다. 아저씨도 아시죠?"

"알지, 알다마다."

"집에 가서 누워도 슬기 씨가 떠오르고, 죽어 나자빠진 시체를 봐도 슬기 씨가 떠오르는 거예요. 이런 빌어먹을 경우가 어디 있습니까? 안 그렇습니까?"

"그래, 그래."

"그래서, 슬기 씨의 향기라도 느껴 보려고 찾아온 겁니다. 아저씨, 이렇게 불쑥 찾아와서 정말 죄송합니다!"

"잘 왔네, 잘 왔어."

"전 아무짝에도 쓸모없는 놈이에요. 눈앞에서 슬기 씨가 강으로 뛰어내렸는데, 저는 그때 뭘 한 줄 아세요? 움직일 수가 없었어요. 겁먹어서 몸이 말을 듣지 않는 거예요, 아저씨. 그래서 슬기 씨가 떨어져 내리는 것을 쭈욱 지켜봤어요. 이렇게 병신같이 쪼그리고 앉아서 쭉 지켜봤어요. 우습죠? 나란 놈은 말이죠. 죽어 버려야 돼요. 슬기 씨 곁으로 가야 돼요, 아저씨."

"그런 몹쓸 소리 하는 게 아냐!"

수연은 그런 명희의 모습을 보다가 또다시 눈물을 참지 못하고 밖으로 뛰쳐나가 버렸고, 형준은 명희를 부축한 채로 굵은 눈물을 흘렸다.

"전, 정말 슬기 씨를……."

명희도 참지 못하고 눈물을 흘리기 시작했다. 그는 테이블 위에 엎드려 소리 내어 울었다.

장서가 명희를 위해 할 수 있는 일은 그의 등을 토닥여 주는 것뿐이었다. 수연은 밖에서 그런 명희의 모습을 보고 북받치는 감정을 참을 수가 없어서 가게 앞에 쪼그리고 앉아 울었다.

그런 그들의 심정을 아는지 모르는지 저녁이 다 되었는데도 가게 앞엔 비둘기들이 모여들었고 주변은 활기차게 돌아갔지만 '레드아이'는 슬픔에 잠겨 고요하기만 했다.

Chapter 7 :: 기억

손님들이 다 빠져나간 사설 경마장 안에 명희가 세 명의 용의자를 벽에 몰아놓고, 수갑을 그들 앞에 던졌다.

"수갑 차라."

"우리가 미친놈이냐?"

명희는 세 명의 사내 중 한 명의 다리에 총을 쏘았다. 놀란 사내들의 표정에 아랑곳하지 않고 무표정한 얼굴로 다시 말했다.

"수갑 차라."

"이런 미친놈! 이런 식으로 하면 너도 괴로울 텐데!"

또 한 명이 다리에 총을 맞고 쓰러졌다. 그러자 남은 한 명은 재빨리 수갑을 자신의 팔에 채웠다.

"쏘, 쏘지 마! 쏘지 마! 채웠으니까 쏘지 마!"

"나머지 놈들도 채워. 네가 부축해서 간다."

"두 명을 나 혼자?"

"응급차에 실려 가고 싶나?"

"아냐, 아니오, 아니오! 하겠습니다!"

"너희를 특수절도 혐의로 체포한다. 너희는 묵비권을 행사할 권리가 있고……. 나머지는 알고 있지?"

사무실로 돌아온 명희가 건성으로 인사했다.

"다녀왔습니다."

"명희야, 얘기 좀 하자."

주 팀장은 명희를 데리고 취조실 안으로 들어가 마주 앉았다.

"요즘에 너 왜 그러냐?"

"무슨 말씀이십니까?"

"서(署) 내에서 떠돌고 있는 네 별명이 뭔지 알아? 폭주 이명희야, 폭주 이명희. 네가 잡아 온 애들 중에 멀쩡하게 걸어 들어온 애가 몇 명인 줄 알아? 전체 열네 명 중에 두 명이었다, 두 명. 왜 그래? 내가 짐작하는 바가 없는 것도 아니지만 이건 너무 심하잖아. 오늘 또 두 명 다리에 총 맞아서 들어왔던데. 그것도 아주 가까운 거리에서."

"저항이 심해서 어쩔 수 없었습니다."

"명희야. 화풀이 그만해라. 응?"

"화풀이한 적 없습니다."

"너 하는 짓 보면 내가 불안해 죽겠어! 이럴수록 너한테 상황만 더 안 좋아질 뿐이야. 불나방처럼 위험한 사건만 골라서 맡아서는 죽을 고비 넘긴 게 도대체 몇 번째냐!"

"저 안 죽어요."

"드디어 미쳤네, 미쳤어."

"누군가가 절 돕고 있는 것 같은 기분이 들어요."

"환장하겠군. 그래서, 그 수호천사만 믿고 그렇게 미친놈처럼 군다는 거야?"

"나가 보겠습니다. 사건이 있어서요."

"아직 내 얘기 안 끝났어. 잠깐, 무슨 사건인데? 설마 그 파이터 사건은 아니지?"

"맞습니다. 어제 넘겨받았어요."

"안 돼. 내가 허가 안 해. 그놈이 전문 싸움꾼만을 상대로 벌써 몇 명을 죽인 줄이나 알아?"

"일곱 명이죠."

"아는 놈이 덤비는 거야?"

"저도 격투기라면 자신 있습니다."

"그런 차원이 아니잖아!"

"괜찮습니다. 수호천사가 도와줄 테니까요. 가 보겠습니다."

"야, 이 형사, 명희야! 명희야!"

정장의 남자들이 늘어선 곳에 후드 셔츠를 입은 한 사내가

서 있었다. 정장 남자 중 날렵한 몸매의 봉민이 그에게 입을 열었다.

"선수들하고 격투를 하고 다닌다는 그 미친놈이 너냐?"

후드 셔츠의 사내가 고개를 끄덕이자 봉민은 어이가 없는 듯이 웃었다.

"너 어느 시대 놈이야? 여기가 무림인 줄 알아? 꺼져!"

후드에 가려 얼굴이 잘 보이지 않았지만 그의 입술이 살며시 미소를 띠고 있는 것이 보였다.

"이 새끼가 미쳤나! 좋아! 간만에 몸 좀 풀어 주는 것도 나쁘지 않지. 얘들아, 저 미친놈 창고로 안내해라."

사내는 수출용 상자가 쌓인 넓은 창고로 들어섰다. 사내가 한가운데 서자 봉민도 상의를 벗고 그 앞에 나섰다.

"칼이야, 주먹이야?"

사내가 주먹을 들어 보이자 봉민은 몸을 풀면서 말했다.

"확인차 물어보는 건데 승패 결정은 어떻게 하지?"

"한쪽이 죽을 때까지."

처음으로 입을 연 사내의 말에 봉민의 표정이 순간 굳어졌다가 다시 풀어졌다.

"내가 네놈과 겨뤄서 얻는 게 뭐야? 이기는 쪽은 뭔가 득이 되는 일이 있어야 하는 것 아냐?"

사내는 주머니에서 뭔가를 꺼내 앞에다 던졌다. 뒷면에 비밀번호가 적혀 있는 현금카드였다.

"얼마나 들어 있지? 적은 액수면 곤란한데. 난 몸값이 비싸서 말이야. 백? 천?"

사내는 고개를 좌우로 흔들며 손가락 하나를 들어 보였다.

"1억?"

그제야 사내는 고개를 끄덕여 보였다.

"만족스럽진 않지만 그 정도면 적당하군. 네 녀석 장례식은 섭섭지 않게 치러 주마. 좋아! 맘에 드는군. 최선을 다해서 죽여 주마!"

사내는 주먹을 들어 올렸다. 봉민도 자세를 잡고 서로를 노려보면서 원을 그리며 돌았다.

바는 전반적으로 재즈풍의 분위기였다. 시끄러운 음악도 없었고 시끄러운 사람도 없었다. 코인 주크박스에서 조용한 재즈 음악이 흘러나와 듣기만 해도 맘이 편안했다.

명희는 의자에 걸터앉아 술을 마시고 있는 검은색 정장 차림의 사내에게 다가갔다. 사내의 목 뒤쪽엔 창상과 비슷한 상처가 옷깃 사이로 언뜻 보였다.

"레모네이드 한 잔."

명희는 잔을 건네받고는 사내 쪽을 바라보았다. 머리카락에 얼굴이 가려 잘 보이지 않았지만 얼굴의 윤곽 정도는 확인할 수 있었다.

"우울한 날이군요. 비 때문에 야구 경기가 취소되다니."

명희가 말을 걸었지만 사내는 말없이 술만 조금씩 들이켰다.

"운동 좋아하세요? 저는 사실 구기 종목보다 투기를 좋아합니다. 권투, 태권도, 레슬링, 쿵푸, 검도, 합기도 같은 거요. 그쪽도 체격을 보니 운동을 좋아하시는 것 같은데 맞나요?"

"별로 좋아하지 않소."

처음 말문을 연 사내의 목소리는 굵지도 가늘지도 않은 평범한 목소리였다.

"아, 그렇습니까? 실례했군요. 투기의 매력은 승패보다도 투기 그 자체에 있죠. 저도 여러 무술을 익혀서 누구보다도 그것을 잘 알고 있죠. 뭐 자랑은 아니지만 전국선수권대회에서 몇 번 우승했었으니까요."

명희의 말에 사내가 처음으로 돌아보았다. 그의 눈은 빛이 났다. 흥미로운 뭔가를 만났을 때 아이들의 눈에서나 볼 수 있는 빛이었다.

"어떤 투기였죠?"

"태권도, 검도, 권투죠. 특히 권투는 프로로 전향할까도 생각했지만 뜻대로 안 되더군요."

"지금은 도장을 하고 계신가요?"

"아뇨, 아뇨. 완전히 관계가 없다고 할 순 없지만 그래도 다른 직종에 종사하고 있죠."

"실례가 안 된다면 어떤 일을 하시는지 물어도 될까요?"

"경찰입니다."

명희는 사내의 표정이 순간 굳어지는 것을 알아챌 수 있었다. 짧은 순간이지만 사내가 문 쪽을 바라보는 것을 명희는 놓치지 않았다.

"제가 요즘에 아주 골치 아픈 사건을 맡았거든요. 그런데 영 풀리지가 않는 겁니다. 그래서 한잔하러 왔죠."

"아, 그러세요. 그런데 어떤 사건을 맡고 계시죠?"

"연쇄살인입니다. 잔인하게 느껴지지만 사실 따지고 보면 그렇지도 않죠. 범인이 싸움꾼이거든요."

"피해자들이 어떻게 죽었는데요?"

"맞아 죽었어요. 정확히 급소를 맞고 사망했죠. 그건 우발적인 것도 아니고 양아치가 그런 것도 아닙니다. 아주 전문적으로 투기를 익힌 사람의 짓이죠. 그래서 우리들 사이에선 그 범인을 '파이터'라고 부르고 있죠."

"파이터라, 연쇄살인범치고는 너무 멋진 별명 아닌가요? 그래서, 단서는 잡았나요?"

"그게 문제죠. 피해자와 격투 계약을 하고 하는 일종의 시합이기 때문에 목격자도 없고 단서도 없습니다. 그런데 아주 희망이 없는 건 아니죠. 이번엔 어떤 창고에서 일을 벌인 모양입니다. 그런데 깡이 생겼는지 다른 때완 다르게 많은 목격자들이 있는 곳에서 결투를 벌였거든요."

"그래서 어떻게 됐습니까?"

"소용없었어요. 피해자의 똘마니로 보이던 나머지 네 명도 모두 당했으니까요. 그런데 한 놈이 숨이 붙어 있었습니다."

술을 마시던 사내의 손이 잠시 멈추었다가 다시 움직였다.

"놈이 죽기 직전에 몇 가지 정보를 주었지요. 그중에서 가장 중요한 단서가 뭔 줄 아세요? 손등과 목뒤의 흉터였죠. 정말 우습죠? 그런 단순한 정보가 결정적이라니. 어쨌든 저에겐 행운입니다."

"……."

"게다가 범인을 알고 있다는 익명의 제보를 받았지요. 그 사람은 용의자가 자주 가는 술집을 가르쳐 줬습니다. 익명이라서 무시할까도 했지만 혹시나 해서 왔더니 글쎄 놈이 혼자서 술을 마시고 있지 않겠습니까?"

"……."

"제 직업을 밝혔을 때 선생의 시선을 전 놓치지 않았습니다. 제대로 된 싸움꾼이라면 누구나 가지고 있는 특유의 습관이죠. 동작에 필요한 공간과 퇴로를 찾는 것. 우연인지 모르겠지만, 선생의 손등에도 흉터가 있군요. 목에도."

사내는 마시던 술잔으로 느닷없이 명희의 얼굴을 가격하고는 출구로 달렸다. 홀 안에 비명 소리가 나며 사람들이 술렁였다. 미처 술잔을 피하지 못한 명희는 찢어진 콧등의 피를 한번 훔쳐 내고는 사내를 뒤쫓아 나갔다.

사내는 구두에 정장 차림인데도 빠른 속도로 달렸다. 명희도 있는 힘을 다해 그의 뒤를 쫓았다. 골목 이리저리로 빠지며 달아나다가 허름한 건물 안으로 뛰어든 사내를 따라 명희는 총을 꺼내 들고는 숨을 죽이며 건물 안으로 들어갔다.

시멘트로 된 계단을 따라 아래로 내려갔다. 곰팡이 냄새가 나는 복도를 따라 뛰어 끝에 있는 방화문을 열고 안으로 들어섰다. 그곳엔 역기와 샌드백이 있었고 바닥엔 낡아서 지푸라기가 다 드러난 볼품없는 매트가 깔려 있었다. 체육관이었다.

"유인한 거군."

"이제 알아챘나?"

명희는 소리가 나는 쪽으로 총을 겨누었다. 사내는 총구 앞에서 천연덕스럽게 트레이닝복으로 옷을 갈아입고 있었다.

"겨루기엔 체육관만큼 좋은 곳도 없지. 정말 전국선수권대회에서 우승한 적이 있나?"

"아니, 그건 자극하려고 했던 말이고."

"그렇다면 살아 나가기는 다 틀렸군."

"그래도 경찰 대회에선 매년 우승을 하고 있지."

"실망스럽진 않겠군. 자 한판 붙어 볼까?"

"누가 네놈과 격투를 벌인다고 한 적 있었냐? 손 머리 뒤로 하고 그 자리에 엎드려."

"격투기를 익혔다는 놈이 겨루기를 피한단 말인가?"

"난 경찰이다. 너같이 싸움에 미친 놈이 아니라고."

"난 격투가지 싸움꾼이 아니다."

"격투가라서 사람들을 죽이고 다니는 건가?"

"놈들이 약한 건 내 잘못이 아니지."

"이유가 뭐냐? 강하다는 것을 자랑질하고 싶은 건가?"

"그런 건 초짜들이나 그렇지. 난 나의 존재를 찾기 위해서다."

"뭔 소리야?"

"너같이 온상에서 자란 놈들은 나의 이런 기분을 잘 모를 거다. 네놈은 먹고 싶은 것이 있으면 엄마를 조르면 그만이었겠지만, 난 아니었다. 난 싸워야지만 먹을 것을 얻을 수가 있었다. 어릴 적부터 난 그렇게 살아왔다. 싸워서 이겨야 했지. 그래야 살 수가 있었으니까."

"많이 울었겠군."

"그렇지 않아. 이기면 눈물은 없다."

"그런데 그게 사건과 무슨 상관이야?"

"난 그렇게 힘들게 살았는데 지금은 모든 게 소용없어졌지. 내가 가진 기술은 싸움 기술밖에 없는데 말이야. 날 키우던 조직도 내가 두려웠던지 방출해 버리더군. 죽이지 않은 것만 해도 다행이지만."

"조직? 말은 그럴싸하고 멋지게 하지만 결국 네놈도 깡패 새끼였다는 얘기군?"

사내의 눈이 더욱 붉게 충혈되며 명희를 노려보았다. 그는 인상을 서서히 구기며 명희에게 천천히 다가왔다.

"날 깡패 취급하지 마."

"더 이상 다가오지 않는 게 좋을 거야."

"난 격투가다."

"그렇게 잘났으면 UFC에 나가 보지그래? 돈도 벌 겸."

"난 그런 광대가 아니라 격투가라고!"

"결국 겁나서 약한 놈들이나 건드리고 다니겠다는 거잖아."

"닥쳐!"

명희는 사내의 다리를 향해 총을 쏘았다. 총소리와 거의 동시에 사내의 몸이 허공에 뜨며 명희를 향해 덮쳐 왔다. 명희는 두 번째 총알을 날렸지만 사내는 그것마저 피하며 기어코 명희의 얼굴을 무릎으로 찍었다.

어느 틈엔가 권총이 사내의 손으로 넘어가 있었다. 사내는 총에서 총알을 모두 빼내고는 명희 앞에 던져 주었다.

"일어나. 운동 시간이다."

"그렇게 소원이라면 붙어 주마."

명희가 일어서서 자세를 잡자, 사내도 자세를 잡고는 명희 앞에 섰다. 사내의 자세엔 빈틈이 없었다. 그의 견고한 자세 때문에 섣불리 움직일 수조차 없었다.

"팁 하나 알려 주지. 공격이 최선의 방어라는 말은 격투에 있어 절대 진리다."

사내는 매섭게 공격을 시작했고 명희는 막았지만 두 번의 펀치도 다 막아 내지 못하고 매트 위에 나동그라졌다. 어디를 어떻게 맞았는지 시야가 노랗게 변하면서 메스꺼움이 느껴졌다.

"일어나. 그런 정신력 가지고는 아무것도 할 수 없다."

사내는 다시 정신없이 공격해 왔고 일방적으로 얻어맞은 명희는 벽에 기댄 채 쭉 뻗었다. 벽과 매트 위는 피로 범벅이 되어 있었는데 그것이 자신의 피라는 것을 알아보는 데는 한참 걸렸다. 한쪽 눈은 감겨 잘 보이지도 않았고 펀치를 막았던 팔은 부러져 축 처져 있었다.

"네가 약한 건 내 책임이 아니야."

사내의 말이 꿈처럼 들릴 때 어디선가 자신을 부르는 여인의 목소리가 들렸다. 그 목소리는 명희의 머릿속에 메아리쳤다. 이어서 사내의 목소리와 여인의 목소리가 섞여서 들려왔지만 울림이 점점 심해져 전혀 알아들을 수가 없었다.

"슬기 씨, 우리 곧 만나요."

"형준아!"

형준은 덥수룩한 수염과 초췌한 모습으로 가게 안으로 들어섰다. 그런 모습을 본 수연이 큰 소리로 외쳤다.

"뭐? 형준이?"

장서는 거의 반사적으로 형준에게 달려갔다. 형준의 얼굴은 거의 반쪽이 되어 있었다.

"이놈아, 연락도 안 하고 여태까지 어디서 뭐했어?"

"죄송해요, 아저씨."

"우선 앉아. 주스 가져다줄게."

"물이나 한잔 줘, 누나."

장서가 맞은편에 자리를 잡았다.

"어디 병난 데는 없냐?"

"없어요. 아시잖아요, 건강 체질인 거."

"그래, 어디서 뭐하다 온 거야?"

"슬기 누나가 떨어졌던 곳이요. 거기서부터 그 주위를 모두

탐문했죠."

"뭐 좀 찾았냐?"

"어땠을 거 같아요?"

형준이 웃어 보이자 장서는 눈이 커지며 금세라도 소리를 지를 것만 같은 표정을 지었다.

"설마……."

형준이 고개를 끄덕여 보이자 장서는 비명에 가까운 함성을 질렀고, 그 소리에 놀란 수연도 달려 나오다 분위기를 눈치채고 같이 소리를 질렀다.

"어디 있어, 어디! 슬기 살아 있는 거지? 어디 다친 데는 없어?"

"아직 완전히 찾은 건 아니고요. 살아 있다는 것만 알아냈어요."

"너무 잘됐다! 너무 잘됐다!"

수연은 너무 기쁜 나머지 눈물을 흘렸고 장서는 얼굴이 벌겋게 상기된 채 빛나는 눈으로 형준을 바라보았다.

"자세히 좀 말해 봐."

"너무 피곤한데……."

"치킨 세 마리 사 주마! 너 혼자 다 먹어! 절대 안 뺏어 먹는다!"

"그런 파격적인 조건이라면……. 처음엔 그 지역을 헤매면서 누나 사진을 상점과 여관 사람들에게 보여 줬어요. 도시는 물론 좀 더 들어가서 읍이나 면에서도 그렇게 탐문을 했죠. 그런데 찾을 수가 없었습니다. 그래서 슬기 누나가 빠졌던 강을 따라 쭉 내려갔죠. 혹시 누나의 소지품이라도 발견할 수 있을까 해서요."

"뭔가 찾았어?"

"강가는 물론 그 주변의 산까지 모두 뒤졌지만 아무것도 건질 수가 없었어요. 다 포기하려고 했어요. 그래서 산을 내려오는 길이었는데 내려오다 보니 집이 하나 나오더군요. 산속에 작은 텃밭과 집 한 채가 덜렁 있으니까 기분이 묘하더라고요. 한밤중이었거든요. 그래서 노숙하느니 그 집에서 자는 게 낫겠다 싶었죠."

"안 무서웠니?"

"안 무섭긴, 무서워서 무릎이 잘 펴지지가 않았는데. 그곳에 또 공포소설마냥 할머니 한 분만 살고 계신 거야. 미치겠더라고. 그래도 산속에서 자는 것보다는 낫잖아. 주무시던 할머니를 불러서 깨웠지. 사람을 자주 못 보셔서 그랬는지 아주 반가워하시더라고. 난 졸려서 죽겠는데 할머니가 자꾸 말을 거시잖아. 그래서 상대를 해 드렸는데 그때 놀라운 얘기를 들었지."

"무슨 얘긴데?"

"통 지나는 사람이 없었는데, 요즘엔 자주 손님이 찾아온다고 말이야. 몇 달 전엔 어떤 색시가 오더니 이번엔 총각이라고 기뻐하시더라고. 그때, 이 머릿속에 번개 같은 게 탁 치면서 뭔가 필이 딱 왔죠. 그래서 할머니께 슬기 누나 사진을 보여 드렸어. 눈이 어두우셔서 준비해 간 돋보기에 비상 랜턴을 비춰 드렸더니 한참을 들여다보시고는 웃으면서 이러시는 거야. '어? 이 색시 아는 사인감? 전에 왔던 색시가 바로 이 색시인디?'"

형준의 말에 수연과 장서는 영화의 명장면을 본 것처럼 동시에 탄성을 질렀다.

"와!"

형준은 거만하게 손을 뻗었다.

"아, 누나 나 물 좀."

"알았어!"

"그래서, 어떻게 됐냐?"

"다시 다짐을 받았죠. 확실하냐고. 그랬더니 할머니 집에는 사람이 자주 안 와서 한 번 온 사람은 아주 잘 기억하고 있다고 하셨어요. 그러더니 서랍에서 뭔가를 꺼내서는 저에게 보여 주시는 거예요."

"그게 뭐였는데?"

수연이 탁자에 물을 내려놓으며 신나는 듯이 그렇게 물었다.

"펜던트였어. 예전에 짭새 형님이 슬기 누나에게 해 줬던 선물. 열었더니 음악이 흘러나오면서 누나와 짭새 형님이 함께 찍은 사진이 들어 있었어. 이건 뭐 더 이상 생각할 것도 없잖아. 안 그래? 아마 로또가 돼도 그 정도 기분은 아니었을 거야. 나도 모르게 소리를 질러서 할머니가 놀라시는 바람에 애를 좀 먹었는데……."

"가져왔어?"

"아뇨, 누나가 고마움의 표시로 할머니께 드린 건데 그걸 어떻게 가져와요."

"그렇긴 하군."

"그런데 왜 하필이면 그런 소중한 것을 줬을까? 다른 것도 있었을 텐데."

"지금 중요한 건 누나가 살아 있다는 게 중요한 거 아냐?"

"그렇지, 그렇지! 수연이는 도검이한테 연락해서 빨리 돌아오라고 해. 난 돌팔이한테 알릴 테니까. 오늘은 치킨 파티다!"

"오케이!"

"정신 드냐?"

명희가 눈을 떴을 때 가장 먼저 시야에 들어온 것이 주 팀장의 코털이었다.

"뭐, 뭐하시는 거예요!"

"네놈 상처 좀 본 거야. 무안하게 되게 놀라네. 어떻게 된 거야?"

"예? 그건 제가 묻고 싶은 질문인데요?"

명희는 몸을 일으키려다가 가슴과 옆구리에 통증을 느끼고는 다시 누웠다.

"갈비뼈가 네 개나 나갔단다. 팔도 부러지고. 눈탱이는 거의 감겨 있고 코뼈도 부러졌다는군. 골반뼈도 금 갔고. 내가 너 이럴 줄 알았다. 위험한 사건만 일부러 골라서 맡더니만, 이게 어디 사람 꼴이야?"

"제가 여기 어떻게 온 거죠?"

"전혀 모르냐?"

"예, 놈에게 잔뜩 얻어터진 거 말고는……. 참, 놈은 어떻게 됐죠?"

"잡으러 간 놈이 이 모양이면 그놈은 어떻게 됐겠어? 당연히 도망갔지."

"……."

"간호사가 그러는데 어떤 여자가 널 이리 업고 왔다더라."

"여자요?"

"어떤 여자인지는 자세히는 못 봤다고 하더라고. 팔에 화상을 입었는지 진물이 잔뜩 배어 나온 붕대를 양팔에 감고 있었다는데?"

명희는 놀란 얼굴로 되물었다.

"그 여자 지금 어디 있는데요?"

"너만 내려놓고 바로 사라졌대. 무슨 생각 하는 거야?"

"아니에요, 아무것도."

무심코 창 쪽을 바라본 명희는 창틀에 하얀색 라일락이 꽂혀 있는 것을 보았다.

"저 꽃 팀장님이 가져오신 거예요?"

"내가 미친놈이냐?"

명희는 주 팀장의 말에 무슨 생각이 났는지 스프링처럼 튀듯이 일어나 앉았지만, 가슴 통증 때문에 곧바로 다시 누웠다.

"윽, 팀장님. 그 여자, 그 여자 좀 찾아 주세요!"

"뭐? 무슨 여자, 너 데리고 온 여자?"

"아무래도, 슬기 씨 같아요."

주 팀장은 명희의 말에 고개를 가로젓고는 다시 입을 열었다.

"명희야, 나 갈 테니까 푹 쉬어라. 놈 잡히면 꼭 연락 주마. 너희 집에는 연락 안 했다. 네놈이 또 지랄할까 봐."

"잘하셨어요."

명희는 다시 누워서 멍하니 라일락을 바라보았다.

몇 달 만에 돌아온 도검의 모습도 형준처럼 초췌하기 이를 데 없었지만 그의 얼굴과 눈빛은 어느 때보다도 밝게 빛나고 있었다. 도검뿐만이 아니라 모두의 표정이 밝았다. 혜인이는 아직 분위기 파악을 못 하고 있었지만 언니 오빠들이 모두 즐거워하자 덩달아 즐거워하고 있었다.

"틀림없이 살아 있다 이거지?"

"확실해. 그 사진만 없었어도 의심했겠지만 짭새 형님 얼굴까지 찍혀 있는데 내가 착각하려야 할 수가 없잖아. 안 그래?"

"이제 너무 들떠 있지 말고 가능성을 따져 보자."

차 박사는 들떠 있는 모두를 진정시키며 말문을 열었다.

"자, 악마 토론법으로 해 보자. 내가 악마 역할을 하지. 난 최대한 안 좋은 방향으로만 말할 테니까, 너희들은 그에 반대

되는 타당한 이유를 대야 해."

"그거 꼭 해야 돼요?"

"그래, 확실히 해야 본격적으로 슬기를 찾든지 말든지 하지. 잘 들어. 첫 번째, 슬기가 살아 있다면 왜 우리에게 연락하지 않았을까?"

차 박사의 말에 모두가 잠시 놀란 표정이 되더니 차츰 굳어져 버렸다. 서로 얼굴만 바라보고 말은 하지 못했다. 차 박사는 답답한 듯 재차 물었다.

"억지라도 좋으니까, 뭔가 그럴듯한 이유를 대 봐. 그래, 형준이 말해 봐."

"혹시 기억상실증 아닐까요?"

형준의 말에 모두들 다시 놀란 표정이 되더니 또다시 표정이 굳어졌다. 장서는 그 표정 그대로 모두에게 말했다.

"그러면 모든 게 설명이 돼. 명희의 사진이 들어 있는 펜던트를 할머니에게 줘 버린 것과, 우리에게 연락을 해 오지 않은 거 모든 게 말이야."

도검이 고개를 가로저었다.

"그건 아닐 겁니다. 기억상실이라면 사진을 더욱 소중히 다루지 않겠어요? 자신의 과거에 대한 실마리가 될 수 있는 건데 말예요."

"오빠 말에 일리가 있는 거 같은데요? 기억상실증 환자에겐 과거에 대한 실마리가 무엇보다도 중요할 테니까 말예요."

차 박사의 첫 번째 질문에 대한 답변이 모두 맘에 들었는지 다시 표정이 밝아졌다.

“기억상실은 아닌 것으로 결론 났고 그럼, 그거 말고 슬기가 안 돌아올 만한 다른 이유는?”

“길을 잃었을 수도 있지 않을까요?”

“그건 아냐. 산으로 내려오기만 하면 마을이나 도시 같은 것은 얼마든지 찾을 수 있어. 그러면 이곳으로 오는 것도 쉽지.”

“…….”

“오기 싫었나 보지.”

혜인의 말에 모두들 눈을 동그랗게 뜨고 서로를 바라보았다. 그러다 형준이 씩 웃으며 말했다.

“에이 설마…….”

“아냐, 가능성은 있어.”

도검의 말에 모두들 침을 삼키며 그에게 시선을 집중시켰다. 차 박사가 물었다.

“어떤 근거지?”

“과거를 지우고 싶었을지도 모릅니다.”

도검의 말에 모두들 놀란 표정으로 멍하니 앉아 있었다.

“그게 무슨 말이야?”

“제가 말씀은 안 드렸지만, 슬기는 명희 때문에 괴로워하고 있었어요.”

“뭐?”

“슬기도 명희가 좋아지기 시작한 거죠. 그래서 괴로워한 겁니다. 슬기는 명희에게 자신에 대한 어떤 것도 사실대로 털어

놓을 수가 없었으니까요."

"짭새 아저씨는 그걸 아직도 모르고 있었던 거야?"

"몰랐지. 아무도 말해 주지 않았으니까. 그런데 그 절벽에서 놈이 명희에게 다 말했지. 슬기의 과거에 대해서."

"그게 어쨌다는 거지? 사랑하는 데 출신이 무슨 상관이야?"

도검은 수연을 바라보며 말했다.

"그게 말처럼 쉽지 않아."

도검이 말을 멈추자 모두가 침통한 표정으로 고개를 숙였다. 수연과 형준은 말없이 눈물을 훔쳐 내고 있었고 나머지는 한숨을 내쉬고 있었다. 침묵을 깬 건 차 박사였다.

"만약 그렇다면 더욱 어려워지겠군. 돌아올 의사가 없는 사람을 어떻게 찾을 수가 있지?"

"기다리는 수밖에 없습니다. 녀석이 제 발로 이곳에 올 때까지 기다리는 수밖에 없습니다."

"……."

"우리가 할 수 있는 일이 아무것도 없단 말인가……."

명희는 병실에서 라일락을 바라보며 앉아 있었다. 그때 불쑥 끼어든 목소리에 고개를 돌렸다.

"어때, 좀 괜찮아?"

"도검 씨. 웬일이야? 내가 죽어 가도 찾아오지도 않던 사람이."

"좋은 소식 전해 주려고."

"슬기 씨가 살아 있는 거야?"

명희는 아픔도 잊은 듯 몸을 벌떡 일으켜 도검을 마주 보았다. 그러자 도검은 미소를 지으며 고개를 끄덕여 보였다. 명희는 갑자기 환호성을 질렀다. 그러고는 큰 소리로 노래를 부르기 시작했다. 지나던 간호사와 의사가 함께 병실 안으로 들어와서는 명희를 바라보았다. 명희는 손을 흔들어 보였다.

"죄송합니다! 너무 기분 좋은 일이 있어서요."

"네, 다른 환자분들도 계시니까 좀 조용히 해 주세요."

"그럼 좀 작게 부를까요?"

"그냥 안 부르시는 게……."

그들이 나가자 명희는 아까보다는 작은 소리로 다시 노래를 부르기 시작했다.

"이봐, 이봐. 듣는 사람도 좀 생각해 줬으면 좋겠어."

"난 그럴 줄 알았지! 그래, 어디 있어? 응? 우리 슬기 씨 어디 있어?"

"그게 조금 복잡하게 됐어."

"뭐? 혹시 다친 건 아니겠지?"

"아마도."

"아마도? 무슨 대답이 그래?"

"그래, 안 다쳤어. 문제는 그게 아냐."

"뭐가 문젠데?"

"본인이 돌아오길 싫어하는 것 같다."

"뭐? 무, 무슨 말도 안 되는 소리야?"

"너, 슬기가 기관 출신이란 거 알았지?"

"뭐야, 겨우 그것 때문에 그런 거야?"

"겨우가 아냐. 그게 문제의 전부야."

"잘 알잖아! 난 상관없어. 슬기 씨가 외계인이라도 난 상관없어!"

"슬기는 그게 상관있어."

"슬기 씨는 슬기 씨인 거지 뭘 그렇게 복잡하게 생각해?"

도검은 옆에 의자를 끌어와 자리를 잡았다.

"사실, 그동안 슬기가 너 때문에 고민 많이 했다."

"나 때문에?"

"솔직하지 못한 것이 죄스러웠나 봐. 그렇다고 다 말할 수도 없는 거고."

"슬기 씨, 참 바보로군."

명희의 감긴 눈에서 눈물이 한 방울 흘러내렸지만 눈치채지 못하게 고개를 돌리며 손으로 훔쳤다.

"그래, 못 말리는 바보 녀석이지."

"도검 씨."

명희는 창가에 꽂혀 있는 라일락을 보며 말했다.

"슬기 씨는 내 주변에 있어."

"뭐?"

"당신은 잘 알 거야, 내 기분. 화가 나서 몸을 막 굴리고 싶은 그런 심정 말이야. 그래서 그동안 어려운 사건만을 도맡아 했지. 그러다 죽어도 그만이라는 심정으로."

"……."

"그 사건들을 해결하면서 죽을 고비를 수없이 넘겼어. 생명에 대해서 덤덤해질 정도로 말이야. 그런데 위기 때마다 누군가 나타나서 날 구하는 거야. 수호천사처럼. 그것도 내가 기절해 있거나 정신을 잃었을 때만 말이야."

도검은 병실에 들어온 이후로 처음 눈빛이 빛났다.

"그래?"

"처음엔 별거 아닌 줄 알았는데 차츰 신경이 쓰이기 시작했지. 하지만 마지막엔 분명히 목소리를 들었지. 여자 목소리."

"여자?"

"내가 얻어터지고 있던 곳은 쓰러져 가는 건물의 지하 체육관이었거든. 아무리 생각해도 여자가 있을 만한 곳이 아니었는데 의식을 잃어 가면서 여자 목소리가 들린 거야."

"환청 아니야?"

"날 여기에 업고 온 사람이 여자라더군. 간호사도 봤대."

"너 몸무게 몇 킬로냐?"

"78. 갑자기 몸무게는 왜?"

도검의 표정이 밝아졌다. 명희도 덩달아 미소를 지었지만 이유는 알 수가 없었다.

"보통 여자들이 업을 수 있는 무게가 몇이라고 생각해?"

"그야……."

말을 하던 명희는 그제야 떠지지도 않는 눈을 크게 떴다.

"78킬로그램은 일반 남자들에게도 힘든 무게지. 그런 무게를 업고 온 여자가 있다면?"

"슬기 씨라는 얘기?"

"고도로 훈련된 녀석이니까."

두 사람은 동시에 환호성을 지르며 하이파이브를 했다. 그 순간 '뚝' 소리와 함께 명희의 팔이 축 늘어졌다.

"젠장……."

도검은 미간을 찌푸렸다.

"부러진 거야?"

명희가 고개를 끄덕여 보이자 도검은 양팔을 벌려 보이며 말했다.

"미안해."

"상관없어. 이까짓 팔뼈쯤은 다시 붙이면 되니까. 자, 이젠 뭘 해야 하지?"

"놈에 대한 정보를 줘. 너 이렇게 만든 놈."

"그건 왜?"

"만약에 슬기가 어떤 놈에게 죽도록 맞았다. 그럼 넌 어떻게 할 거야?"

"그야, 당장 쫓아가서 그 자식 머리에다가 총알구멍을……. 설마, 슬기 씨가?"

"그래, 슬기가 살아 있다면 놈도 살아 있을 확률이 높다. 그렇다면 놈을 쫓고 있겠지. 네가 안전하다는 확신이 설 때까지."

"안 돼, 너무 위험한 놈이야! 슬기 씨라도 버거운 상대라고!"
"그러니까, 빨리 알려 줘."

"조규현 관장님?"
체육관 사무실에서 관원들의 서류를 살피고 있던 관장은 갑작스러운 질문에 엉겁결에 대답했다.
"예, 그렇습니다만."
사내는 후드가 앞까지 내려온 트레이닝복 차림으로 서 있었다.
"소문 듣고 찾아왔습니다. 실력파라고 소문이 자자하더군요."
"하하, 별말씀을. 소문은 과장되게 마련이지요."
"세계 대회를 휩쓸고, 얼마 전엔 일곱 명을 상대로 겨루어 이기셨다고요."
"아, 그치들! 겨룬 게 아니라 싸움이었습니다. 포장마차에서 횡포를 부리기에. 그런데, 무슨 일이시죠?"
"한번 겨루어 보고 싶습니다."
관장은 표정을 잠시 굳혔다가 웃으며 대답했다.
"죄송합니다만, 그럴 수는 없습니다."
"제가 두려운 겁니까?"
사내의 말에 관장의 눈썹이 약간 치켜 올라갔지만 이내 다시 미소를 지어 보였다.

"왜 이러는 거죠?"

"누가 강한지 겨루어 보고 싶은 거지요."

관장은 고개를 흔들어 보이며, 그를 향해 다시 입을 열었다.

"무도는 도道입니다. 도는 강함과 약함을 겨루는 것이 아니라 자기 자신에 대한 수련입니다. 어디서 어떤 운동을 하시는지는 모르겠지만 아직 수양이 덜 된 것 같습니다. 돌아가십시오. 지금 당신은 이기기 위해서는 어떤 짓도 할 것 같은 상태입니다. 그럴 경우엔 사고가 나기 쉽죠. 겨루기의 마음 자세가 됐을 때, 그때 상대해 드리겠습니다."

"아드님이 많이 아프다고 들었는데 겨루어만 준다면 돈을 드리겠소. 물론 당신이 이길 경우에 한해서."

관장은 사내를 노려보았다.

"1억이란 돈이 적은 돈은 아니지요."

"당신 누구요?"

"저에 대해선 알 거 없습니다. 선택하시죠. 1억이냐, 아니냐."

"……."

"룰은 간단합니다. 한 명이 죽을 때까지."

사내의 말에 관장은 깜짝 놀랐다. 사내에게 입관 원서를 받아 두면 체육관 내에서는 겨루기를 하다가 죽어도 그 죄가 가벼울 것이다. 관장은 잠시 갈등했지만 이내 단호한 표정을 짓고는 그에게 말했다.

"돌아가시오. 돈 때문에 내 정신을 팔 수는 없소."

"돈이 아니라 아들의 목숨이라고 생각하시오."

"악마 같은 인간. 당장 나가! 너 같은 건 내 도장에 발을 딛고 서 있을 자격이 없다!"

"흥, 겁쟁이 같으니라고."

"그 1억 나에게 주지?"

갑작스러운 여인의 목소리에 관장과 사내는 동시에 고개를 돌렸다. 그곳엔 마스크를 한 여자가 벽에 기대어 있었다.

"짠돌이 같은 놈. 겨우 1억을 내밀면서 목숨 걸라고?"

"넌……."

관장이 일어섰다.

"당신은 누구요?"

"죄송합니다, 관장님. 이 미친놈 혼내 주려고 찾아온 사람입니다. 부탁드리는데 체육관 좀 잠시 빌릴 수 있을까요? 도를 모르는 놈은 좀 맞아 봐야 깨달을 텐데."

관장은 멍하니 있다가 이내 웃음을 터뜨리면서 흥미로운 눈빛으로 그들을 바라보았다.

"좋소! 쓰도록 하시오. 단, 너무 과격해지면 제가 그만두게 할 겁니다."

"저는 그렇게 하겠지만 이 자식이 그럴까 의문이군요. 자 붙어 보자고. 아직 결판 못 냈잖아?"

"네년……."

"개처럼 으르렁거리지만 말고. 자, 네 카드는 이 책상 위에 올려놔. 싸우다 밀리면 튈지도 모르니까."

"뭐?"

"왜, 질 것 같아서 겁나?"

사내는 주머니에서 카드를 꺼내 관장의 책상 위에 올려놓고는 체육관 가운데 섰다.

"관장님, 아까 얘기 들어 보니까 아드님이 아프신가 보죠?"

"네."

"그럼 그걸로 치료하세요."

"그럴 수는……."

"어차피 제 것이 될 텐데요, 뭘. 체육관 사용료로 받아 두세요."

"빨리 들어와!"

사내가 소리치자 그녀는 관장에게 미소를 지어 보이며 안으로 들어갔다. 여자는 목 관절을 풀며 말했다.

"저번엔 워낙 급해서 제대로 상대를 안 했지만 이번엔 각오하는 게 좋을 거야."

"흥, 나야말로 봐준 거였다."

"그래? 얼마나 격투를 잘하시기에 여기저기 시비 걸고 다니는지 한번 봐야겠군."

"이유를 알고 싶나? 내 자신을 수양하고 더러워진 사회에 경각심을……."

"지랄하지 말고 빨리 시작하자."

"내 말 들어! 난 더러워진……."

"내가 먼저 시작하랴?"

여자와 사내는 맹렬하게 부딪혔고 막상막하의 실력으로 겨루었다. 그들의 결투를 보던 관장은 자신도 모르게 마른침을 삼켰다. 그들의 동작에는 어떤 격식도, 절차도 없었다. 불가능한 방향에서 상상할 수 없는 발차기와 주먹이 튀어나왔다.

자신과는 차원이 다른 세계에서 살고 있는 자들이 틀림없었다. 자신과 붙었다면 분명 어딘가 한 군데가 부러졌을 것이다. 비주류의 무도엔 주류의 무도가 당황하게 마련이니까.

"하나만 묻자! 넌 도대체 누군데 날 이렇게 괴롭히는 거냐!"

"네가 돌아다니면서 사람들에게 시비 거는 이유와 같아. 누가 강한지 겨루고 싶은 거다!"

"좋아, 실력 차이를 확실히 보여 주마!"

대화도 잠시, 그들은 다시 격돌했다. 인기척이 들려 관장이 뒤를 돌아보자 어느새 관원들이 잔뜩 들어와 그 겨루기를 보고 있었다.

"오늘은 휴관이다. 모두 돌아가!"

관장이 만류하는데도 관원들은 눈을 동그랗게 뜨고 그들을 지켜보고 있었다. 낭패였다. 그들이 보고 있는 것은 무도가 아니라 싸움이었기 때문이었다.

"그만하시오. 그만하시오! 그만!"

관장이 외쳤지만 그들은 들리지가 않는지 계속 싸웠다. 놀라운 집중력이었다. 관장이 몸을 날려 그들 사이에 뛰어들고 나서야 싸움이 중단됐다.

"뭐야!"

"그만하시오. 우리 관원들에게 이런 싸움을 보이고 싶지는 않소.”

“닥쳐라! 지금 사생결단을…….”

“관장님 말씀에 따르는 게 좋겠어.”

관내를 울리는 스피커 음향에 모두의 시선이 그쪽으로 쏠렸다. 도검이었다.

“지금 너희들이 하는 건 추한 싸움에 지나지 않아.”

“넌 또 뭐야?”

“그만둬라. 싸우려면 아무도 없는 곳에서 싸워.”

도검은 관장에게 잠시 작은 소리로 말했고 관장은 고개를 끄덕여 보이고는 관원들을 데리고 체육관 밖으로 나가 문을 닫았다. 안에 남아 있는 건 사내와 여자, 그리고 도검뿐이었다. 도검이 선글라스를 벗었다. 그의 얼굴을 본 사내의 눈이 꿈틀했다. 도검은 왼팔의 흰 천을 풀어서 왼팔 전체를 드러냈다.

“보시다시피.”

도검의 왼팔에서 금속성과 함께 칼이 튀어나왔다.

“네놈이 너무 설쳐서 정부에서 파견한 자객이지.”

“우, 웃기지 마! 그런 장난감으로 날…….”

작은 모터 소리와 함께 그의 팔에서 뭔가가 길게 튀어나왔다. 총이었다. 굉음과 함께 총알을 날려 사내 뒤쪽 벽에 자국을 남기자 사내의 표정은 더욱 놀랍게 바뀌었다.

“같잖은 실력으로 날뛰다가 죽은 놈이 한둘이 아니지. 꺼져. 넌 나중이다.”

그때 고개를 돌리고 서 있던 여자가 슬그머니 체육관 문 쪽으로 이동했다.

"어이, 아가씨는 남아."

도검의 시선이 여자에게로 옮겨지자 사내는 놀라운 속도로 도검에게 발차기를 날렸다. 그러나 도검은 그의 발목을 낚아채서 원심력을 이용해 그대로 창문이 있는 곳으로 날렸다. 사내는 창문을 뚫고 밖으로 나가떨어졌다. 그 틈을 이용해 여자는 체육관 밖으로 달리기 시작했고 도검은 여자를 쫓기 시작했다.

"거기 서!"

여인은 도검의 말을 무시하고 계속 달렸다. 도검이 날린 줄에 그녀의 발이 걸려 넘어졌다. 도검은 재빨리 달려가 여자를 붙잡았다.

"이거 놔!"

도검은 발버둥 치는 그녀의 마스크를 벗겨 냈다. 그녀는 붉게 상기된 얼굴로 도검을 노려보았다. 슬기였다.

"이거 놔! 이거 놔! 놓으란 말이야!"

도검은 그녀의 뺨을 세게 후려쳤다. 당황한 듯이 슬기가 멍한 표정으로 올려다보았다.

"못난 계집애 같으니라고."

도검은 슬기를 들다시피 일으켜 차에 올라탔다.

한동안 두 사람은 아무 말도 없이 나란히 앉아 있기만 했다. 도검이 슬기의 팔을 붙잡아 붕대를 풀었다. 슬기는 팔을 빼려고 했지만 붕대가 다 풀어지자 포기해 버렸다.

슬기의 양쪽 팔 모두 화상으로 엉망이 되어 있었다. 아직 상처가 아물지 않았는지 군데군데 진물이 흘러나왔다.

"그때 그런 거야?"

슬기가 말없이 고개를 끄덕이자 도검은 일그러진 피부를 한 번 만져 보고는 창밖으로 시선을 돌렸다. 슬기는 그런 도검의 눈치를 보며 상처를 다시 붕대로 감았다. 도검은 창밖을 보다가 생각난 듯이 슬기의 흘러내린 머리카락을 쓸어 올려 그녀의 얼굴을 살펴보았다. 슬기는 시선을 피했지만 가만히 있었다. 도검은 외상과 골절 등이 있는지 살펴보고는 여기저기 살펴보았지만 다행히 상처는 없었다.

"왜 그랬어?"

"미안해……."

"가족들이 얼마나 걱정했는지 알아? 지금 우리 집 꼴이 어떻게 되어 있을 거라고 생각하니?"

"……."

"넌 정말 가족들을 전혀 배려할 줄 모르는 이기적인 애야."

"미안해."

"미안하단 말만 하지 말고, 살아 있으면서 왜 연락을 하지 않았는지 말해 봐."

"……."

"명희 때문이었냐? 그런 거야?"

"이런 모습을 보여 주기 싫었어."

"상처 때문이었다고? 말도 안 되는 소리 하지 마. 이런 상처쯤이야 차 박사님이 말끔히 복구시켜 줄 수도 있다는 걸 잘 알잖아? 그런데 상처 때문이었다고? 말 같지 않은 소리 하지 마."

"난 동정받는 거 싫어."

"누가 널 동정한다는 거야!"

"지금 날 보는 네 눈빛은 뭐야. 동정 아니고 뭐냐고!"

"정말 단단히 삐뚤어졌구나. 내가 감정이 남아돌아서 너 같은 못된 계집애 동정이나 할 것 같아? 억지 부리지 마."

"보내 줘. 나 못 본 걸로 해 줘. 부탁이야."

"멍청한 소리 작작 해. 네가 왜 이러는지 잘 알고 있어. 하지만 명희가 너에 대해서 알았다고 멀리할 놈으로 보이냐? 아직도 명희를 그렇게 모르는 거야?"

"알지만!"

"알지만 뭐!"

"내 입장이 되면 그런 소리 못할 거야. 내 입장이 되면……."

"너야말로 명희나 다른 사람의 입장을 생각해 봐! 명희가 지금 얼마나 괴로워하는지 알아? 널 지키지 못했다고, 눈앞에서 네가 절벽에서 뛰어내리는데도 아무것도 하지 못했다고 얼마나 자학했는지 알아? 널 잃고 처음 몇 달간은 술에 절어 지내더니, 그 후엔 당장 죽어도 상관없는 것처럼 위험한 사건만 도맡아서 했다."

"그런 바보 같은……."

"너도, 나도 그게 바보 같은 짓인 줄 알지만 명희 입장에선 그럴 수밖에 없었던 거야. 그래야 죄책감이 줄어들 테니까."

슬기의 눈에 처음으로 눈물이 흘러내렸다. 다른 때와는 달리 숨기려 하지도 않았고 눈물이 나오는 그대로 두었다.

"네가 우리와 명희에게 돌아와야 하는 이유야. 우리 가족과 명희는, 너 없이는 단 하루도 즐겁게 살 수 없을 거라는 걸 알잖아."

슬기는 울음을 터뜨렸고 도검은 그런 그녀의 머리를 감싸 안았다.

"미안해, 정말 미안해."

"됐어. 이젠 됐어. 전과 같이 즐겁게 살면 되는 거야. 즐겁게……."

슬기는 한참을 울고 나서 몸을 일으켰다. 눈물로 범벅이 되어 있는 얼굴에는 미소가 지어져 있었다.

"이런 틈 타서 안아 보려는 수작 부리지 마."

"그러느니 차라리 장서 아저씨한테 치킨을 양보하겠다."

"무슨 비교가 그래?"

"너 같은 말썽쟁이 동생을 둔 오빠들의 마음은 모두 똑같을걸?"

"배고프다, 오빠. 뭐 좀 먹자."

"이럴 때만 오빠냐? 좋아, 아주 맛있는 거 사 주지. 그동안 뭐 먹고 살았어?"

"밥."

마주 앉아 있는 차 박사와 슬기의 주변으로 수연과 형준, 도검과 장서가 죽 둘러서서 지켜보고 있었다. 모두들 밝은 표정이었다. 도검이 진지한 표정으로 물었다.

"좀 어때요?"

"음, 이 정도면 완전히는 아니라도 복구할 수 있겠어."

"언니, 안 아파?"

"응."

"뭘, 아프겠는데. 보기만 해도 섬뜩한데?"

"돌팔아, 슬기 놈 아주 아프게 수술해 줘라. 저 못된 놈. 우리 맘고생 시킨 대가는 치르게 해 줘야지."

슬기는 장서를 힐끗 봤지만 입을 다물었다. 기호는 상처를 치료하며 대답했다.

"그건 걱정 마. 이미 세상에서 제일 아픈 주사기로 준비를 해 놨으니까. 마취하지 않고 수술할까도 생각 중이지만."

"바, 박사님!"

"슬기, 너 완쾌되는 대로 이 아저씨한테 볼기짝 맞을 준비해! 어른 속을 이렇게 썩여?"

"정말 죄송해요. 그런데 언제까지 죄송하다고 해야 돼요?"

도검이 무표정한 얼굴로 대답했다.

"죽을 때까지다."

차 박사가 간단한 치료를 하고 붕대를 다시 감았다.

"수술은 언제 할까?"

"아직 거기까지는 생각 안 해 봤어요."

"명희 만난 다음에 할래? 명희 녀석 지금 너 보고 싶어서 죽을 맛일 텐데."

대답 없는 슬기를 보다가 형준이 느닷없이 차 박사에게 질문을 던졌다.

"박사님, 피부 이식은 어느 부위 것을 떼다가 하는 거죠?"

"엉덩이나 허벅지 안쪽이지."

"오옷! 정말이요?"

"그쪽 피부가……. 너 눈빛이 왜 그러냐?"

"박사님, 잠깐 귀 좀."

도겸이 인상을 찌푸리며 말했다.

"뭐야, 뭔데 귓속말이야? 기분 나쁘게."

형준의 말을 들은 차 박사의 눈가에 웃음이 맺혔다.

"이 녀석이 말이야."

"바, 박사님!"

"슬기 수술하는 거, 자기도 보면 안 되냐고 하는데?"

"형준이 너……."

"누나, 난 그저 누나가 걱정되는 마음에서 그런 거야. 엉큼한 생각은 절대 아니었어. 누나, 날 봐. 이 표정을 보고도 못 믿겠어?"

"네 얼굴 어디를 보고 믿으라는 얘기야?"

수연이 팔짱을 끼며 슬기 쪽에 서서 말했다.

"언니, 저런 애는 좀 맞아야 돼!"

"잠깐! 슬기 누나, 잊은 건 아니겠지! 날 때리면 치킨이 열

마리라는 사실!"

장서는 고개를 끄덕이며 말했다.

"괜찮아, 슬기야. 내가 허락하마."

"감사합니다, 아저씨."

"누, 누난 아직 환자야. 무리하지 마. 상처 덧나면 어쩌려고 그, 그래?"

슬기는 붕대가 다 감기자마자 공중으로 몸을 띄워 형준을 향해 발을 날렸다.

사내는 카드를 앞에 던지며 말했다.

"1억이다. 이기는 자가 가지는 거다."

"규칙은?"

"한쪽이 죽을 때까지."

"좋아. 후회는 하지 않겠지?"

"물론."

사내들은 주먹을 쥐고 자세를 잡았다. 그때 창고의 문이 부서지며 누군가가 걸어 들어왔다. 도검이었다. 도검은 창고 한 가운데로 들어서며 말했다.

"그 카드 가짜다."

"뭐?"

"바보냐? 자세히 봐. 포인트 카드잖아. 진짜는 전에 다른 사람에게 줬어."

후드 티를 입은 사내는 입술을 깨물었다.

"젠장."

카드를 주워 본 상대 사내가 인상을 구기며 말했다.

"나를 속여? 이 새끼!"

갑자기 창고 안에 울린 총성에 두 사람은 움찔하며 동작을 멈추었다.

"너는 나가 봐. 죽기 싫으면."

금세 덤빌 것 같던 사내가 도검의 눈치를 보며 옷을 집어 들고 나가 버렸다. 도검은 후드 티의 사내에게 시선을 돌렸다. 놈은 으르렁거리며 도검에게 외쳤다.

"너 이 새끼! 네가 집어 던진 곳이 몇 층인 줄 알아? 3층이었어, 3층! 2층도 아니고 3층!"

"많이 아팠나?"

"복수해 주마!"

"너 무협지 많이 봤지? 요즘 같은 세상에 이게 무슨 철없는 짓이야?"

"나의 존재감을 찾고 사회의 부조리에 대한……."

"너 같은 건 좀 맞아야 돼. 맞아야 정신을 차리거든."

"이 새끼!"

"오늘은 기분 좋은 날이니까, 살살 다뤄 주마."

도검은 성큼성큼 그에게 다가갔다.

슬기는 병원 로비에 앉아 도검의 얼굴을 빤히 바라보며 물었다.

"얼굴 대체 왜 그래? 누구랑 싸웠어?"

"그 자식이 생각보다 강하더라고. 그냥 총으로 할걸."

"누구?"

"아냐, 아무것도. 그래, 준비는 됐어?"

"응."

"다시 말하지만, 명희가 너에 대해 알아 버렸다고 해도 신경 쓰지 마."

슬기가 다시 고개를 끄덕이자 도검은 말을 이었다.

"네가 업고 와서 알겠지만 명희 녀석 지금 상태가 많이 안 좋아. 알고 있지?"

"응."

"자, 들어가자."

도검과 슬기는 병실 안으로 들어섰다. 가장 먼저 눈에 들어온 것이 창가에 꽂혀 있는 라일락이었다. 슬기는 먼저 있던 꽃을 빼내고 새로 사 온 꽃을 꽂았다. 명희는 놀란 얼굴로 몸을 일으켰다.

"오, 오랜만이에요."

명희는 아무 말도 하지 않고 멍하니 슬기를 바라보았다.

"누구시죠?"

명희의 말에 슬기와 도검은 놀란 얼굴로 서로를 바라보았다.

"누구신데…… 어? 도검 씨, 왔어? 이 여자 분은 누구시지?"

"나, 나예요, 명희 씨. 슬……."

도검은 미소를 지으며 턱을 가볍게 끄덕였다. 그러고는 손을 들어 슬기의 말을 가로막았다.

"소개하는 걸 깜빡했군. 이쪽은 내 여동생, 한슬기라고 해."

"도검 씨한테 이런 미인 여동생이 있었어? 반갑습니다, 슬기 씨. 오빠와는 다르게 상당히 미인이신데요?"

"우연히 만나서 그냥 같이 왔어. 괜찮지?"

"나야 영광이지. 도검 씨는 바쁜 일 없어? 가 봐도 되는데 말이야."

"너무 속 보이잖아. 좋아, 네놈이 환자니까 특별히 허락하는 거다. 그전에 잠깐만."

도검은 잠시 슬기를 데리고 병실 밖으로 나왔다.

"명희 씨, 어떻게 된 거야? 날 보고 싶지 않다는 그런 뜻이야?"

"또 바보 같은 소리 한다. 내가 깜빡했는데 의사가 그러더라. 어느 일부분을 기억하지 못할 수도 있다고."

"왜, 하필이면……."

"그만큼 너에 대한 생각을 많이 하고 있었다는 거 아니겠어? 원래 제일 크게 충격받은 일을 잊잖아. 난 오히려 잘됐다고 생각하는데. 예전처럼 다시 처음부터 시작하면 되잖아. 안 그래?"

"……."

"이젠 슬기 너한테 달린 문제야. 나 먼저 들어간다."

슬기가 병실 안으로 들어서니 명희는 다시 눈을 빛내며 일어나 앉았다.

"병실이 좀 누추하죠? 여기 앉으세요."

"네."

"도검 씨에게 이런 미인 여동생이 있는 줄은 꿈에도 몰랐어요."

"정말, 저 모르시겠어요?"

"글쎄요. 우리가 만났을 수도 있겠지만 지금은 기억이 안 나네요. 이런 미인을 제가 쉽게 잊을 리도 없고."

"……."

"친동생 아니죠?"

"네?"

"도검 씨 친동생 아니죠?"

"아, 네."

"아 참, 성이 달랐지. 하하, 제가 머리가 좀 나쁘거든요. 그런데 저 꽃 이름이 뭐죠?"

"라일락이에요."

"예쁘군요. 혹시 꽃말 아세요?"

"알죠. 아주 잘 알고 있죠."

"뭔데요?"

"아름다운 인연."

슬기가 명희 몰래 눈에 맺힌 눈물을 닦아 냈다. 명희는 그런 슬기를 그윽한 눈으로 바라보았다.

도검은 명희를 휠체어에 태워 밖으로 나와 바람을 쐬며 물었다.

"어떻게 된 거야?"

"뭐가."

"최소한 귀띔이라도 미리 해 줬어야 하잖아."

"무슨 소리 하는 거야?"

"슬기 처음 보는 척한 거 말이야."

"슬기 씨? 그럼 처음 보는 사람한테 아는 척하리?"

"어이, 선수끼리 왜 이래. 나한테까지 사기 칠 거야?"

"…… 역시 힘들겠지?"

도검은 명희의 어깨를 툭 치며 웃었다.

"그럼 그렇지. 슬기가 잘 속아 넘어갔냐?"

"그런 것 같긴 한데 잘 모르겠어."

"연기를 하려면 미리 얘기를 해야 할 것 아냐. 아까는 순간 당황했잖아."

"나도 고민 많이 했어. 슬기 씨를 최대한 배려하는 방법에는 어떤 게 있을까 하고 말이야."

"명희 너답다."

도검은 간호사 몰래 병원 밖으로 나왔기 때문에 가끔 주위를 살피는 일을 잊지 않았다.

"슬기 씨 팔 말이야. 어떻게 된 거야?"

"그때 놈에게 당한 거야. 곧 수술할 거니까 걱정 마."

"다른 곳은 이상 없어?"

"그래."

"붕대로 감긴 슬기 씨 팔을 보고 있으려니까 속상해 죽겠더라. 눈물 참느라고 혼났어."

"왜 그렇게 눈물이 많아?"

"흥, 당신도 꽤 많이 운 것 같은데?"

"내가 울긴 왜 울어. 그까짓 일 가지고."

"눈 보면 알 수 있지. 눈물을 참으면서 울면 눈이 더 충혈되니까."

"정말이냐?"

"농담이지. 그래도 내 눈은 못 속여. 나보다 더 울었으면 더 울었지 덜하진 않을 거다."

"……."

"아, 정말 행복하다. 도검 씨, 고마워."

"너 좋으라고 그런 거 아니다. 식구들이 전부 풀이 죽어 있는 게 보기 싫어서 그랬던 거니까."

"내가 알기론 당신이 제일 풀이 죽어 있었던 걸로 알고 있는데?"

"흥, 누가 그런 헛소리를 해?"

"자신까지 속이지 말라고. 아 참, 고마워할 게 또 있군."

"뭔데?"

"그 파이터 놈이 누군가에게 떡이 되도록 맞고 와서는 자수를 했다더군. 당신이지?"

"자수는 말 그대로 자신 스스로 죄를 털어놓는 거 아냐?"

"어쨌든 고마워."

"앗!"

명희는 도검이 바라보는 곳을 함께 바라보았다. 그곳엔 몇 명의 간호사들이 두리번거리며 그들 쪽으로 다가오는 것이 보였다.

"담당 간호사야!"

"젠장! 튀어야겠어!"

"살살 가! 아직 환자란 말이야!"

다가오던 간호사의 걸음걸이가 점점 빨라지며 외쳤다.

"거기요! 멈춰 봐요! 휠체어 밀고 가시는 분!"

도검은 휠체어 손잡이를 꽉 쥐며 결심하듯 외쳤다.

"꽉 잡아라!"

"조심해, 조심해!"

"이명희 환자 맞죠! 거기서요!"

도검은 전속력으로 달리며 큰 소리로 말했다.

"들키면 안 돼! 얼굴 가려! 정면 돌파다!"

"하지 마! 하지 마! 앞에 비켜요! 비켜!"

"아악!"

Chapter 8 :: 거울

"네놈 때문에 사업에 지장이 많았지. 도대체 거래처 놈들이 겁에 질려서 통 밖으로 나올 생각을 안 하잖아. 그래서 네놈을 박살 내려고 찾아다녔는데 홀연히 사라져 버렸더군. 그러다가 얼마 전에 아주 반가운 소식을 들었지. 목이 깨끗이 잘린 시체가 발견되었다고 신문에서 난리를 치더라고."

남자는 입에 물고 있던 담배를 바닥에 거칠게 던져 버렸다.

"망나니 네놈이 다시 움직이기 시작한 걸 알았지. 네놈 얼굴 한번 보려고 그렇게 찾아 돌아다녔는데 코빼기도 안 보이더니 오늘은 제 발로 찾아오다니, 운이 좋다고 해야 하나 나쁘다고 해야 하나?"

천장에 대형 크레인이 매달려 있는 넓은 창고 안엔 망나니를 가운데 두고 십수 명의 사내들이 둘러싸고 있었다.

"솔직히 이렇게 쉽게 걸려들 줄은 몰랐어. 조금 싱겁기도 하고 아쉽기도 하고. 혹시 그거 알고 있나? 우리 세계에서도 너에게 현상금이 붙어 있다는 사실 말이야. 얼만 줄 알아? 10억이야. 꽤 많지?"

"나에 대한 정보는 어디서 들었나?"

"벙어리는 아니군. 너도 문명사회의 일원인 이상 기록이 있을 거라 생각했지. 덕분에 돈이 꽤 들었어. 역시 죽은 놈으로 기록되어 있더군. 언제부터 귀신이 이렇게 돌아다니게 됐는지 모르겠지만 이젠 저승길로 돌아가지그래. 네놈의 이름을 파서 멋진 비석을 세워 줄 테니까. 태성 군."

그는 남자의 입에서 자신의 이름이 나오자 눈에 띄게 놀랐다.

"태성이란 이름이 가명은 아니겠지?"

태성이 등 뒤에서 칼을 천천히 빼 들자 사내들은 제각기 들고 있던 무기를 움켜쥐었지만 모두 한두 걸음씩 물러섰다. 남자가 미소를 지으며 손짓을 하자 사내들은 뒷걸음질을 치며 창고의 뒷문으로 모두 빠져나갔다. 태성은 약간의 당황스러움을 느꼈지만 남자는 혼자 남아 있으면서도 여유 있는 표정이었다.

"조금만 참아. 우리가 다 덤벼도 네 녀석을 이길 수 없다는 걸 잘 알아. 너의 상대는 따로 있다. 그 친구는 대하기가 힘들 거야. 나도 그 친구가 얼마나 위험한지는 잘 모르거든."

"나에 대한 정보는 누구에게 얻었나?"

"왜 쫓아가서 목 날리게? 네 과거를 듣고 있자니 꽤나 불쌍하다는 생각이 들더군. 완전히 말린 인생이잖아. 영화도 그럴 수는 없을 거야.”

“누구한테 들었나?”

“쿨하지 못하게 왜 이래? 그 친구가 비밀을 지켜 달라고 신신당부를 해서 말할 수가 없어. 이래 봬도 내가 입이 좀 무겁거든.”

“누구한테 들었냐고.”

태성이 칼을 움켜쥐자 남자는 천천히 뒷걸음질을 치며 태성의 뒤쪽을 손으로 가리켰다.

“네 상대는 따로 있다니까 그러네. 저기 들어오는군. 그럼 재미 많이 보라고!”

도망치는 남자를 쫓으려 할 때, 그의 뒤쪽에서 창고의 대형 문이 양쪽으로 열리며 누군가가 천천히 걸어 들어와서는 문을 잠갔다. 문이 열렸을 땐 불빛을 등지고 있어서 그의 얼굴이 제대로 보이지 않았지만 태성이 아는 저런 덩치는 세상에 한 명밖에 없었다.

“너는!”

거대한 덩치를 가진 상대방은 한쪽 팔을 들어 올렸다. 태성이 미처 반응을 보이기 전에 그의 팔에선 커다란 불꽃이 일어났다. 총이었다. 태성은 날아드는 총알을 피해 컨테이너 뒤에 가까스로 몸을 숨긴 채로 상대에게 고함을 질렀다.

“장도검!”

“난 아마 죽을 거야. 젠장! 꼭 이럴 땐 왜 주위에 아무도 없는 거야!"

명희는 시계를 보며 창고를 가만히 주시하고 있었다. 살인 사건에 연루된 한 조직을 뒤쫓던 중에 정보원으로부터 마약 거래의 시간과 장소를 알아내 달려온 것이었다. 마약수사팀에 연락을 취하고 기다리는 중이었다.

명희가 다시 한 번 시간을 확인할 때, 창고 안에서 연속된 굉음이 들렸다. 분명 총소리였다. 명희는 권총을 꺼내 들고 창고로 접근했다. 문은 잠겨 있었고 안에선 난리가 난 듯 소리가 계속 들려왔다.

뒤쪽으로 돌아가니 몇 대의 승용차와 승합차가 막 창고의 울타리를 빠져나가고 있었다. 급히 그들을 쫓았으나 이미 시야에서 사라져 번호판을 확인할 수는 없었다. 명희는 뒷문의 손잡이를 돌려 봤지만 역시 잠겨 있었다.

안으로 들어가는 길은 창고 위쪽 창문밖에 없었다. 그 위로 오르기 위해 계단을 막 올라서는 순간 창고 위의 유리창이 요란하게 깨지며 누군가가 떨어져 내렸다. 명희는 놀라기도 전에 감탄부터 했다. 10여 미터 높이에서 뛰어내린 사람은 몸을 굴리더니 벌떡 일어선 것이다. 약간 다리를 절었을 뿐 벌떡 일어나서 어딘가로 달리기 시작했다. 더욱 놀라운 것은 그의 손에 조선 시대 무사들이나 가지고 다녔을 법한 검이 쥐어져 있었던 것이다.

"손들어! 움직이면……."

명희가 말을 끝맺기도 전에 창고의 뒷문이 총성과 함께 벌

집이 되더니 누군가 문을 부수고 걸어 나왔다. 명희는 그 사내를 본 순간 너무나도 놀랐다. 밤이었기 때문에 그의 얼굴이 잘 보이지는 않았지만 달빛에 빛나고 있는 그의 왼팔은 너무나도 잘 보였기 때문이었다.

"도, 도검 씨……."

명희의 기척을 느낀 거한은 명희 쪽으로 시선을 돌리더니 왼팔을 들어 올렸다. 명희는 불길한 느낌이 들어 반대편을 향해 달리기 시작했다. 주변에 총알이 날아와 박혔다.

"뭐, 뭐하는 거야! 이봐! 나야 나! 명희!"

명희는 달리며 소리 질렀지만 거한은 들리지도 않는지 명희에게 여전히 총알 세례를 퍼붓고 있었다. 명희는 정신없이 총알을 피해 달릴 수밖에 없었다.

"쓰자고요."

"버틸 만하잖아."

"에이, 그러지 마시고 쓰죠? 예?"

"너 요즘 인건비가 얼마나 많이 오른 줄 알아?"

"그만큼 주문이 많이 들어오잖아요!"

"그래요, 아저씨. 저도 요즘에 너무 힘들어 죽겠어요. 발이 퉁퉁 부어서 신발이 다 작아졌어요."

'레드아이' 테이블에 세 사람이 앉아 파트타이머 직원 채용에 대해 논의 중이었다. 수연의 말에 형준은 짐짓 크게 놀란 듯 큰 소리로 말했다.

"진짜야? 누나의 예쁜 발이 그렇게 되어 버렸단 말이야? 이럴 수가! 아저씨 때문에 곱던 누나의 발이 퉁퉁! 아, 가슴 아프다! 나 같으면 사람 한 명 써서 일손을 줄일 텐데……. 누나, 발에서 피는 나지 않아?"

"피?"

"왜, 너무 피가 몰리면 핏줄이 튀어나오잖아. 그거 심해지면 다리를 절게 될 수도 있다는데, 우리 누나 다리까지 절게 되면 이건 전부……."

"알았다, 알았어! 쓰면 될 거 아냐! 이 자식은 날 꼭 악덕 고용주로 만드네? 수연아, 발 많이 아프냐?"

"그냥 약간 부은 거지, 그 정도는 아녜요."

형준은 거짓말처럼 테이블 밑에서 종이와 매직을 꺼내 들었고 생활 정보지도 함께 탁자 위에 올려놓았다.

"뭐냐?"

"써 붙여야죠. 아르바이트생 구함."

"그냥 그렇게만 쓰려고?"

"일은 더럽게 힘들고, 급료는 무진장 짬. 그래도 피자는 원없이 먹을 수 있음. 어때요?"

"이 거지 같은 놈아. 그렇게 정직하게 쓰면 아무도 안 오잖아."

"알긴 아시는군."

"그냥 '아르바이트생 구함' 하고, '피자는 원 없이 먹을 수 있음'만 써라."

"시급은요?"

"협의로 결정."

"최저임금 있는 거 아시죠?"

장서는 생활 정보지를 펼쳐 들었다.

"알고 있으니까 일단 그렇게 써. 근데 이 정보지는 뭐냐? 받치고 쓰려고?"

"여기 보세요, 여기."

형준이 손가락으로 가리키는 곳에 '레드아이' 구인 광고가 있었다.

"야, 우리랑 이름이 똑같은 가게가 또 있네. 되게 희한하다 그치? 가만있자……. 이럴 수가, 전화번호도 똑같……."

장서는 읽다 말고 형준이의 뒤통수를 세게 때렸다.

"언제 광고 냈어!"

"히히, 어제요."

"말도 없이, 지 맘대로 했다 이거지?"

"어차피 쓰시기로 했잖아요. 빠른 게 좋잖아요."

"수연아, 화를 내야 되냐 말아야 되냐?"

"어차피 저지른 거니까 참으세요. 한 대만 더 때리시고."

"누, 누나!"

형준의 등을 연속해서 때리고 있는 장서를 뒤로하고, 수연은 매직으로 쓴 구인 광고를 들고 나가 가게 앞 유리에 붙이고 있었다.

그때 저만치 누군가 헐레벌떡 달려오는 것이 보였다. 명희였다. 명희는 옷이 여기저기 찢어져 있었고 다쳤는지 피도 군데군데 튀어 있었다.

"수연 씨! 도검 씨 가게에 있어요?"

"아뇨, 없는데요?"

"어디 갔는지 아세요?"

"글쎄요. 오전에 볼일 있다고 일찍 나갔는데요. 아저씨, 지금 괜찮으세요?"

보기 드물게 진지해진 명희의 표정에 수연도 덩달아 심각해졌다.

"슬기 언니도 지금 없는데……."

"……."

"저, 명희 아저씨?"

"네?"

"슬기 언니도 없다고요. 무슨 일 있으세요? 옷도 다 찢어지고."

"도검 씨 언제 들어온다는 말 없었나요?"

"원래 그런 말 안 하고 다니는 사람이라서요. 어? 오빠!"

수연은 명희의 뒤쪽을 보며 외쳤다. 말쑥한 차림의 도검이 휘파람을 불며 가게로 다가오고 있었다.

"여, 짭새, 오랜만이야. 그런데 꼴이 왜 그러냐? 으슥한 곳에서 슬기한테 이상한 짓 했냐? 그러지 마라. 그러다가 너 죽는 수가 있어."

농담을 건네도 명희는 여전히 도검을 노려보며 서 있었다.

"왜 이래? 내가 뭐 잘못했냐?"

"이리 와 봐."

"어? 왜 이래?"

명희는 가게 안으로 도검을 끌고 들어왔다. 장서와 형준에게 인사를 하는 둥 마는 둥 하고 주방 뒤쪽 야외 테이블로 나갔다.

"왜 이래?"

"도검 씨, 오늘 어디 갔었어?"

"나? 오늘 아르바이트했었는데?"

"무슨 아르바이트?"

"왜 그래 진짜."

"무슨 아르바이트!"

"근처 주점에서 돈을 뜯어 가려는 놈들이 있다기에 싼값에 좀 혼내 주고 왔지."

"진짜야?"

"내가 당신한테 거짓말해서 뭐하게? 그런데 꼴이 그 모양이야? 무슨 일이 있었어?"

"도대체 뭐가 어떻게 된 건지……."

"아, 뭔데 그래!"

"알았어, 알았어. 성질하고는. 좀 이상하다고 생각하긴 했지만 말이야……. 당신 혹시 몽유병 같은 거 없어?"

"뭐?"

방송국 분장실에 슬기가 따분한 듯 앉아 있었다. 그 앞엔 최근에 아이돌로 뜨고 있는 지연이 분장을 받고 있었다.

"언니는 어디서 그렇게 운동을 배우셨어요?"

"사적인 질문은 하지 않기로 했던 거 같은데."

"벌써 일주일이나 같이 다녔는데, 그 정도는 말해 줄 수 있잖아요."

슬기는 살짝 웃어 보였지만 여전히 대답은 하지 않았다.

"언니는 입이 너무 무거워."

분장실 문이 열리며 방송 진행 요원이 말했다.

"지연 씨 나오세요. 시간 됐습니다."

"네."

지연은 나는 듯이 자리에서 일어났다. 슬기도 주변을 살피며 지연의 뒤를 따라나섰다. 공연장의 무대가 가까워질수록 귀가 울릴 정도로 청중들의 함성 소리가 점점 커졌다. 지연은 슬기에게 외치듯이 말했다.

"언니, 나 잘 지켜봐 줘요!"

슬기는 미소를 띠고 그녀에게 답례를 했다. 지연이 무대 위로 껑충껑충 뛰어 올라가자마자 슬기의 표정이 순식간에 굳어지며 무대 뒤쪽으로 달려갔다.

무대 뒤엔 수많은 진행 요원들이 분주하게 뛰어다니고 있었다. 슬기는 그들 사이를 지나 조명을 조작하고 있는 진행 요원에게 다가갔다. 그는 뭔가를 열심히 하고 있었고 슬기는 그를 노려보며 다가가서는 느닷없이 그를 잡아 바닥에 처박았다.

진행 요원은 당황했지만 이내 발각된 것을 알아채고 칼을 꺼내 들었다. 슬기는 서서히 그를 몰아 무대 뒤 기자재 창고로 들어갔다. 그곳으로 들어가니 함성 소리가 어느 정도 작게 들렸다.

"조명 줄 끊어서 뭐하려는 거야?"

"네년이 바로 그년이냐!"

"년, 년 하지 마, 새끼야. 줄 끊어서 뭐하려는 거야?"

"흥! 몰라서 묻는 거냐!"

"멍청한 놈아. 줄 끊어져도 안전장치 때문에 한 번에 안 떨어진다고."

"……."

"그리고 그게 언제 적 수법인데 지금 그걸 하는 거야, 멍청아."

"네, 네년이 상관할 바 아니잖아!"

"난 지연이 경호원이야. 지연이를 죽이려는 건데 나랑 상관이 없겠냐? 멍청아?"

"자꾸 멍청이라고 하지 마! 네년에게 일급 자객들이 다섯 명이나 당했다는 걸 난 믿을 수가 없어!"

"그러지 뭐. 어차피 곱게 돌려보낼 생각은 아니었으니까. 그 전에 한 가지만 묻자. 안 되는 거 알면서도 계속 멍청한 놈만 계속 보내는 놈이 도대체 누구야?"

"고객의 이름은 밝히지 않는다!"

"너도 그 과냐?"

"뭐?"

"뒤져 봐야 말하는 과?"

"이년이!"

"넌 죽었다고 생각해라. 벌써 '년'이라고 네 번이나 말했으니까. 멍청아."

도검은 팔짱을 낀 채 확인차 물었다.

"분명 왼팔이 기계였단 말이지?"

"그래서 도검 씨인 줄 알고 다가갔다가 죽을 뻔했다니까. 정말 몽유병 같은 거 없는 거지? 잠깐, 잠깐, 혹시 저거 아냐? 정신 분열 그런 거."

"……."

"살인 사건 추적 중에 마약 거래 정보를 입수했는데 현장으로 가 보니까 도검 2호가 있잖아."

"…… 나 얼굴 빨개졌냐?"

"조금. 왜, 부끄러워서 그래?"

"…… 이 분위기가 부끄러워할 분위기야?"

"그럼 왜 그래?"

"자꾸 그놈하고 나를 연관 짓지 말라고, 기분 나쁘니까."

"밴댕이……. 어쨌든 난동 부린 놈이 닮은꼴이란 건 사실이니까. 이런 덩치가 흔한 것도 아니잖아. 짐작 가는 놈 없어?"

"기관에서 기계 팔은 나하고 하사리밖에 없었는데……. 그새 또 하나 생겼나?"

"하사리? 그게 누군데."

"그런 놈이 있었어. 그 도검 2호에 대해서는 생각 좀 해 봐야겠는데?"

"어쨌든 뭔가 생각나면 나한테도 알려 줘. 나 먼저 간다."

명희를 가게 밖까지 배웅하고 돌아온 도검은 매장 안에서 티격태격하고 있는 형준, 수연에게 다가갔다. 테이블 위에 몇 개의 이력서를 놓고 서로 침을 튀기며 말하고 있었고 장서는 그 사이에서 한심한 듯 바라보고 있었다.

"이 여자애가 일 잘하게 생겼다니까요."

"아니에요. 이 남자애가 훨씬 나아요."

"아니라니까, 이 여자애가 났다니까!"

"누나 말 들어! 이 남자애야!"

장서는 침을 튀기며 논쟁을 벌이고 있는 두 사람을 보고 고개를 가로저었다.

"아저씨, 얘들 왜 이래요?"

"아르바이트생 뽑는 데 이 난리다."

"뭐가 문제예요?"

"아르바이트를 지원한 친구들이 잘생기고 예쁘다는 게 문제지."

"그러니까 수연이는 잘생긴 남자애를, 형준이는 예쁜 여자

애를 추천하고 있는 거예요?"

장서는 고개를 끄덕이며 대답했다.

"형준이는 원래 쓰레기라 치고, 수연이까지 이럴 줄은 몰랐다. 믿을 놈이 이리 없어서야. 에휴."

"아저씨 맘에 드는 애를 채용하면 되잖아요. 아저씨가 보시기엔 어떤데요?"

"남자애는 뺀질거리게 생겼고 여자애는 뻔뻔하게 생겼어."

"그럼 더 기다려 보면 되잖아요."

"애들 꼴을 봐라. 기다릴 수가 있나."

그때 가게 문이 열리며 한 여자가 들어와서는 그들이 앉아 있는 테이블 위에 뭔가를 거칠게 내려놓고는 우뚝 섰다.

모두들 놀란 표정으로 그 여자를 본 후에, 탁자 위 내려놓은 종이를 보았다. 형준이 유리창에 써 붙였던 구인 광고였다. 구인 광고를 보고 더욱 놀란 표정으로 모두 그녀를 바라보자 선언하듯이 입을 열었다.

"내일부터 출근하겠습니다."

강력한 포스에 눌려 네 사람 모두 입을 열지 못했다. 여자는 확인하듯 다시 말했다.

"아르바이트생 아직 안 뽑았죠?"

네 사람은 여전히 놀란 얼굴로 바라보기만 했지만 여자는 거침없이 말했다.

"내일 몇 시까지 나오면 되죠?"

한참을 서로 바라보다 도검이 혼자 웃음을 터뜨리며 말했다.

"푸하하하! 아저씨, 이 친구 어때요? 난 맘에 쏙 드는데."

장서는 여자를 위아래로 훑어보며 고개를 끄덕였다.

"음, 당찬 게 일 잘하게 생겼구먼! 내 맘에도 들었어!"

형준과 수연은 눈을 동그랗게 뜨며 장서와 도검을 보고는, 다시 앞에 버티고 서 있는 여자를 돌아보았다. 도검은 여자에게 물었다.

"이름이 뭐죠?"

"정유하입니다. 아저씨가 바로 그분이시죠?"

"응?"

"이 동네에 터미네이터로 알려진 사람."

"……."

"만나서 반갑습니다. 꼭 보고 싶었는데 정말 로봇처럼 생겼네요."

이번엔 장서가 웃음을 터뜨리며 큰 소리로 말했다.

"우하하! 갈수록 맘에 드네!"

도검은 정색을 하며 장서에게만 들리는 소리로 말했다.

"아저씨, 아무래도 제가 잘못 본 것 같습니다."

"뭐가 인마! 제대로 봤는데! 그래, 유하 양! 이력서는 준비했어?"

"본인이 직접 찾아왔으니 그런 건 필요 없다고 생각해요. 사람만 보면 되지 뻔한 이력은 봐서 뭐합니까?"

"아, 그래! 일리 있는 말이야. 나이는 어떻게 되시나?"

"스물한 살이요."

"나이도 딱 좋군. 자, 인사해. 이쪽은 오빠 오형준이고."

"아, 안, 안녕."

"이쪽은 언니 이수연."

"안녕……."

"그리고 이쪽은 로봇 장도검이고."

"아저씨……."

"나는 사장 주장서야. 내일 9시까지 가게에 나오면 되는 거고. 급료는 최저임금 기준일세. 궁금한 거 없어?"

"정말 피자는 원 없이 먹을 수 있나요?"

"무, 물론이지만, 지나치게 먹으면 좀 곤란하고……."

"예, 알겠습니다. 그럼 내일 뵙겠습니다."

"얼마나 일할 수 있지?"

"1년은 할 수 있습니다."

"좋았어! 그래 내일 보자고."

"그럼, 안녕히 계세요."

유하는 깍듯하게 인사하고 밖으로 나섰다. 가게 안은 폭풍이 지나간 이후처럼 잠시 정적이 흘렀다.

"로봇이라고? 참 나, 어이가 없어서……."

도검이 자리를 뜨자 정적은 더욱 진해졌다. 장서마저 자리를 뜨고 나니 형준과 수연은 허망하게 이력서를 바라보았다.

"이건 현실이 아니야."

"나의 천사가, 날아가 버렸다."

"연하와의 데이트도 날아가 버렸어."

"누나, 역시 그런 속셈이었군."

"그건 너도 마찬가지잖아."

"그래도 누난 다행이네. 연하의 남자가 나라도 있으니까."

"그렇게 따지면 너도 다행이네. 나 같은 천사가 옆에 있으니까."

"누나."

"응?"

"우리 그만하자. 짜증 나려고 그래."

"나도 그만둘 생각이었어."

"아쉽지만 다음 기회를 노려야지……. 얼마나 일한다고 했지?"

"1년."

두 사람의 어깨가 처지며 한숨을 푹 내쉬었다.

"정말 내일부터 저 외계인하고 같이 일해야 되는 거야?"

"응, 그것도 1년 동안."

"이게 다 누구 때문이지?"

"저 남자."

수연과 형준이 도검을 동시에 노려보았다. 치즈를 한 입 먹고 있던 도검은 그들의 시선을 느끼고는 뒷걸음질로 조용히 주방으로 사라졌다.

지연은 차 안에서 음료수를 마시며 다리를 쭉 뻗었다. 음료수 캔을 슬기에게 건네며 물었다.

"휴, 힘들다. 언니는 괜찮아요?"

"난 괜찮아. 연예인이라는 직업이 정말 힘들구나."

"생활인걸요. 좀 힘들어도 이렇게 팬들이 많아야 좋아요. 선배 언니가 그러는데 인기 떨어지는 건 한순간이라고 팬들 많을 때 관리 잘하래요."

"아이돌이라고 해서 조금 까다롭겠다 싶었는데, 네 인기가 이 정도일 줄은 몰랐는걸?"

"제 입으로 말하기는 좀 그렇지만 저 인기 얼마나 많은데요. 그치, 오빠?"

오빠라고 불린 매니저는 뒤를 돌아보며 싱긋 웃어 보이며 말했다.

"물론이지. 10대들 사이에선 지연이가 인기가 제일 많아요."

슬기는 고개를 끄덕였고 지연은 어깨를 펴면서 슬기를 쓱 바라보았다.

"맞죠? 그런데, 언니. 궁금한 게 있는데."

"사적인 질문만 아니면 답해 주지."

"아빠가 언니를 고용하셨다면서요? 왜 그러신 거예요?"

"대답하기 곤란한데?"

"저에게 무슨 일이 일어난 거예요? 혹시 스토커한테 협박 전화라도 받으셨대요?"

"글쎄, 모르겠는걸."

"또, 그런다."

"아냐, 정말 몰라. 그냥 널 좀 지켜 달라는 부탁만 받았거든. 그 이상은 아무것도 몰라."

"집에서도 무섭게 생긴 아저씨들이 제 방 앞에까지 지키고 앉아 있어서 불편해 죽겠어요. 도대체 무슨 일이람? 같이 다닌 지 일주일이나 됐는데, 아무 일도 없었잖아요."

"어쨌든 아무 일도 없었으니까 다행이잖아."

"하긴 그래요. 그리고 무슨 일이 있어도 언니가 있어서 든든해요."

"지연아."

"네?"

"지금부터 언니 말 잘 들어. 결국에 너를 지킬 수 있는 건 너 자신뿐이라는 걸 알아야 해. 알았지?"

"전에도 말씀해 주셨잖아요, 언니. 그런데 언니는 표정이 너무 진지하니까 이상해요."

"신경 쓰지 마. 집에 거의 다 왔다. 내릴 준비 하자."

"내일 봐요, 언니."

슬기는 멈추기를 기다려 차에서 내리고는 차가 숙소 주차장에 들어가는 걸 확인하고 돌아섰다.

"너는 아류작이구나. 내가 착각했군."

"원본은 장도검을 뜻하는 건가?"

"그를 아나?"

"아주 잘 알지. 그놈의 이름만 들어도 치가 떨릴 정도로 말이야. 나를 놈의 아류라고 부르지 마라. 내 성질 돋워서 좋을 건 없을 텐데."

"좋은 사이는 아닌 것 같군."

"그러는 너는 좋은 사이인가?"

"그렇다고 볼 수는 없지. 언젠가 겨루어야 될 인물이니까 말이야."

사내는 태성의 주변에 아무렇게나 쓰러져 피를 대량으로 흘리고 있는 시체들을 둘러보았다. 태성은 바닥에 고인 피로 인해 끈적이는 신발을 쓰러져 있는 시체의 양복에 문질러 닦았다.

"그렇게 상처를 입고도 이 많은 인원을 해치우다니 상당한 수준이군. 그래도 장도검과 겨룬다는 말을 하고 다닐 만한 자격이 있는지는 모르겠는데? 놈을 꺾을 수 있는 건 나밖에 없다."

"상당히 자신만만하군."

"이런 실력으로는 장도검하고 붙기 힘들지."

"장도검과는 검으로써의 승부다. 너처럼 총질이나 해 대는 양아치 개싸움이 아니라고."

"검이라면 나 같은 건 문제가 되지 않는다는 건가. 과연 그럴까?"

사내의 왼팔에서 날카로운 소리를 내며 긴 칼이 튀어나왔다. 태성도 검을 고쳐 쥐었다.

"보아하니 놈과의 승부는 차일피일 미루는 모양인데, 만약 날 이긴다면 도검이 놈과의 승부에도 좋은 기준이 될 거다. 물론 살아 있을 때의 얘기지만."

"아류작은 흥행을 못 하는 법이지."

"끝까지 그 주둥이를 나불내는구나."

"겨루기 전에 한 가지만 묻자. 왜 이런 쓰레기 같은 놈들을 위해 일하는 거지?"

"세상을 사는 데는 돈이 필요하거든. 놈들이 뭘 하는지 관심 없다. 돈만 많이 주면 일해 주는 거지."

"돈을 쫓는 승냥이구나."

"꼭 그렇지만도 않다. 내게는 돈보다 명예가 더욱 중요하니까."

"명예? 지금 이 짓이 명예를 위한 것인가?"

"네놈에겐 말해 봐야 알아듣지도 못해. 어서 시작하자."

두 사내는 기합 소리와 함께 서로를 향해 칼을 휘두르며 몸을 날렸다.

도검은 방에서 나와 형준의 방으로 향했다. 음악 소리가 방 밖까지 시끄럽게 흘러나왔다.

"음악 좀 듣자, 음악 좀 들어!"

형준은 땀을 흘리면서 짧게 말했다.

"신경 끄셔! 앗싸! 누나는 역시 둔해."

"흥! 연습량이 부족할 뿐이야!"

큰 음악 소리 때문에 도검은 더 큰 소리로 말했다.

"수연이 너는 집에 안 갈 거야?"

"슬기 언니도 늦게 들어와서 집에 일찍 가 봤자 할 것도 없어! 아자! 스텝 엉켰지, 너?"

"잠시 도검이 형 때문에 정신이 산만해졌을 뿐이야!"

화살표가 그려진 장판 위에서 모니터를 보며 열심히 뛰고 있는 형준과 수연을 바라보던 도검이 물었다.

"그게 뭐하는 거야?"

"이거 몰라? 십몇 년 전에 유행했던 건데?"

"게임이야?"

"그렇지! 간만에 하니까 의외로 재미있네!"

"별 희한한 게임이 다 나왔군."

"10년도 더 전 거라니까!"

"오빠도 한번 해 볼래? 여기 화살표대로 이 발판의 화살표를 밟으면 되는 거야."

"유치해서 안 해. 딱 보니까 5분이면 다 깰 수 있겠군."

도검의 말이 끝나자마자 형준과 수연은 동시에 하던 것을 그만두고 멈춰 서서 바라보았다.

"오호! 그러셔?"

"화살표대로만 밟으면 된다며. 그거 혜인이도 하겠다. 유치해서 원……."

"그럼 어디 한번 해 보셔!"
"유치해서 안 한다니까."
"레벨 3으로 형이 한 판이라도 깨면 지금 당장 치킨 쏜다."
"정말이냐?"
"당연! 대신 못 깨면 형이 사는 거야."
"흥, 그까짓 거 나의 운동신경만으로도 충분하지!"
"오빠, 파이팅!"

장서가 들어오자 형준이 소파 자리를 비우며 말했다.
"아저씨, 어서 여기 앉으세요."
"웬 치킨이야?"
"형이 한턱 쏘는 거예요."
"그래? 저 구두쇠 자식이 웬일이래? 무슨 좋은 일 있냐?"
"……."
"재 왜 저래?"
뾰로통한 얼굴로 있는 도검을 힐끗 보고는 수연이 웃으며 말했다.
"형준이하고 내기했는데 졌거든요."
"조용히 해."
"무슨 내기 했는데?"
"형준이 방에 있는 거요. 춤추는 게임."
"DDR?"
"아저씨 해 보셨어요?"

"10여 년 전에 아주 동네 오락실이란 오락실은 내가 다 점령하고 다녔다는 거 아니냐. 도검이가 형준이한테 졌어? 어디까지 갔는데?"

도검이 진지한 표정으로 대답했다.

"아주 고난도 레벨에서 그만 발이 미끄러지는 바람에……."

형준이 대신 대답했다.

"레벨 2요."

"레벨 2? 그냥 서서 발만 한 번씩 들었다 놓으면 된다는 그 레벨 2? 40대 후반을 향해 달려가는 나도 레벨 4까지 가는데 도검이는 레벨 2?"

도검은 벌게진 얼굴로 치킨만 우걱우걱 씹어 먹었다.

"정말이냐 도검아?"

"제가 양말을 신고 있어서 미끄러졌다니까요."

"도검이 놈 다시 봐야겠군. 순발력과 반사 신경 하나는 귀신 같은 놈인 줄 알았는데. 허당이네 허당."

"오빠가 저 덩치로 깡충깡충 뛰는데 얼마나 귀엽던지……."

"훌라 춤 추는 못난이 곰 인형 1:1 사이즈를 본 기분이었어. 끔찍한 기억이지."

"수연이 너 빨리 집에 가! 늦었어!"

"치! 왜 나한테 화풀이야."

"이제 보니까, 수연이 집에 안 가니?"

"요즘에 슬기 언니도 늦게 들어와서 심심하단 말예요."

"그러고 보니까, 슬기 요즘에 통 보기 힘들더라? 무슨 일 하고 있니?"

장서의 질문에 도검이 대신 대답했다.

"의뢰받았어요."

"그래? 언제부터?"

"한 일주일 됐나?"

"네가 맡아 준 거냐? 위험한 건 아니겠지?"

"꼬마 애 경호원 자리예요."

"꼬마 애?"

"언니가 그러는데 이지연이라는 아이돌 가수라는데……."

형준이 먹던 닭을 입에 문 채 놀란 얼굴로 물었다.

"이지연? 정말이야, 누나?"

"왜, 유명한 사람이야?"

"환장하겠네. 이렇게 속세에 관심 없는 사람들하고 같이 살고 있는 내가 얼마나 답답하겠냐고! 요즘 아이돌 중에 가장 잘나가는 애 아냐! 노래 좋은지는 잘 모르겠고, 비주얼이, 비주얼이 예술이야."

"그래? 엄청 유명 인사인가 보네?"

"수연이 누나, 진짜 실망이야."

"내가 뭘?"

"그런 중요한 사실을 왜 내게 숨겼지?"

"숨기긴 뭘 숨겨?"

"내가 지연이 팬인 거 알면서 어쩜 그럴 수가 있냐고! 누나 질투하는구나?"

수연은 형준의 등짝을 후려쳤다.

"아! 왜 때려!"

"하여간 너는 생각하는 게 어찌 레벨이 올라가지를 않니?"

"역시 질투였어. 아냐, 아냐! 때리지 마!"

형준은 먹던 치킨을 내려놓고 장서를 돌아보았다.

"아저씨!"

"난 또 왜 불러?"

"그렇게 통닭만 드시지 말고 제 말씀 좀 들어 보세요. 그렇게 천사 같던 수연이 누나가, 슬기 누나와 함께 지낸 이후로는 많이 폭력적으로 변했다고요. 방금도 그렇잖아요. 이거 뭔가 대책을 세워야 되지 않아요?"

"너나 잘해. 잘 먹었다, 도검아. 나 먼저 잔다. 수연이는 잘 가고."

"안녕히 주무세요."

"칫, 내 편은 아무도 없다니까."

"나도 이제 가야겠다. 오빠 잘 먹었어."

"DDR인지 뭔지 당장 갖다 버려. 그렇게 뛰다간 밑에 집에서 항의 들어온다고."

"우리 단독주택이잖아."

"칫, 미운 게 눈치도 빨라."

형준은 황당한 표정으로 도검을 보았다. 수연은 형준을 툭툭 쳤다.

"그냥 놔둬. 지금 생떼라도 쓸 생각인 모양이니까."

"누나 혼자 가도 돼?"

"나 혼자 밤늦게 어떻게 가? 누군가 바래다줘야지."

"그럼, 내가…… 윽! 아! 갑자기 배가 아프다. 급성 설사 같은데? 형, 형이 누나 좀……."

형준은 수연이 꼬집은 팔을 문지르며 화장실로 달려갔고 수연은 말없이 도검을 바라보고 있었다. 한참을 바라보자 도검이 말했다.

"뭘 원해?"

"집에 가고 싶을 뿐이야."

"그럼 가."

"밤길이 무서워서."

"그럼 자고 가."

"잘 방이 없잖아."

"……."

"……."

"에잇! 가자 가! 귀찮아, 정말."

"이히! 오빠, 우리 가는 길에 어묵 먹자, 응?"

"닭 먹고 무슨 어묵이야."

"닭은 아저씨가 다 드셔서 얼마 먹지도 못했단 말이야."

"먹는 거 다 뱃살로 가라."

"정말 너무하네. 그렇지 않아도 배 나와서 걱정인데."

"정말이냐?"

"요즘에 자꾸 살이 쪄. 언니는 나보다 더 먹는데도 항상 몸매가 탱탱하고, 난 살만 찌고.”

“그럼 너도 몸에 기생충 키워. 그럼 살 안 쪄.”

“…….”

지연의 매니저는 사이드미러를 힐끔거리며 그들의 차를 따라오고 있는 오토바이를 보고는 중얼거렸다.

“저 녀석 꽤 거슬리네.”

“왜요, 오빠?”

“아까부터 계속 따라오면서 거슬리게 하잖아.”

뒤쪽을 확인한 슬기가 매니저에게 주문했다.

“매니저 씨, 저쪽 골목길로 들어가요.”

“예?”

“시키는 대로 하세요.”

매니저가 슬기의 말대로 방향을 바꾸자 오토바이는 갑자기 속도를 높여 그들의 차를 바짝 쫓아왔다.

오토바이를 탄 사내가 골목길로 접어들었을 때 차가 어디로 사라졌는지 보이지가 않았다.

“이런 쌍! 놓쳤…… 컥!”

사내가 욕설을 하다 슬기에게 덜미를 잡혀 바닥에 처박혔다. 슬기는 바닥에 쓰러져 있는 사내를 다시 한 번 벽 쪽으로 집어 던졌다. 사내가 반격의 자세를 취했지만 그의 입안으로 차가운 금속이 이빨을 부러뜨리며 거칠게 밀고 들어왔다. 처음엔 그것이 무엇인지 알아보지 못했지만 자세히 보니 서부 시대에나 썼을 법한 장총이었다.

“지금 네가 입에 물고 있는 총은 ‘말린’이란 총이야. 지금 방아쇠를 당기면 머리통은 물론, 네 가슴 부분까지도 다 날아가 버릴 거야. 그렇게 되면 시체 확인하는데도 꽤 걸리겠지.”

슬기는 그의 뺨을 톡톡 두들기며 미소를 지어 보였다.

“한 가지만 알려 주면, 네 목숨은 물론 더 이상 아무것도 묻지 않고 곱게 돌려보내 주마. 협조할래?”

사내가 총구를 입에 문 채 고개를 끄덕였다.

“좋았어. 그럼, 질문하겠어. 누가, 저 아이를 죽이라고 시켰나?”

사내가 입으로 피를 흘리면서도 망설이는 표정을 지어 보이자 그녀는 노리쇠를 잡아당겨 장전했다. 그제야 사내는 고개를 끄덕였다. 슬기는 입에서 총을 빼냈다. 이빨과 함께 피를 뱉어낸 사내의 표정이 사납게 변했지만 눈앞에 있는 총구를 보고는 온순하게 변했다.

“의뢰인은 밝힐 수 없어요.”

“이 총 세 방만 쏘면 온몸이 분해될 텐데 괜찮겠어?”

“당신은 그렇게 못해.”

“왜 그렇게 생각해?”

사내는 슬기의 눈빛을 한참 동안 바라보았다. 슬기의 미동도 하지 않는 눈빛에 눌린 사내가 순순히 입을 열었다.

"조직이 보냈소."

"어떤?"

"인천 항구에 있는……."

말을 하다 말고 사내가 놀란 표정을 지을 때 슬기는 몸을 날려 옆쪽으로 피했다.

모터 돌아가는 소리와 함께 수많은 총알이 사내의 몸에 박혀 벌집을 만들었다. 순식간에 사내는 벽에 피와 살점만을 남기며 사라져 버렸다.

총알은 다시 슬기 쪽으로 방향을 바꾸어 날아들었다. 슬기가 응사를 하자 상대방도 급히 차 뒤로 몸을 숨겼다. 상대는 몸을 잠깐씩 내밀어 총을 쏘았고 그에 맞춰 슬기도 응사를 하다 그가 몸을 숨기고 있는 차량의 연료 탱크를 노려 발포했다.

커다란 폭음과 함께 승용차가 폭발했다. 주변은 대낮처럼 환해졌고 길을 지나던 차들이 어지럽게 멈춰 섰다. 슬기는 더 작은 길을 통해 반대편으로 나가 지연이 기다리고 있는 차에 올라타며 외쳤다.

"출발해!"

"언니, 무슨 일이에요!"

"응, 매니저 씨. 일단 큰길로 나갑시다. 아무래도 우회해서 가야 할 것 같아요."

매니저는 놀란 가슴을 진정시키며 급히 차를 몰아 현장을 빠져나왔다.

주 팀장의 말을 들은 명희는 믿을 수 없다는 듯이 다시 물었다.

"그게 무슨 말씀이세요?"

"가는 귀 먹었냐? '가을회' 회장 이명묵이 딸이 이지연이라고."

"그러니까, 쉽게 말해서 그 깜찍하고 귀여운 아이돌 이지연이가, 조직 깡패 두목의 딸이라 이거예요?"

"요즘에 폭력 조직들이 다시 일어서기 시작한 거 알지? 소규모이긴 하지만 지들끼리 영역 때문에 전쟁도 하고 있거든."

"믿을 수가 없네……. 그런데 그게 제가 쫓고 있는 놈하고 무슨 상관이죠?"

"너 바보 됐냐? 왜 갑자기 이렇게 둔해졌어? 네가 쫓고 있는 최기윤이가 어떤 놈이냐?"

"신생 조직 두목이죠. 자금이 어디서 났는지 빠른 속도로 성장하고 있는 놈들이죠. 그래서 놈들 세계에서는 무서운 기린아로 꼽히는……. 설마, 최기윤이가 이명묵이 영역을 침범한 건 아니겠죠?"

주 팀장은 고개를 끄덕이며 말했다.

"침범 정도가 아냐. 어떻게 된 건지 이명묵이가 밀리고 있어. 잘 아는 놈 족쳐서 알아낸 사실인데 최기윤이가 아주 무서운 놈을 영입했다는군. 그래서 그런지 이명묵이 잠수를 해 버렸어. 그래서 놈을 불러낼 목적으로 이지연이를 노리고 있다는 정보야. 경험이 없는 최기윤이에게 장기전은 불리하니까, 빨리 끝내고 싶어서 안달이 난 거겠지."

명희는 놀란 듯이 주 팀장을 바라보았다. 그러거나 말거나 주 팀장은 말을 이었다.

"최기윤이를 내가 너무 얕보고 관리를 소홀히 했어. 비공식적이지만 방송국에서 정체를 알 수 없는 사상자가 많이 나왔어. 그놈들 모두 최기윤이 보낸 놈들일 확률이 높다. 그 애의 경호원으로 누굴 붙여 놨는지 모르겠지만 실력 하나는 끝내주는 모양이야. 골치 썩던 '칼기'도 때려눕혔다니까."

칼기라면 청부업자 중에서 지명수배 된 인물이었다. 칼을 잘 쓴다고 해서 붙여진 별명으로 공식 집계된 피해자만 다섯 명이나 되는 프로급 살인자였다. 경찰에 그의 존재가 알려진 뒤로 그의 행동은 뜸할 것으로 예상됐지만 오히려 그것이 홍보가 되어 그의 활동은 더욱 활발해진 터였다.

"그놈 잡혔어요?"

"병원에서 잡혔어. 이빨도 모두 부러지고 팔 관절이 끊어져서 다시는 칼 못 잡게 됐다더라고."

"잘됐네요. 그런데 저 보자고 하신 용건이 뭐죠?"

"말투하고는, 쯧! 이지연이 보호하란다."

"네? 제가 왜요?"

"최기윤이 사건, 네 담당 아니야?"

"그렇죠."

"이지연이에게 붙어 있으면 단서라도 나올 거 아냐."

"그건 알겠는데 그걸 왜 제가 하냐고요."

"이명묵이가 다른 조직 몇 개 넘기겠다고 검찰과 협상했나 봐."

"아, 진짜. 제가 이 나이에 애 꽁무니나 따라다녀야겠어요?"

"명희야 한번 둘러봐라."

명희는 주 팀장의 말대로 사무실을 한번 둘러보았다. 전부 피곤에 찌든 중년의 아저씨들만 사무실에 앉아 있었다.

"뭐 느껴지는 거 없냐?"

"……."

"이지연이하고 가장 가까운 나이가 너 말고 누가 있어?"

"저도 서른하고도 둘이란 말입니다."

"야, 신입이 안 들어오는 걸 어쩌라고? 요새 강력반 인기 팍 떨어진 거 몰라? 옆 팀은 막내가 마흔이다, 마흔! 빨리 안 나가?"

"HBT 방송국이야. 망나니는?"

"아직."

"아직도?"

"도망치는 실력도 꽤나 좋더군."

"그래, 당장 급한 건 그게 아니니까. 이명묵이가 잠수 탔어. 놈을 빨리 끌어내야 해. 장기전은 내게 불리하니까."

최기윤이 담배를 꺼내 사내에게 권하자 사내는 그것을 받아

들었다.

"이지연이 경호원 말이야. 무시하지 말라고. 꽤나 잘나가는 녀석들을 여러 명 돌려보냈거든. 아 참, 지난번에 한번 만났지?"

사내는 연기를 내뿜었다. 그가 몸을 숨겼던 차가 폭발하는 바람에 당할 뻔했던 일을 떠올렸다. 그녀의 실력에 놀랐지만 아무래도 어디선가 만난 것 같은 느낌을 지울 수가 없었다.

"HBT 방송국에서 오늘 공연이 있나?"

"그래, 이명묵이 딸내미만 데려오면 돼. 그다음엔 망나니 놈의 목을 따서 내게 가져오면 당신 일은 모두 끝나는 거야. 독촉하는 건 아닌데 웬만하면 빨리 처리해 줘. 당신 유지비가 많이 들어가서 현금 조달하기가 힘드니까."

"쪼잔하긴."

명희는 방송국 쪽으로 차를 몰았다. 아무리 생각해도 찜찜한 기분을 지울 수가 없었다. 도검과 판박이인 듯한 인물의 출현과, 10여 미터의 높이에서 가뿐히 뛰어내린 정체불명의 사내. 그들이 최기윤과 어떤 관계인지 도대체 알 수가 없었다.

명희는 급정거를 했다. 뒤차들이 경음기를 울리며 난리를 쳤다. 명희는 뒤를 향해 손을 들어 보이고는 길가에 차를 댔다. 생각해 보니 도검의 덩치만 한 인물이 또 하나 있었다. 몇 개월 전 도검의 도움으로 검거한 인물이었다. 그것도 도검과 잘 아는 듯한 사이.

"설마?"

명희는 미친 듯이 차를 몰아 도검의 피자 가게로 향했다.

"공연 잘해."

"걱정 마요. 언니 저 지켜봐 주실 거죠?"

여느 때처럼 슬기는 지연을 향해 웃어 보였다. 지연이 무대 위로 뛰어 올라가자 슬기의 표정은 다시금 굳어졌다. 아침부터 하루 종일 이상한 느낌이었다. 살기가 느껴지면서도 고요한, 마치 폭풍 전야처럼 불안하면서도 평온한 날이었다.

슬기가 주위를 둘러보며 서 있을 때 전구가 폭발하는 소리와 함께 공연장에서 비명 소리가 들려왔다. 환호성 사이에서 들린 소리였지만 특유의 날카로운 소리에 슬기는 무대 위로 뛰어 올라갔다.

관객석이 순식간에 아수라장이 되어 있었다. 여기저기 조명이 합선을 일으키며 폭발했고 사람들은 비명을 지르며 서로 밖으로 나가려고 난리 법석이었다. 슬기가 아직 사태를 파악하지 못했을 때 무대의 맞은편 위쪽에 있는 조명 통제실에서 순간적으로 빛이 반짝였다.

슬기는 어쩔 줄 몰라 하는 지연의 몸을 감싸며 코트 안쪽에서 총을 꺼내 반짝인 곳을 향해 발포했다. 그와 동시에 슬기의 옆구리를 관통하는 날카로운 통증이 느껴졌다.

슬기는 지연을 안고 무대 뒤로 몸을 숨겼다. 진행 요원들도 기겁을 하며 도망쳤지만 한 명만이 인파의 흐름을 역행하여 슬기를 향해 무서운 기세로 다가왔다.

슬기는 주저하지 않고 그에게 총을 쏘았다. 사내의 상체에 커다란 구멍이 나며 그대로 쓰러졌다.

슬기가 지연을 데리고 거의 문에 다다랐을 때 옆에 있던 조명 스탠드가 쓰러지며 출입구를 막았다.

슬기는 다시 방향을 바꾸어 관객석의 비상구로 향했다.

이번엔 무대 뒤를 장식하고 있던 거대한 판이 부러지는 소리를 내며 슬기를 덮쳐 왔다.

슬기가 간신히 피했을 때 무대 위 한가운데에 누군가가 서 있는 것을 볼 수 있었다. 아마도 공연장을 아수라장으로 만든 장본인일 것이다.

슬기가 그에게 총을 겨누는 순간 그녀의 어깨에 또 한 발의 총알이 뚫고 지나갔다. 그 충격으로 인해 총을 놓쳤다.

"날 본 적이 없나?"

사내의 목소리에 슬기는 고개를 돌렸다. 놀랍게도 도검과 같이 그의 왼팔도 기계로 되어 있었다. 그 모습에 슬기는 주춤했다. 슬기의 기색을 살핀 사내가 고개를 끄덕였다.

"역시, 그렇군. 너도 기관 출신이었군. 지난번 네 실력을 보고 보통은 아니다 싶었지."

"이를 어쩌지? 아무리 생각해도 난 널 모르는데."

"그 모양을 하고도 농담할 여유가 있다니 대단하다. 나도 널 안다는 건 아냐. 단지 낯이 익었을 뿐이지."

"기관에서 날 노리고 보낸 건가?"

"그럴 리가. 너 같은 거 없애는 데 슬로터급을 보낼 리가 없잖아. 하지만 방해한다면 살려 둘 이유가 없지."

슬기는 지연을 살짝 바라보았다. 지연은 눈을 하얗게 뒤집고 사시나무 떨듯 떨고 있었다. 쇼크 상태였다.

"그 아이, 이리 넘겨라. 그럼 넌 살려 주지."

"이걸 어쩌지? 나 살자고 아이를 짐승에게 던져 버릴 만큼 모질지 못해서 말이야."

"할 수 없군."

왼팔에서 총신이 길게 뻗어 나와 슬기를 향해 움직였다.

그때 관객석 쪽에서 도검의 목소리가 튀어나왔다.

"그럴 줄 알았지. 기관이 너 같은 살인 기계를 그냥 죽게 내버려 둘 리가 없잖아."

사내는 반사적으로 소리가 나는 방향으로 총을 겨누었다. 그곳엔 강화갑옷 차림의 도검이 서 있었다.

"내가 정이 많은 게 탈이야. 그때 아주 끝장을 냈어야 했는데."

"하하! 오늘은 무척 운이 좋은 날이군! 그렇지 않아도 네놈을 곧 찾아갈 생각이었다."

"기관에서 보냈나?"

"프리랜서라고나 할까? 그 괴물 놈 때문에 붙잡혔을 때 기관에서 날 꺼내 주더군. 네가 그렇게 싫어하는 기관이 내겐 정말 고마운 존재지. 어쨌든, 그 멍청한 놈들에게 또다시 약간의 실험을 받았어. 놈들은 나를 이용한 거겠지만 사실은 내가 놈들을 이용한 거지. 난 더 강해졌거든."

"그 팔은 어떻게 된 거지?"

"실험 부작용 때문에 잘라 버렸어."

"남 일처럼 말하는구나."

"강해지는 것엔 그만큼 대가를 치러야 하는 거니까."

"더 강해져서 한다는 짓거리가 애들 납치냐?"

"프리랜서는 언제나 돈이 필요하거든. 더군다나 네놈과 그 괴물을 없애기 위해서는 영양 보충을 많이 해야 하잖아. 아 참, 그 괴물 놈은 안 보이는데 어디 있지?"

"그 애와 겨루고 싶다면 날 먼저 꺾어야 할 거야."

"누가 먼저건 상관없어. 어차피 둘 다 죽일 생각이었으니까."

"어리석은 놈. 도대체 언제 정신 차릴 건가, 신현무!"

도검의 말에 슬기는 얼어 버렸다.

신현무.

기관에서 장도검과 쌍벽을 이루었다는 슬로터. 종합 능력은 장도검이 더 우세했지만 개인 전투력과 생존 능력은 도검을 능가한다는 인간.

그가 바로 신현무였다.

"제발 정신 차려라, 현무야!"

"난 멀쩡해. 네가 무슨 말을 하건 내가 널 죽일 거라는 사실은 변함이 없으니까. 시작할까?"

또 다른 사람이 관객석 사이로 모습을 드러내며 다가왔다.

"기다려."

그는 가슴과 팔을 붕대로 감은 채 긴 검을 뽑아 들고 있었다. 망나니, 태성이었다. 그는 현무에게 시신을 고정한 채 말했다.

"스파링 상대 필요하지 않나?"

"똥파리가 낄 곳이 아니다."

"네가 뭐라 부르든 상관없다. 내 자존심만 지키면 되니까."

"꺼져."

"난 지고는 못 사는 성격이라서 말이야."

현무는 코웃음을 치며 도검에게 말했다.

"그럼 한꺼번에 덤비든지. 뭣 빠지게 토끼던 똥파리 하나 붙었다고 전력에 차이 나는 건 아니니까."

태성이 검을 휘둘러 바람 소리를 내며 외쳤다.

"목이 잘리고도 그런 소리를 할 수 있는지 한번 보자!"

망나니는 날랜 동작으로 현무를 향해 달려들었다. 현무는 여전히 코웃음을 치다가 검을 꺼내 들고는 포효하며 앞으로 뛰어나갔다.

형준은 방송국의 인파를 거스르며 온 방송국을 다 헤집고 다녔다. 수연의 말을 듣고 급하게 왔을 때 무슨 영문인지 사람들이 모두 방송국 밖으로 뛰어나오고 있었고 방송국 내부는 거의 비어 있었다. 이어서 밖으로부터 경찰의 사이렌 소리가 들려와 더욱 소란스러웠다.

형준이 위층으로 올라가 우연히 들어간 방엔 방송 기재들이 불빛을 밝힌 채 각각 돌아가고 있었다. 그 앞의 깨진 유리창을 통해 무대가 내려다보였다. 조명 몇 개만이 남아 무대를 비추고 있었는데 그 위에서 누군가가 격투를 벌이고 있었다. 형준은 그중 한 명이 도검이란 것을 알아보고 계단을 통해 달려 내려갔다.

슬기는 지연을 감싸 안은 채 상처를 부여잡고 출구를 향해 걸었다. 무대 위에서 싸우는 현무와 도검은 호각의 기세로 매섭게 맞붙고 있었다. 근처만 가도 몸이 베일 것 같은 기세였다.

슬기가 무대에서 싸우는 도검과 현무의 눈치를 보며 출구문을 열었다. 형준이 가쁜 숨을 몰아쉬며 출입구로 달려오는 것이 보였다.

"형준아!"

"누, 누나!"

"이 애를 좀 부탁해!"

"그 몸으로 어디 가게?"

"도검이 혼자 싸우게 둘 수는 없잖아."

"그 몸으로는 도움도 안 돼. 일단 누나부터 따라와. 도검이 형 쉽게 안 죽어."

"하지만……."

"말 들어!"

형준의 매서운 표정을 보고 슬기는 고개를 끄덕이며 따라나섰다. 자신도 중상을 입었다는 것을 알고 있었기 때문이었다. 형준은 지연을 업고 슬기를 부축하며 방송국을 빠른 걸음으로 이동하기 시작했다.

도검과 현무는 검을 맞대고는 힘겨루기를 하며 서로 노려보았다. 도검의 이마에 튀어나온 핏줄이 터질 것처럼 부풀었다.

"힘 좀 세졌는데, 현무!"

"죽을 것 같은 표정으로 그런 말을 하니 정말 우습구나. 넌 더 이상 내 상대가 아니다!"

현무가 거세게 밀어붙이자 도검은 뒤쪽으로 밀리며 무대 밖으로 나가떨어졌다. 현무는 도검을 향해 몸을 날려 내리찍었으나 도검은 검을 받아 내며 다시 반격했다. 두 사람은 또다시 격돌했다. 무대 위는 거친 숨소리와 검이 부딪히는 소리로 가득했다.

객석 사이에 엎어져 있던 망나니는 갈라진 배를 움켜쥐고 일어서려 했으나 바닥에 고인 피에 손이 미끄러지며 다시 넘어졌다. 범벅이 된 피 사이로 내장이 언뜻 보였다. 망나니는 무대 위에서 격돌하고 있는 사내들을 노려보았다. 그들은 이미 사람이 아니었다. 생존을 위해 싸우는 두 마리의 야수였다.

"이제 그만 죽어라, 장도검!"

"옹졸한 놈! 넌 이미 복수할 만큼 충분히 했어. 더 이상의 다툼은 의미가 없다고!"

"잘난 척하지 마! 항상 넌 이런 식이지! 마치 큰형이라도 되는 것처럼 늘 그렇게 굴었어. 모두가 널 인정한다 해도 나는 절대 아니다!"

현무는 빈틈을 노려 찔러 들어갔다. 도검은 검을 쳐 냈지만 그 기세에 눌려 옆구리에 칼이 깊숙이 박혀 들어왔다. 도검은 이를 악물고 현무의 복부를 걷어차며 뒤로 물러섰다. 상처가 깊은지 피가 봇물 터지듯 무대 위로 쏟아져 나왔다.

"난 그 고통의 수십, 아니 수백 배를 겪었다! 네놈보다 더한 고통을 수도 없이 겪으며 적진을 뚫고 나왔어! 너를 죽여 없애겠다는 일념 하나로 여태까지 살아왔다!"

"그 대사는 전에도 충분히 했다."

"언제까지 잘난 척할 수 있는지 보자."

"날 죽인 다음엔 뭘 할 거지? 생각해 본 적이라도 있나?"

"그건 널 죽여 없앤 후에 천천히 생각하기로 하지!"

"불쌍한 놈. 그 미친 집착 때문에 자신을 죽이고 있다고 멍청아!"

"닥쳐! 네가 뭘 알아! 내가 더 강한데도, 기관은 널 최고의 전사로 뽑았다! 인정할 수 없어! 내가 훨씬 더 강하단 말이다!"

"결국 그게 이유냐?"

"네 명줄은 오늘로 끝이다!"

현무는 무서운 기세로 몰아쳤고 상처를 입은 도검은 막아

내기에 급급했다. 현무는 검을 내리치는 듯하며 도검의 팔을 잡아 반대편으로 집어 던졌다. 도검은 재빨리 일어섰으나 집어 던지며 잡아 뺐는지 오른쪽 어깨가 탈골되어 축 늘어져 있었다. 이어서 날아든 현무의 칼에 도검의 검이 날카로운 소리를 내며 부러져 나갔다.

현무가 기합 소리와 함께 도검의 왼팔에 칼을 휘둘렀다. 불꽃이 튀며 그의 기계 팔이 깨끗이 잘려 나갔다. 팔의 잘린 부위에선 소리와 함께 스파크가 일어났다. 현무는 주저앉은 도검의 목에 칼을 들이댔다.

"이게 힘의 차이다. 넌 애초에 내 상대가 아니었어."

도검은 말없이 노려보았고 현무는 미소를 지으며 칼을 천천히 들어 올렸다.

"이제 끝내자."

그때 무대 전체에 고막이 찢어질 듯한 괴성이 울려 퍼졌다. 그 소리에 무대 위 두 사람은 물론 쓰러져 있던 태성도 깜짝 놀라 소리가 나는 2층 방송 기재실을 돌아보았다.

가시처럼 뻗은 머리를 한 은백색의 괴물이 2층 난간에 서서 무대를 내려다보고 있었다.

형준이었다.

변신한 형준은 붉게 빛나는 눈으로 현무를 노려보며 또다시 괴성을 질렀다. 현무는 도검의 목덜미를 잡아 객석 쪽으로 집어 던지고는 형준을 향해 돌아섰다.

"드디어 나타나셨나? 네놈에게 당한 걸 떠올리면 지금도 상처가 욱신거려서 열 받거든."

도검은 형준 앞에서도 기세등등한 현무를 보며 불안감에 휩싸였다. 형준을 말리고 싶었지만 이미 저런 상태로는 말도 들리지 않을 것이 분명했기에 뒤로 물러나 빠진 어깨를 벽에 부딪쳐 원래대로 맞췄다.

형준이 또다시 괴성을 지르며 2층에서 뛰어내렸다. 객석을 다 부수는 거친 착지였지만 곧바로 벌떡 일어나 먹이를 노리는 맹수처럼 천천히 무대를 향해 다가가기 시작했다.

현무는 형준을 경계하며 왼팔의 해치를 열어, 녹색 표시가 되어 있는 스팀팩을 꺼내 들었다.

"널 위해 준비한 게 있지. 내가 받은 추가 실험은……."

현무가 스팀팩을 자신의 심장에 꽂고 주입하자 약간의 경련을 일으키며 표정이 일그러졌다. 이어서 현무의 피부가 점차 회색으로 변하다가 은백색으로 변하기 시작했다. 변이 과정이 형준과 거의 유사했지만 속도는 훨씬 빨랐다.

"너와 같은 나노 금속 실험이다. 너와 다른 게 있다면 혈청으로 나노 금속을 깨운다는 것!"

현무의 외모가 형준과 같이 은백색 괴수의 모습으로 변하자 그는 더 이상 말을 하지 못했다. 형준은 현무의 변한 모습을 보자 더욱 흥분하며 몸을 날려 현무에게 달려들었다.

도검과 현무가 싸웠던 것과는 판이하게 다른 모습이었다. 맹수의 원초적인 몸놀림으로 서로 할퀴고 집어 던지며 싸움을 벌였다. 금속이 긁히는 소리와 괴성, 그리고 또다시 금속이 부딪히는 둔탁한 소리만이 들렸다. 현무가 내지른 주먹에 얻어맞은 형준이 벽에 처박혔다. 처박힌 채 미동도 하지 않던 형준이 비틀거리며 일어섰다. 현무도 도검도 긴장한 표정으로 그런 형준을 바라보았다.

다시 무대 위로 올라온 형준은 온몸을 부르르 떨며 괴로운 듯이 비명을 질렀다.

"혀, 형준아!"

목의 스피커에 손상을 입은 도검이 갈라진 목소리로 형준을 불렀지만 아무 대꾸도 없이 계속 몸을 떨었다. 잠시 후, 도검은 형준의 모습을 보며 놀라 뒤로 더 물러섰다. 현무도 형준의 변화를 눈치챘는지 눈을 동그랗게 뜨고 말없이 그를 지켜보고 있었다.

형준의 몸 색깔은 점차 노랗게 변해 가고 있었다. 황토색으로 변하는가 싶더니 광택이 점점 강해져 황금색으로 물들어 갔다.

"변이가 아직 끝나지 않은 건가?"

뭔가 불안함을 느낀 현무는 으르렁거리며 형준에게 달려들었다. 형준은 달려드는 현무에게 팔을 휘둘러 내쳤다. 충격을 받은 현무는 스피커에 처박혔다가 간신히 몸을 일으켜 빠져나왔다. 형준은 그 자리에 웅크리고 앉아 여전히 변하는 중이었다. 형준의 몸으로부터 나오는 파동에 홀 전체가 가늘게 흔들리고 있었다. 가시 돋친 머리가 내려앉고 각이 졌던 피부가 점차 매끈하게 변했다. 형준이 웅크린 몸을 일으키고 나서야 진동이 사라졌다.

형준이 감고 있던 눈을 뜨니 파란빛이 눈에서 쏟아져 나왔다. 형준은 손가락을 들어 현무를 향해 들어 올리고는 덤비라는 듯 손가락을 까닥거렸다. 형준의 도발에 현무의 붉은 눈빛이 더욱 빛을 발했다.

현무는 괴성을 지르며 또다시 달려들었지만 형준은 이전과 달리 가벼운 몸동작으로 공격을 피하고는 일격을 가했다. 옆구리에 꽂힌 타격에 현무는 일시적으로 주저앉았다가 다시 벌떡 일어섰지만 몇 걸음 다가서지 못하고 균형을 잃으며 옆으로 기울어졌다.

자신의 몸이 마음대로 따라 주지 않자 현무는 놀란 눈으로 형준을 바라보았다. 몸속 깊은 곳에서부터 고통이 느껴졌다. 피가 흘러나와 금속으로 변한 입술 위로 흘러내렸다. 현무는 왼팔의 해치를 열어 나머지 스팀팩을 모두 꺼내 들었다.

"현무야, 안 돼! 넌 죽어! 버틸 수 없다고!"

현무는 나머지 스팀팩을 차례로 심장에 꽂았다. 고통스러운 듯이 몸부림쳤고 그의 금속 피부는 점점 더 두꺼운 바위처럼 변했다. 고통이 한차례 지나간 현무는 큰 숨을 몰아쉬며 몸을 일으켰다.

현무는 또다시 형준에게 달려들었고 이전과는 달리 막상막하의 대결을 벌였다. 태풍이라도 몰아치는 것처럼 정신없이 다투는 와중에 비명을 지른 건 현무였다. 형준에게 걷어차인 가슴을 움켜쥐고 비틀거리며 물러서다 주저앉았다. 그런 현무를 물끄러미 바라보며 손톱을 세운 형준이 다가가자 도검이 다급한 목소리로 외쳤다.

"그만둬!"

형준은 고개를 갸우뚱하며 걸음을 멈추고 도검을 빤히 바라보았다. 도검은 형준의 눈치를 보며 조심스럽게 현무에게 달려갔다. 현무는 도검을 밀어 냈지만 이미 힘이 많이 빠져나간 상태였기에 의미가 없었다.

현무가 고통스러운 비명을 질렀다. 금속 표피가 갈라지며 부서져 내린 곳은 진피가 드러나 핏물이 흘러내렸다.

"이 멍청한 자식아!"

도검은 흘러내리는 현무의 금속 피부를 막아 봤지만 소용이 없었다. 한번 벗겨지기 시작한 피부는 걷잡을 수 없이 부위가 넓어졌다. 현무의 피부는 지나친 경도 강화로 부서지고 있었다. 금속 표피가 떨어져 나갈 때마다 현무는 비명을 질러 댔고 고통으로 고개를 흔들 때마다 얼굴의 피부도 뜯겨 나가 얼굴 근육이 피를 머금은 채로 모습을 드러냈다.

"도대체 어떻게 해야 하는 거야!"

도검은 소리를 질렀지만 현무는 계속 고통스러워할 뿐이었다. 도검은 현무를 손댈 수조차 없었다. 손을 대는 것 자체가 현무에겐 고통이었기 때문이었다. 가죽이 벗겨지는 고통을 현무는 지금 온몸으로 느끼고 있는 것이다.

현무는 기침을 하다 뭔가를 뱉어 냈다. 입속 어딘가에 경화되었던 금속 피부가 떨어져 나와 뱉어 낸 것이다. 그것을 뱉어

낸 현무는 쇳소리가 나는 목소리로 간신히 말했다.

"죽여줘……."

도검은 자신의 왼팔 해치를 열고 강화 모르핀을 꺼내 현무의 진피에 투여했다. 도검이 하나만 투여하자, 현무는 도검의 손에서 나머지를 모두 빼앗아 팔에 꽂았다.

"전부 투여하면 넌 죽어!"

"이 몸으로 살 수 있을 것 같나? 어차피 살긴 틀린 몸이다."

말할 때마다 입술의 표피가 떨어져 나갔지만 모르핀 때문에 고통이 줄었는지 괴로워하지는 않았다. 현무는 몸의 금속 표피가 거의 다 떨어져 나가 거대한 핏덩이가 된 채 누워 있었다. 그의 몸에서 흘러나온 피는 무대 전체를 붉게 물들였다.

"결국은 이렇게 가는구나. 도검이 넌 내가 이긴 거다."

"지독한 놈……."

"기분이 홀가분하군. 모두들 너를 따랐지. 네 주위엔 항상 동료들이 있었고 쉬는 시간엔 웃음소리가 그치지를 않았어. 모두 너를 좋아했지. 네놈이 강하기 때문이라고 생각했다. 그래서 내가 할 수 있는 건 단련밖에 없었다. 지금 생각하면 관심을 받고 싶어서 그랬던 것 같다."

"말 그만해라."

현무는 또다시 피와 함께 금속조각을 뱉어 내며 말을 이었다.

"어릴 때부터 난 외톨이로 자랐다. 혼자인 게 누구보다도 익숙하면서도 누구보다도 두려웠다. 하지만 난 언제나 외톨이였지. 그래서 인기 있던 네가 싫었던 모양이다."

"진작 얘기했으면 좋았잖아. 진작 얘기했으면……."

"너를 거울 삼아 살아왔던 거다. 그냥 따라 했던 거지. 그러면 너처럼 될 수 있을 줄 알았어."

말을 하던 현무의 목소리가 갑자기 끊어졌다. 부글거리던 숨소리도 더 이상 들리지 않았다. 현무는 눈을 뜬 채로 숨을 거뒀지만 뜯겨져 나간 눈꺼풀 때문에 눈을 감겨 줄 수가 없었다.

도검은 현무의 시체 앞에서 말없이 고개를 숙이고는 이마를 머리에 대고 조용히 흐느꼈다.

형준은 파란 눈빛으로 그런 도검의 모습을 처음부터 끝까지 물끄러미 바라보고 있었다.

"도검아 기분이 별로 안 좋냐? 현무 놈 때문에 그래?"

"그래도 마지막 남은 동료였잖아요."

"동료는 무슨 얼어 죽을. 그놈은 악마였어, 악마. 힘에 눈이면 악마. 그놈 뭐가 예쁘다고 돈 들여서 화장까지 해 줘?"

도검은 씁쓸하게 웃으며 말했다.

"다시 살아날까 봐 그랬어요. 됐어요?"

"아, 그런 의미라면 찬성."

"형준이는 어때요?"

"계속 혼수상태다."

"박사님은 뭐라고 하세요?"

"나노 금속이 내부적으로 진화를 하고 어쩌고저쩌고 하는데 알아들을 수가 있어야지. 어쨌든 놀라는 눈치더라. 돌팔이 의사들이 매번 하는 말 있잖아. 더 지켜봐야 알겠다고. 그런데 형준이 녀석은 어떻게 데려온 거야? 그 상태로 데려왔을 리는 없고."

"조용히 사라져 버리더라고요. 사실 저는 없어진지도 몰랐어요."

"그래서 어디에서 찾았는데?"

"방송국 여자 화장실에서 경찰이 찾았어요."

"그런 상태에서도 밝히는구먼, 쯧! 어쨌든 이번에 명희 도움 많이 받았다며?"

"네, 명희 덕분에 나와 형준이의 존재를 수사 과정에서 완전히 배제시켰어요. 고마운 일이죠."

"내가 더 고맙지. 안 그랬으면 그거 수습하느라 피똥을 쌌을 텐데. 슬기는 좀 괜찮나 모르겠네."

"명희가 있는데요, 뭘. 오죽 알아서 챙기겠어요? 형준이는 언제 깨어나는지 몰라요?"

"일주일은 잘 것 같다더라. 형준이 녀석 맨 처음 무리했을 때 기억나? 그때도 며칠 동안 잠만 잤잖아. 그때랑 비슷한 상태라고 하더라고."

"거기에 망나니도 있었다며? 어떻게 하다가 현무랑 엮인 거야?"

"그건 저도 모르죠. 심하게 다쳤는데 그 몸으로 또 귀신같이 사라져 버렸더라고요."

"정말 신비한 놈이라니까. 혹시 사라지는 연습 하는 거 아냐?"

"사람들 앞에선 무게 잡고 있다가, 혼란을 틈타 무진장 달려서는 다른 쪽에 또 무게 잡고 서 있는 거요?"

"그럴 수도 있지 않겠냐?"

"이번에 자존심 많이 상했을 거예요. 처음으로 제대로 패배라는 것을 맛봤으니까요. 다른 데다가 화풀이나 안 하는지 모르겠네."

태성은 검에 묻은 피를 시체의 옷에 닦고는 기윤에게 다가갔다.

"이, 이봐, 태성이, 진정해."

"내 이름 부르지 마라."

"널 건드릴 생각은 없었다고. 진짜야!"

"네 입으로 날 찾아다녔다고 했었잖아."

"너, 그 다친 몸으로 날 해치려 했다간 되레 네놈이 당할 수도 있어!"

태성은 자신의 배를 바라보았다. 복부를 감은 붕대에 어느덧 피가 잔뜩 번져 있었다.

"그렇지 않아도 쉴 생각이야. 많이 다쳤거든."

"그래, 쉬라고. 건강이 제일이잖아?"

"아, 물론, 네놈 목을 딴 다음이다."

비굴한 미소를 지어 보이던 기윤의 표정이 돌변하며 총을 꺼내 들었다.

"이 개새끼!"

태성은 전광석화 같은 몸놀림으로 순식간에 기윤을 덮쳤다. 기윤이 총을 쏘기도 전에 태성의 검은 그의 목을 훑고 지나갔다. 검을 검집에 넣은 태성은 기윤에게 말하며 돌아섰다.

"다음 세상에선 착하게 살아라."

기윤의 목에 생긴 가느다란 칼자국이 벌어지며 힘없이 무너졌다. 태성은 통증으로 인해 잠시 걸음을 멈추었다. 노랗게 된 그의 얼굴에서 식은땀이 배어 나왔다. 잠시 호흡을 가다듬은 태성은 다시 무거운 발걸음을 옮기기 시작했다.

매장에서 테이블을 닦던 유하가 수연에게 불현듯 물었다.

"언니, 오빠는 왜 안 나와요?"

"누구 말하는 거예요?"

"젊은 오빠."

장서는 카운터에서 돈 계산을 하다가 밝게 웃어 보이며 말했다.

"젊은 오빠 여기 있잖아!"

유하는 무표정한 얼굴로 장서에게 말했다.

"농담할 기분 아녜요."

"……."

유하가 쓰레기통을 비우기 위해 밖으로 나가자 장서가 수연에게 다가왔다.

"기분이 왜 이렇게 더럽지?"

"……."

"야, 쟤 외계인 아니냐? 어쩜 애가 이상해도 저렇게 이상할 수가 있지?"

"지나치게 솔직할 뿐이에요. 형준이를 맘에 두고 있는 모양이던데."

"여기 온 지 며칠이나 됐다고 그래?"

"이틀 지나서 저한테 얘기했는걸요?"

"뭐? 이틀? 뭐라고 말했는데?"

"나, 저 오빠 좋아요."

"뭐? 돌려서 말한 것도 아니고, 그렇게 말했어?"

"한 글자도 안 틀리고 그대로 말했어요. 나, 저 오빠 좋아요."

"…… 화성인들 성격이 좀 직선적이라는 소리 못 들어 봤냐? 반드시 저 녀석의 피 샘플을 얻어서 돌팔이 녀석에게 검사를 부탁할 테다. 정체를 밝히고야 말겠어."

"외계인은 아닌 것 같은데……."

"영화 못 봤어? 아직 지구에 적응을 못하고 있는 게 분명하다니까? 저놈은 화성인이 틀림없어. 반드시 피를 얻어 내겠어! 쉿! 외계인이 가게 안으로 침공했다. 쉿!"

장서가 유하의 눈치를 슬금슬금 보며 카운터로 가자 유하는 수연에게 다가와 말했다.

"아무래도 안 되겠어요. 오빠 어디 살고 있죠?"

"왜, 왜요?"

"왜 안 나오는지 직접 확인해 봐야겠어요."

"……."

장서는 대화를 나누는 그녀들의 눈치를 살피며 꽃병에 꽂혀 있던 장미꽃 한 송이를 꺼내 들었다. 발소리를 죽이며 유하의 뒤로 다가갔다. 장미꽃의 가시로 유하의 손을 때리기 위해서 거리를 재고 있을 때 유하가 갑작스럽게 뒤로 돌아섰다. 너무 놀란 장서는 장미를 급히 뒤로 감추었다. 뒷짐을 지고 서 있는 장서의 모습을 본 유하는 무표정하게 바라보다 쓰레기봉투를 들고 밖으로 나갔다.

장서는 안도의 한숨을 내쉬었다.

"휴, 들킬 뻔했다."

"뭐하신 거예요?"

"이 장미로 말이야……."

장서는 장미를 들고 있던 손을 펼쳐 보였다. 그런데 손을 펼쳤음에도 장미는 마술처럼 그의 손에서 떨어지지 않고 꼭 붙어 있었다.

"어머, 아저씨, 손에서……."

장서의 손바닥에 장미 가시가 깊숙이 박혀 고정된 채로 피가 흘러나오고 있었다.

"아악!"

"어머, 아저씨!"

"저놈이 초능력으로 날 공격한 거야! 틀림없어! 외계인 맞다고!"

"그러게 왜 장미를 꽉 쥐고 계세요!"

"분명 초능력이야! 내일 당장 해고를……."

유하가 다시 가게 안으로 들어서며 장서에게 말했다.

"이유 없는 해고는 노동법에 걸립니다."

유하가 이번엔 주방 쪽으로 모습을 감추자 장서는 다시 소리를 질렀다. 수연은 장서의 손을 휴지로 닦아 냈다.

"아저씨가 고용하신 거잖아요."

"난 외계인을 고용할 생각은 없었다고! 당장 국방부에 연락해!"

"네?"

"여기 외계인 있다고 신고하라고! 그냥 두면 외계인 동료들에게 연락해서 본격적으로 지구를 침공할지도 모른다고!"

"아저씨, 그건 좀 심하신 거 아녜요?"

"지금 내 꼴을 보고도 그런 말이 나와? 피를 봤다고, 피를!"

"그건 아저씨 혼자 그러신 거잖아요."

"초능력이야, 초능력! 어서 신고해!"

도검은 침대에 잠들어 있는 형준을 바라보다 차 박사가 있는 방으로 들어갔다. 차 박사는 전자현미경을 들여다보고 있었다.

"박사님."

차 박사는 여전히 현미경을 바라보며 입을 열었다.

"조사할수록 상식으로는 납득이 안 가네, 납득이."

"어떤데요?"

"형준이 몸속에 있는 나노 금속이 아무래도 세포처럼 살아 있는 것 같다."

"살아 있다고요?"

"재질은 금속이지만 세포처럼 진화하고 있어. 황당하군."

"그러니까, 박사님 말씀은 기관에서 살아 있는 금속 세포를 만들어 냈다 이겁니까?"

"아냐, 불가능해. 적어도 내가 알기로는 지구상의 과학으로는 불가능한 일이야."

"그런데 지금 형준이 몸에 들어가 있잖아요."

"어디에선가 얻은 거다."

"얻어요?"

"그래, 그냥 원래 있던 것을 배양하는 법을 알아냈던 거지."

"금속이라고 말씀하셨잖아요."

"처음엔 나도 그런 줄 알았지. 그런데 이번엔 아냐. 나노 금속의 세포가 예전에 내가 조사했던 그런 모습이 아냐. 변하고 있어. 어떤 계기로 그렇게 된 건지는 모르겠지만 말이야. 내가 우려하는 것은 그 나노 금속에 형준이의 원래 세포가 잠식당하지 않을까 하는 거야. 같은 세포니까 대체될 수도 있거든."

"그럴 수도 있는 겁니까?"

"괴물로 변하면 야수처럼 날뛰던 놈이었어. 그래서 내가 마인드 컨트롤 트레이닝도 했던 거고. 그런데 이번엔 너무나 침착했다며."

"네, 정말 무서울 만큼 침착했어요."

"원상 복귀는 장미 추출물로 했나?"

"아뇨. 원래 모습으로 화장실에 쓰러져 있었어요."

차 박사는 놀란 눈으로 도검을 보다가 이내 다시 생각에 잠겼다.

"어떻게 된 건지 모르겠어요. 차라리 날뛰는 게 더 맘 편했는데 그렇게 냉정하게 바라보니까 소름이 끼치더라고요. 물리적인 힘도 더 강해진 것 같고요"

"어쩌면 말이다."

차 박사는 전자현미경을 다시 한 번 들여다보고는 얇은 핀으로 샘플을 찌르며 말을 이었다.

"결국엔 형준이가 본래의 모습을 잃게 될지도 모르겠구나."

차 박사의 충격적인 말에 도검은 아무 말도 할 수 없었다.

"그렇다고 너무 걱정하지는 말고. 당장 일어날 일도 아니고 어디까지나 내 추측이니까."

차 박사는 팔짱을 끼고 놀란 표정의 도검을 지그시 바라보다가 우리에 들어 있는 흰쥐에게 빵 부스러기를 던져 주었다.

쥐는 코를 쫑긋거리며 다가가 빵 부스러기를 먹었다.

"우리 모두 최선을 다하는 수밖에."

도검은 빵 부스러기를 열심히 먹고 있는 흰쥐를 바라보았다. 그 쥐는 지금 형준이와 같은 처지였다. 쥐가 죽는 순간이 어쩌면 형준의 수명이 다하는 순간일지도 모른다.

쥐는 형준에게 있어 모래시계와 같은 존재였다. 도검은 검지로 흰쥐의 등을 살며시 쓰다듬어 주었다. 차 박사의 말대로 모두 최선을 다하는 수밖에 없는 일이었다.

Chapter 9 :: 착각

진영은 자신이 영화 속의 비밀 요원이라도 되는 것처럼 주위를 두리번거리며 무게 있게 거리를 걸었다. 매장의 쇼윈도에 비친 자신의 옆모습이 꽤 그럴듯해 보였다. 긴 코트, 선글라스 그리고 가슴에 불룩 솟아 있는 권총. 비록 프라모델이었지만 총알 대신 작은 플라스틱 총알이 발사되는 것을 제외하고는 모든 것이 실제와 동일했다. 권총의 쇠붙이 질감을 손끝으로 느끼고 나면 너무나 흐뭇했다.

그는 영화처럼 스릴 넘치는 사건에 우연히 휘말려 모험을 하게 되는 것을 꿈꾸고 있었다. 자신도 모르게 모든 것을 다 해결하고 낯선 여인과 사랑에 빠지는 그런 꿈이었지만 본인이 생각해도 유치했기에 다른 사람에게 말을 할 수는 없었다.

그는 오늘 밤도 네온 불빛이 번쩍거리는 거리를 거닐고 있었다. 영화에서나 생길 법한 스릴 넘치는 사건이 그의 눈앞에서 터지기를 바라면서.

"이 새끼가 미쳤나! 꺼져! 안 꺼져?"

재즈 클럽 입구에서 중년의 사내 하나가 심하게 길 위로 내쳐졌다. 그러나 그는 다시 일어나 엉겨 붙었고 종업원은 그를 다시 뿌리치기를 반복했다. 진영은 빠른 걸음으로 그들에게 다가갔다.

"무슨 일입니까?"

"아무것도 아닙니다. 어서 오시죠."

종업원은 자동으로 친절한 표정으로 바뀌며 진영을 안으로 안내했다. 비틀거리는 중년의 남자를 뒤로하고 안으로 들어서자 안은 언제나처럼 조용한 재즈가 흘렀다. 진영은 언제나처럼 주위를 번들거리는 눈으로 살피는 것을 잊지 않았다.

"뭘 드릴까요?"

"늘 하던 걸로."

"네?"

"…… 맥주."

"아, 네."

그는 연신 주위를 경계하는 듯 시선을 돌리며 한 모금 들이켰다. 그때 옆자리에 낯선 여자가 다가와 앉았다. 굳이 자세히 살피지 않아도 매혹적인 미소를 가진 여자였다.

"저도 한잔 주실래요?"

그는 그녀를 바라보고는 말없이 고개를 끄덕였다. 물론 영화의 주인공처럼 멋진 표정을 짓는 걸 잊지 않으면서.

"예사로운 일을 하는 분 같지는 않은데."

진영은 대답 대신 미소를 지어 보였다.

"평범한 일을 하는 분은 아닌 것 같아 보여요."

"그럴 수도, 그렇지 않을 수도 있습니다."

"가슴에 불룩하게 튀어나온 건 뭐죠?"

"별거 아닙니다. 업무상 필요한 물건이라는 것 말고는."

그녀는 고개를 살짝 내밀어 진영의 가슴 쪽을 바라보았다. 진영은 그 타이밍에 맞추어 가슴의 가짜 권총이 불빛에 비칠 수 있도록 하며 술잔을 들어 올렸다.

"그거…… 뭐죠?"

"뭔지 궁금합니까?"

"네. 아주 많이요."

"보여 드려도 놀라지 않겠다고 약속한다면."

"놀라지 않을게요."

진영은 예의 그 멋진 미소를 지으며 여자에게만 보이도록 가슴을 살짝 열어 보이고는 다시 닫았다. 여자의 큰 눈은 더욱 커졌다. 진영이 기대했던 반응이었기에 내심 즐거웠다.

"그거, 혹시……."

진영은 고개를 끄덕여 보이며 말했다.

"놀라지 않기로 했던 거 같은데요."

"좀 당황스러워서요. 그럼 형사시군요? 그렇죠?"

진영은 잠시 생각에 잠겼다. 형사라고 할까? 아니면 사설 탐정? 그녀의 반응을 바라보며 물었다.

"위험한 걸 좋아하시나요?"

진영의 질문에 그녀의 눈이 잠시 커졌지만 곧 미소로 바뀌었다.

"제가 그렇게 보였나요?"

"아니오, 다만……."

"다만?"

"제가 좀 위험하기 때문이죠. 주변엔 언제나 트러블만 생기거든요."

"그렇게 위험해 보이지 않는데요?"

진영은 여자가 자신에게 말려든 것을 깨닫고 웃음이 떠올랐지만 간신히 자제했다. 그녀의 반응으로 진영의 역할은 결정이 되었다.

"조금 가까이."

그녀가 가까이 귀를 대자 진영은 낮은 목소리로 속삭였다.

"클리너."

"크, 클리너?"

"청부업자."

"사, 살인 청부?"

"쉿!"

진영의 진지한 연기에 그녀는 더욱 놀란 눈으로 바라보았다.

"너무 두려워하지 마세요. 아무나 그렇게 하는 건 아니니까."

"저, 정말 킬러예요?"

진영은 다시 멋진 미소를 지어 보이며 가슴을 다시 한 번 살짝 열어 보였다.

“이런 건 아무나 가지고 다닐 수 없는 것이죠.”

굳어 있던 그녀의 표정은 서서히 호의적인 표정으로 바뀌어 갔다. 이제 진영은 진지하게 연기만 하면 되는 것이었다.

“킬러들은 자신만의 규칙이 있다던데…….”

“목소리가 너무 크군요.”

“아, 미안.”

“네, 프로라면 누구든지 규칙이 있죠.”

“그쪽의 규칙은 뭐죠?”

“여자와 아이는 안 된다.”

“멋지다! 또, 없어요?”

“은혜는 두 배로, 빚은 열 배로 갚는다.”

“빚이란 건, 복수를 뜻하는 거죠?”

“잘 아시는군요.”

“와, 이 손으로 몇 명이나?”

그녀는 진영의 손을 잡았고 진영은 미소를 지어 보이며 그녀의 손등에 17이란 숫자를 썼다. 여자는 놀란 표정으로 다시 바라보았다.

“어떤 사람들이었죠?”

“그런 건 말하기가 좀 곤란하군요. 계약에 비밀에 관한 조항이 있거든요.”

그녀는 그의 입술에 손가락을 대고는 이렇게 말했다.

"단둘만의 공간에서는 들을 수 있겠죠?"

진영은 그녀도 분명 영화를 많이 봤을 거란 생각을 하면서 고개를 끄덕여 보였다. 이젠 낚는 일만 남은 것이다.

진영은 침대에 속옷만 걸친 채로 앉아 욕실에서 들리는 물소리를 감상하고 있었다. 곧 있으면 그녀가 나올 것이었다. 진영은 그 순간에도 영화에서 본 청부업자의 행동 패턴을 그대로 따라 했다.

팬티만 입고 있었지만 그의 권총은 베개 밑에 언제나 잡을 수 있는 거리에 두었다. 그러고는 빠르게 꺼내 문 쪽으로 겨누는 것을 연습했다. 꼭 무슨 일이 생길 것을 대비해서라기보다는 평소에 하던 버릇이기 때문이었다.

"불 좀 꺼 줄래요? 부끄러워서 그래요."

진영은 그녀가 나오기를 기다려 총을 들이대기로 했다. 그러고는 이렇게 말한다면 아마도 그녀는 자신이 프로 킬러라는 것을 완전히 믿게 될 것이기 때문이다.

'당신이 누군지 모르기 때문에 만약을 위해서요. 너무 언짢게 생각하지는 말았으면 합니다.'

진영은 총을 들고 일어서 불을 껐다. 그러자 욕실 안에서 말소리가 들렸다.

"불 껐어요?"

"네."

"그럼 나갈게요."

그녀가 나오는 것이 어렴풋이 흐린 달빛에 비쳐 보였다. 진영은 조용히 그녀의 뒤로 돌아가 입을 막고는 그녀의 턱밑에 총을 들이대고는 준비했던 대사를 했다.

"당신이 누군지 모르기 때문에 만약을 위해서요. 너무 언짢게 생각하지는 말았으면 합니다."

"생각보다 대단하시군요. 시험해서 미안해요."

진영이 그녀의 말을 이해하기도 전에 그녀는 불을 켜 버렸다. 방 안이 환해지자 그녀의 모습이 완전히 드러났다.

그녀는 예상과는 달리 옷을 입은 채였고 놀랍게도 그녀의 손엔 작은 권총이 들려 있었다. 진영이 놀란 표정으로 서 있을 때 그녀는 침대에 다리를 꼬고 앉아 담배를 입에 물었다.

"자, 총은 내려놓을게요. 불쾌했다면 용서하세요."

진영은 너무 놀랐지만 그동안의 연습 때문에 놀란 마음이 표정으로 나타나지는 않았다.

"초, 총을 이쪽으로……."

"철저하시군요. 다른 무기 검사도 하시겠어요? 옷도 벗을까요?"

"됐소."

진영은 그녀가 밀어 준 권총을 집어 들었다. 자신의 것과 다르게 권총 안에는 플라스틱탄도, 공포탄도 아닌 진짜 총알이 들어 있었다. 그녀는 진짜 총을 가지고 있었던 것이다.

진영의 등골에 불길한 느낌과 더불어 소원이 이루어지는 기쁨이 동시에 느껴졌다.

"당신을 찾고 있었습니다. 당신이 '사신'이란 청부업자가 맞죠?"

진영은 그러면 안 된다는 것을 알면서도 엉겁결에 고개를 끄덕이고 말았다.

"그 카페에 자주 나타난다는 소문을 듣고 일주일 전부터 당신을 기다렸죠. 오늘까지만 기다려 보고 철수하려고 했는데 이렇게 만나게 되네요."

"내, 내게 무슨 볼일이오?"

"의뢰를 하고 싶습니다."

"의뢰요? 사실 난……."

"알아요. 당신 비싸다는 거 알고 있어요."

진영은 정말 엄청난 일에 휩쓸리고 있다는 것을 알고 있었지만 그의 입은 자신의 의지와는 달리 움직이고 있었다.

"두당 5천이오."

"생각보다 훨씬 비싸군요."

"흥정은 없소."

"알았어요. 좋아요. 착수금 2천5백, 잔금 2천5백."

"좋소. 대상은?"

"정민철."

"정민철?"

"꽤 오래된 조직의 보스지요."

여자는 핸드백에서 서류철을 꺼내 그에게 내밀었다. 진영은 자신이 뭘 하고 있는 건지도 모른 채 그녀가 내민 서류를 꺼내 읽기 시작했다.

등을 돌리고 앉아 있던 사내가 물었다.

"그래, 일은 잘되었나?"

"네, 생각보다는 쉽게."

그는 몸을 돌려 앉으며 말했다.

"그 '사신'이란 친구는 만났나?"

"네."

"그렇군. 얼마를 요구하던가?"

"인당 5천입니다."

"뭐?"

소파 등받이에 팔을 걸치고 앉아 있던 사내가 휘파람을 불었다.

"휘유!"

그는 흥미로운 눈으로 그녀를 보고 있었고 중년의 사내는 얼굴이 매섭게 굳어 있었다.

"그래서 돈을 줬나?"

"착수금으로 절반……."

"이런 썅!"

중년의 사내는 주먹으로 책상을 내리치고는 벌떡 일어섰다.

"이 멍청한 것 같으니라고! 하여튼 뭘 시키면 제대로 하는 법이 없어!"

"아니 제가 뭘……."

"보기 좋게 당하고 온 주제에 무슨 말이 그렇게 많아!"

"예?"

"진짜 사신은 영철이가 이미 접촉했다던데!"

"그럴 리가 없어요! 제가 분명 테스트까지……."

소파에 앉아 있던 영철이 일어서며 입을 열었다.

"두당 5천이라. 그 친구, 그러니까 당신이 만나고 온 자가 스스로 사신이라고 했나?"

"아니오……."

"그러니까, 당신이 지레짐작하고 그렇게 믿어 버렸다 이거군?"

중년의 사내가 다시 책상을 내려치며 말했다.

"젠장! 저 멍청이! 그럴 줄 알았어! 저걸 진작 보내 버렸어야 했는데!"

영철은 중년의 사내를 힐끗 보고는 방밖으로 나섰다.

"어떤 놈팡이인지 오늘 땡잡았군."

방문이 닫히기를 기다려 중년 사내는 거칠게 담배를 빼물며 여자의 이름을 불렀다.

"재희야."

"네."

"아무리 조카지만 아무래도 넌 소질이 없는 거 같다. 형님 유언도 있고 하니까 이제 그만 유학 가라."

"삼촌, 그 얘기라면 이미 끝난 이야기잖아요!"

"너 때문에 내가 벌써 얼마를 버린 줄 알아? 잔말 말고 당장 준비해! 진짜 혼나기 전에."

"싫어요!"

"당장 준비해!"

"삼촌! 기회를 주세요!"

"기회는 무슨 기회!"

"아마 영철이 아저씨가 만난 사람이 가짜일 거예요."

"말 같지도 않은 말은 그만해. 다음 주에 가는 걸로 알고 있어."

"그럼 제가 찾은 사람이 진짜라는 걸 증명할게요! 믿어 주세요, 삼촌!"

재희는 삼촌의 대답은 기다리지도 않고 뛰쳐나갔다.

"재희야, 재희야!"

조카의 이름을 몇 번 부르던 사내는 씁쓸한 표정으로 다시 자리에 앉아 창밖으로 시선을 돌렸다.

"뒷골목 세계가 뭐가 좋다고. 빨리 환상을 깨 줘야 할 텐데……."

문이 벌컥 열리며 건장한 덩치의 사내가 인사를 하며 들어왔다.

"안녕하십니까, 사장님."

"오냐, 무슨 일이냐."

"정 회장 쪽이 최근 움직임이 활발해지고 있습니다. 근처 클

럽을 인수했답니다."

"뭐야? 인수한 게 몇 개지?"

"두 개쨉니다. 이대로라면 우리와 마찰이 있을 것 같습니다. 대책을 세워야 할 것 같습니다."

"일단 손쓰고 있으니까 너는 애들 동요하지 않게 단속이나 잘해라."

"알겠습니다."

중년의 사내는 나가라는 손짓을 하고는 다시 창밖으로 시선을 돌렸다.

"도검이 자식! 잡히면 죽여 버린다!"

슬기는 무거운 자루를 질질 끌며 길을 걸었다.

"내가 무거운 거 가지고 가는 거 뻔히 알면서 혼자 차 타고 가 버려? 싸가지 없는 자식! 걸리기만 해 봐, 아주!"

오토바이 한 대가 고인 물을 튀며 지나가자 슬기의 분노는 극에 달했다.

"야, 이 개자식아! 거기 서!"

예상과 달리 오토바이가 진짜로 멈춰 섰다. 의외로 쉽게 멈춰 선 오토바이를 보고 잠시 멍해졌던 슬기는 정신을 차리고 그에게 다가갔다.

"어이, 물을 튀겼으면 미안하다고 해야 할 거 아냐!"

"제가 물을 튀긴 모양이군요. 미안합니다, 아가씨."

"알면 됐수다. 가 보슈."

"세탁비라도 드렸으면 좋겠군요."

"아, 뭐 그럴 필요 없수. 일부러 그런 것도 아닌데. 그냥 발끈해서 그런 거니까 가던 길 가요."

"정말 미안합니다."

그를 빤히 바라보던 슬기가 물었다.

"그렇게 미안해요?"

"물론이죠."

"그럼, 나 저기까지만 태워줄 수 없어요? 보시다시피 제가 짐이 많아서."

"아, 물론이죠. 어디까지 가시죠?"

"저기 피자 가게까지요."

"마침 잘됐네요. 저도 그쪽으로 가는 중인데."

"그래요? 그럼 부탁합니다."

오토바이는 '레드아이' 앞에 멈춰 섰다. 가게 안은 아직 한창인지 손님들이 꽤 많았다. 슬기는 짐을 내리며 인사했다.

"고마웠습니다."

"별말씀을."

슬기가 짐을 들고 가다가 뒤를 돌아보니 사내도 뒤를 따라 가게로 들어오려 했다.

"저, 시간 없어요, 아저씨. 오토바이 좀 태워 준 걸로 나한테 수작 걸 생각은 아예 하지 마쇼."

"네?"

"헛물켜지 말라고, 쯧!"

"……."

쏘아붙이고 가게로 들어온 슬기 뒤를 젊은 사내도 따라 들어왔다.

"이 아저씨가 정말! 시간 없으니까 나가라고요. 괜히 헛물켜지 말고."

카운터 정리를 하다가 사내를 알아본 장서가 반가운 듯이 나서며 큰 소리로 외쳤다.

"이게 누구야! 인후 아니야!"

장서의 말에 형준도 그를 알아보고는 반겼다.

"어? 진짜! 인후 아저씨다!"

"그동안 잘 지내셨어요? 형준이는 더 건강해 보이는데? 운동해?"

아직 분위기를 파악 못 한 슬기가 장서와 형준을 번갈아 보며 말했다.

"뭐, 뭐야. 다 아시는 사이예요?"

"아, 슬기는 처음 보겠네. 인사해. 이쪽은 우리 식구가 된 슬기고, 이쪽은 도검이 친구 인후."

"반갑습니다."

"아, 네……."

둘이 인사하고는 어색한 미소를 짓고 서 있다가 인후가 먼저 장서에게 말했다.

"아저씨, 저기……."
"뭔데?"
"그러니까……."
형준이 실눈을 뜨고 대신 말했다.
"아하! 수연이 누나 찾는 거죠? 그렇죠?"
"……."
"얼굴 빨개질 것까지는 없잖아요."
주방의 커튼이 젖혀지며 도검의 머리가 쑥 튀어나왔다.
"아직 살아 있군."
"오랜만이야."
도검은 나오자마자 인후 앞으로 손을 내밀었다. 인후가 손을 잡으려 하자 도검은 그의 손을 툭 치며 인상을 썼다.
"내놔."
"뭘?"
"꿔 준 돈 갚으러 온 거 아냐?"
"돈? 무슨 돈?"
"너 떠날 때 내가 돈 줬잖아, 차비 하라고."
"아, 그거……. 그런데 그거 그냥 준 거 아니었어?"
"꿔 주는 거라고 분명히 말했을 텐데."
"그거 농담 아니었어?"
"금전 문제로는 절대 농담하지 않는다."
"얼마였지?"
"197만 원."

형준이 콧방귀를 뀌며 물었다.

"2백이면 2백이지, 197만 원은 뭐야?"

"인후 가고 나서 치킨 파티 한 거 기억 안 나? 너무 많이 준다 싶어서 주기 직전에 3만 원 뺐지."

"……."

"……."

"……."

"……."

"그 돈으로 치킨 산 거고."

"……."

"……."

"……."

"……."

"왜들 이래? 내가 뭐 잘못했어?"

말없이 있던 사람들이 폭풍 몰아치듯 한꺼번에 말을 쏟아냈다.

"에이, 이 추잡한 놈아!"

"형, 실망이야. 그런 치사한 닭인 줄 알았으면 안 먹었어!"

"야, 야, 그런 치킨 개나 줘라, 개나 줘."

도검은 지지 않고 대꾸했다.

"흥! 여론을 조성해서 어떻게 해 볼 생각인 모양이군!"

인후는 주머니에서 봉투를 꺼내 들며 말했다.

"친구, 돈 여기 있네."

도검과 인후는 동시에 웃음을 터뜨리며 부둥켜안았다. 인후가 웃으면서 봉투를 흔들었다.

"설마, 정말 가져가려는 건 아니지?"

도검도 웃으면서 대답했다.

"왜 아니겠어."

인후의 손에서 돈을 빼앗아 자신의 주머니에 넣었다. 주변 사람들이 야유와 함께 도검을 한 대씩 때리고는 각자의 위치로 돌아갔다. 등을 보이고 가는 그들에게 도검이 큰 소리로 말했다.

"내가 한턱 내면 될 거 아냐! 어이! 슬기야!"

"부르지 마, 추잡스러운 인간아. 나한테 추잡 튈까 두려우니까."

"찾았다!"

진영은 갑작스러운 재희의 출현에 너무도 당황하고 놀라 자신도 모르게 비명이 터져 나왔다.

"이 동네를 다 뒤지고 다녔어요."

"아, 네, 오, 오랜만이네요."

"무슨 말씀이세요. 만난 지 겨우 하루 지났는데."

"무슨 볼일이……."

"의뢰인이 당신이 가짜라고 우기잖아요. 그래서 제가 계속 함께하면서 당신이 진짜라는 것을 증명하려는 거죠. 자, 이제 언제 실행하실 거죠?"

"시, 실행이요? 아, 예. 실행해야죠."

"그게 언제죠?"

"그게……. 그렇지. 계획을 먼저 세워야죠."

"역시! 그다음에는요?"

"실행이죠. 실행."

"역시, 전문가는 다르네요. 제가 따라다녀도 되겠죠?"

"그건 좀 곤란합니다. 너무 위험해서……."

"절대로 짐이 되지는 않을게요. 제발요, 제발!"

재희가 애원하는 모습을 진영은 거절할 수가 없었다. 점점 일이 커져서 더 이상 손댈 수 없는 지경이 되기 전에 그만둬야 한다는 생각은 계속 들었지만 멈출 수가 없었다.

"그럼, 허락한 걸로 알겠어요! 그 전에 확인차 여쭤 볼 게 있어요. 당신이 그 '사신'이 맞죠?"

"……."

"아, 미안해요. 못 믿어서가 아니라요, 노파심에서요. 그럼 계획부터 세우죠, 우리."

"……."

도검이 주스를 한잔 시원하게 들이켜고 말을 이었다.

"그러니까 조폭 두목이 대상이라 이거지?"

"너무 많이는 묻지 마."

"고리타분하기는. 비밀이라 이거야?"

"잘 알면서 그래."

"저기 홀에서 일하는 친구 있지? 그 애 아버지도 조폭이야."

도검은 유하를 가리켰다. 유하가 이곳에서 일하는 바람에 잡으러 온 아버지와 사소한 마찰이 있었다. 물론 도검과 부딪친 유하의 아버지 정민철은 즉각 딸을 데려가는 것을 포기해야만 했다.

"정말이야? 그런 아이가 어떻게 여기서 일을 하는 거지? 당신 조폭 싫어하잖아."

"말하자면 길어. 아버지 때문에 자식까지 불이익을 당하게 할 순 없는 일이기도 하고."

"흠."

"저 애 아버지 이름이 정민철인가 하는데……."

도검의 말에 인후의 표정이 순간 굳었다. 짧은 순간이었지만 도검은 그걸 놓치지 않았다.

"뭐야, 표정이 왜 그래?"

"아냐, 아무것도."

"어이, 이 오른쪽 눈으로는 좀 전의 당신 표정을 만 번도 더 되감아서 다시 볼 수 있다고."

"……."

"자, 털어놔 봐."

"저 애 아빠가 이 동네에서 활동하나?"

"아니, 몇 블록 위쪽이야."

"……."

"왜 그러냐니까?"

"오늘 한잔할까?"

"좋지! 젊은이들끼리 모처럼 한잔하자고."

"장서 아저씨는?"

"노인네는 알아서 빠져 줘야 예의지."

"그럼 아저씨께 말씀드리고 나가자."

도검은 일어서려는 인후의 팔을 붙잡으며 말했다.

"긁이 부스럼은 만드는 게 아닐세."

"그렇다면?"

"아저씨 몰래 나가자는 거지."

"에이, 그래도 일단 말씀은 드려야지."

먼저 일어서는 인후의 뒤를 쫓아 도검이 비장한 표정으로 따라나섰다.

"회장님!"

"나쁜 소식이 아니었으면 하는데."

"또 당했습니다."

"또?"

민철은 책상을 주먹으로 내리치며 의자에서 일어섰다.

"도대체 어떤 놈이야! 어떤 놈이 그러는 거야!"

"아직 파악이 안 되고 있습니다."

"멍청한 것들. 이번에도 총에 맞았나?"

"예, 저번과 동일한 것입니다. 쉽게 구할 수 있는 러시아제 총입니다."

"최대한 애들 입 막고 경찰에 알려지지 않도록 해. 빠른 시일 내에 잡아 와. 내 손으로 직접 손볼 테니까."

"예."

"하나 더. 유하, 애들 몇 명 붙여서 보호해라."

"예."

"장도검이한테 걸려서 어디 부러지지 않도록 몸 확실히 숨기라고 그래. 실력 좋은 애들로."

"예, 알겠습니다."

"나가 봐."

민철은 담배에 불을 붙이고 라이터를 책상에 올려놓으려다가 벽에 집어 던졌다.

우르르 몰려나온 도검 일행은 목적지를 정하지도 않고 일단 나왔다. 슬기가 먼저 말을 꺼냈다.

"어디로 갈 거죠?"

"슬기 네가 더 잘 알 거 아냐."

"나? 글쎄. 이 동네에서는 안 놀아 봐서."

"그럼 제가 안내할까요?"

인후가 나서자 의외라는 듯 슬기가 물었다.

"인후 씨가 이곳에 아는 데가 있어요?"

"사실, 이곳에 온 지는 며칠 됐거든요."

"뭐야, 그런데 이제야 쌍판을 보여 준 거냐?"

슬기가 혀를 차며 말했다.

"말하는 싸가지 하고는."

"왜 슬기 네가 발끈이야?"

"시끄러."

수연이 걸으며 말했다.

"이렇게 모이니까 너무 좋네요. 인후 씨?"

"네, 네 수연 씨."

"잘 오셨어요. 너무 반가워요."

"저, 저도……."

형준은 앞으로 나와 인후의 얼굴을 빤히 보며 말했다.

"인후 아저씨 얼굴 또 빨개졌네!"

"내, 내가 뭘……."

"그런데 정말 장서 아저씨가 우리끼리 가라고 그러신 거야?"

도검이 서둘러 대답했다.

"그렇다니까. 오랜만에 젊은이들끼리 노는데, 노친네가 끼면 되겠냐고 하면서 말이지."

"이상하네. 절대 그럴 분이 아닌데 말이야."

"자, 자! 시간 아깝다. 빨리 가자!"

차 박사는 갑자기 느껴진 인기척에 놀란 목소리로 외쳤다.

"누, 누구야!"

"돌팔이냐! 나 좀 꺼내 줘!"

"자, 장서냐?"

"그래! 빨리 꺼내 줘!"

"어디야, 어디!"

"화장실!"

차 박사가 화장실로 가니 없었던 문고리가 밖에서 걸려 있었다. 문을 열어 주자 장서가 비명을 지르며 튀어나왔다.

"어, 어떻게 된 거야?"

"가두고 갔어."

"뭐?"

"도검이 자식이 날 가두고 갔다고!"

"가두다니, 왜?"

"녀석들이 전부 술 마시러 간다잖아. 그래서 나도 따라간다고 했더니 화장실에 가둬 버렸어!"

"큭큭, 아하하하!"

"웃지 마!"

"그러게 젊은 애들 노는 데 왜 주책없이 끼려고 그래? 나라도 너 같은 거 안 데리고 나간다."

"도검이 자식, 꼭 복수한다."

"꼴통아, 오랜만에 우리도 한잔할까?"

"너 같은 노인네랑 내가 무슨 재미로 마시냐."

"의논도 하고 말이야."

"무슨 의논."

차 박사는 미소를 지우며 말했다.

"기관이 움직이기 시작했어."

"그게 무슨 말이야?"

차 박사는 손짓을 하며 말했다.

"균형이 깨진 거지."

경청을 하던 장서가 차 박사의 등을 탁 치며 말했다.

"갑자기 술 생각이 나는군."

"네가 사는 거지?"

"그러지 뭐. 인생 뭐 있어?"

두 사람은 터벅터벅 밖으로 나갔다.

"하루에 한 명씩이래. 귀신같이 나타나서 소리 없이 죽이고는 사라진다더군."

"시끄러. 어떤 개새끼인지는 몰라도 내 손에 잡히면 그걸로 끝장이니까."

"소문에 의하면 굉장한 놈이라더군. 오죽하면 형님이 몸 사리라고 그랬겠냐고. 그 무대포 형님이 말이야.”

“소문은 다 과장되게 마련이야.”

덩치가 큰 사내가 어두운 곳을 바라보며 담배에 불을 붙이고는 말을 이었다.

“다 허풍 센 놈들이 지어낸 얘기라고. 두고 봐. 한 방에 끝내줄 테니까……. 춘식아, 춘식아? 어디 있어, 새끼야!”

방금 전까지만 해도 곁에 있었던 동료가 없어지자 내심 당황했으나 애써 태연한 척했다.

“겁 안 나, 새끼야. 장난하지 말고 나와. 오줌 싸냐?”

건물의 주차장 기둥 옆으로 뭔가 흘러나와 그가 서 있는 곳까지 흘렀다.

“아이, 새끼 더럽게. 형님이 노상 방뇨하지 말라고…….”

그는 발을 들어 올렸다. 진득한 액체가 구두에 붙었다가 늘어지며 방울져 떨어졌다.

“뭐야 이거.”

어둠에 눈이 익은 그는 그게 소변이 아니란 것을 깨닫고 소리를 지를 뻔했다. 피였다. 도망치기 위해 몸을 돌렸지만 괴한이 앞에 버티고 있었기 때문에 앞으로 나아갈 수가 없었다.

순간 번쩍이는 반사광과 함께 목에 따끔한 통증이 느껴졌다.

“뭐, 뭐…….”

그가 말을 마치기도 전에 잘린 머리가 바닥에 떨어졌다. 이어서 몸통이 힘없이 무너지며 순식간에 시체가 되어 쓰러졌다. 괴한은 쓰러진 사내를 들쳐 메고 어딘가로 향했다.

진영은 민철의 사무실이 있는 건물 근처에서 크게 한숨을 쉬었다. 밤늦은 시간임에도 불구하고 사무실에 불이 환하게 켜져 있었다. 재희가 다그치는 바람에 어쩔 수 없이 여기까지 왔지만 더 이상 뭘 어떻게 해야 할지 몰랐다.

"지금 살인을 하라는 거야? 미치겠군. 지금이라도 거짓말이었다고 할까? 그랬다가는 날 죽일 거야. 그래도 어떻게 사람을 죽일 수가 있겠어. 안 그래?"

진영은 자신의 행동이 후회스러웠지만 착수금으로 받은 2천5백만 원 중 절반 이상을 벌써 써 버렸기에 사실 선택의 여지는 없었다. 그는 재희에게서 빼앗은 권총을 품속에서 꼭 쥐어 보았다.

"한 번 죽지, 두 번 죽냐!"

진영은 마음을 가다듬고 건물을 향해 들어갔다. 최대한 숨을 죽이고 재희가 알아낸 지하 주차장으로 연결된 문을 밀고 들어갔다. 그곳엔 재희의 말과는 다르게 경비원이 없었다. 다행이라고 생각했지만 시시하기도 했다.

"뭐야, 다르잖아."

주차장의 기둥을 지나 뒤쪽에 또 다른 작은 비상구가 하나 있었다. 건물이 오래되었는지 '비상구'라는 글씨가 씌어 있는 표시등이 다 깨져 있어서 멀리서 보면 그곳엔 문이 있는지 없는지도 모를 정도였다.

그가 문을 향해 몇 걸음 더 걸었을 때 신발이 미끄러져 넘어질 뻔했다. 약간 삐끗한 허리 때문에 욕지거리가 절로 나왔다.

"여긴 왜 이래?"

진영이 아래를 내려다보는 순간 놀라 주저앉을 뻔했다. 바닥에 피가 한가득 고여 있었기 때문이었다. 아래를 보고 있는 그의 목덜미에 뭔가가 떨어져 흘렀다. 진영이 위를 봤을 때 얼굴에 핏기가 사라졌다. 미처 피하기도 전에 기둥과 기둥을 가로지르는 선반 위에서 목 없는 시체가 그에게로 쏟아져 내렸다.

"아악!"

"누, 누구야!"

누군가 그를 향해 다가왔지만 진영은 시체에 깔려 움직이기가 쉽지 않았다. 다가오던 사내는 품에서 회칼을 꺼내 들었다.

"거기 뭐야?"

진영은 간신히 시체를 밀쳐 내고 일어섰다. 온몸에 피 칠갑을 하고 일어선 진영은 심장이 터질 듯했다.

칼을 들고 다가오던 사내는, 온통 피를 뒤집어쓰고 멍한 표정으로 자신을 바라보고 있는 진영을 보자마자 몸이 떨렸다. 사내는 버티지 못하고 칼을 떨어뜨리며 그 자리에 주저앉았다. 진영이 그에게 다가가자 그는 거의 오줌을 지릴 지경이 되었다.

"사, 살려 주세요! 살려 주세요! 목숨만은 살려 주세요! 살려 주세요!"

"저, 정민철, 정민철 알아?"

"저, 저희 회장님입니다."

"며, 몇 층에 이, 있지?"

"9, 9층입니다. 목숨만 살려 주십시오!"

"나, 나는 사, 사, 사신이다. 곧 만나러 가겠다고 저, 전해라."

진영은 그렇게 말하고는 천천히 뒤돌아 나오다가 점점 걸음을 빨리하여, 나중에는 뛰다시피 해서 그곳을 빠져나왔다. 자신이 무슨 말을 했는지, 무슨 일이 있었는지 도대체 정신이 하나도 없었다.

"내가 무슨 짓을 한 거야. 미쳤어, 내가 미쳤어! 말해야겠어. 돈이야 갚으면 되는 거고 죽이려 들면 죽어 주지! 도저히 안 돼! 난 못해!"

진영은 얼굴에 묻어 있는 피를 소매로 닦아 내며 어두운 밤거리를 정신없이 달렸다.

민철의 콧등에 깊은 주름이 생겼다. 사선으로 생긴 주름은 성난 호랑이를 연상시켰다.

"무슨 일이야?"

현장 정리를 하던 국현이 대답했다.

"방금, 놈이 또 다녀간 모양입니다."

"뭐?"

"시체 두 구가 생겼습니다."

"도대체 어떻게 된 거야! 2인 1조로 항상 같이 움직이라고 했잖아!"

"그래도 이번에는 다행입니다. 애들 중에서 놈을 봤다는 녀석이 있어서요."

"그래?"

"자신을 '사신'이라고 했다는군요."

"뭐? 미친놈."

"인상착의는 다 받아 두었습니다."

"당장 몽타주 작성해서 그놈이 뭐하는 놈인지, 이름이 뭔지 알아내!"

"네."

"그리고 성민이 좀 불러와라."

"……."

"왜 대답이 없어?"

"지금 근신 중입니다."

"근신? 됐으니까 당장 불러와."

"하지만……."

"건방지고 뭐고 따질 때가 아니다. 지금은 실력 있는 놈이 필요해."

"그놈은 실력만 믿고 까불다가 그렇게 된 겁니다. 위아래가 없어서, 다른 애들에게 나쁜 영향을 끼칠까 두렵습니다."

"네가 그 사신인가 뭔가 하는 잡놈을 찾아서 없앨 자신이 있나?"

"……."

"할 말 없으면 당장 불러."

"알겠습니다."

민철은 현장을 꼼꼼하게 살펴봤다. 시체는 부하들이 이미 치웠고 피를 닦아 내고 있는 모습을 보고는 침입자가 들어왔을 법한 루트를 따라가며 주변까지 살폈다.

"경찰 쪽은 문제없겠지?"

"신고는 들어왔던 모양인데 지구대 선에서 잘랐습니다."

"성민이는 출발했나?"

"예."

"한번 믿어 보자."

민철과 국현은 주차장을 향해 복도를 따라 걸어갔다.

"국현아."

"예."

"네가 성민이를 얼마나 싫어하는지 알고 있다. 지금은 그냥 좋은 도구 하나가 필요할 뿐이야."

"알겠습니다."

"어차피 우리 조직을 앞으로 이끌어 갈 사람은 너밖에는 없으니까."

"예, 알겠……."

국현은 말을 마치지도 못하고 갑자기 쓰러졌다. 민철은 반사적으로 몸을 돌려 앞쪽으로 구르며 일어섰다. 국현은 베였는지 목 부위에서 엄청난 양의 피를 뿜어내고 있었다. 바로 옆에 있던 자신이 느끼지도 못할 정도의 엄청난 실력이었다.

"어떤 놈이냐!"

복도 옆 어둠 속에서 한 사내가 단검의 피를 손바닥에 문질러 닦아 내며 유령처럼 복도 중앙으로 걸어 나왔다.

"당신이 정민철인가?"

"넌 누구야."

"사람 잡는 놈."

"백정이 내게 무슨 볼일이 있나?"

"하하, 입담 한번 세군. 큰형님 노릇을 할 만하구나. 백정이 볼일은 한 가지뿐이지. 부탁한 사람이 있거든."

"네가 사신인가?"

"그렇게 부르더군."

"젠장."

"할 얘기 다했으면 볼일 보자."

"잠깐! 얼마면 되겠나?"

"높은 가격을 불러도 살려 줬던 기억은 없다."

"그래야 프로지."

"금방이야. 너무 겁먹지 말라고."

사신이 품에서 총을 꺼내는 순간 그의 뒷머리에 차가운 것이 살짝 닿는 것이 느껴졌다.

"업무방해해서 미안하지만 그 총 내려놔야겠어."

"……."

"나도 백정 부류니까 허튼짓은 하지 말고."

사신이 천천히 총을 바닥에 내려놓자 인후가 어둠 속에서 모습을 드러내며 총을 민철 쪽으로 걷어찼다.

"영광이야. 소문으로만 듣던 '사신'을 이렇게 직접 보게 되다니."

"내가 그렇게 유명했었나."

"물론이지. 특히 1초에 여섯 명을 쓰러뜨린 일화는 유명하지. 그거 사실인가?"

"기억이 잘 나지 않는군. 속사로 제거한 적이 있긴 하지만 시간은 안 재 봐서 모르겠군."

"그런 말 할 땐 자부심은 갖지 말고. 난 저자를 보호해 달라는 의뢰를 받았다."

"우습군. 세상이 다 그렇지. 사람은 하나인데 그 사람에게 원하는 건 이렇게 정반대잖아. 자, 이제 이야기가 어떻게 되는 거지?"

"네가 시체가 되든, 아님 살아서 나가든 둘 중에 하나겠지. 물론 저자가 살아남는다는 사실은 변하지 않을 거다."

"나보고 포기하란 말인가?"

"지금 선택의 여지는 없다고 보는데."

"과연 그럴까?"

"허튼짓하면……."

인후가 말을 마치기도 전에 사신의 몸이 땅으로 꺼져 버리듯이 내려가더니 인후의 몸이 허공에 떠올랐다. 떠오른 인후는 민철 위로 내동댕이쳐졌다.

"난 언제나 내 의지대로 움직인다!"

사신이 뛰어올라 인후를 덮쳐 왔다. 인후도 몸을 굴려 일어나 맞섰으나 그의 돌풍 같은 공격을 오래 버티기가 어려울 듯했다.

사신이 바닥에 떨어진 권총을 집어 들려 할 때 인후가 총을 걷어차며 민철에게 소리 질렀다.

"어서 도망쳐!"

민철의 눈에 보인 그들의 격투는 자신이 익히 보아 왔던 싸움이 아니었다. 인간의 차원이 아닌 괴물들의 힘겨루기였다.

민철은 뒷걸음질을 치다가 인후의 고함 소리를 듣고 정신없이 달리기 시작했다. 그의 뒤쪽에서 두 방의 총소리가 났지만 돌아보지 않고 건물 밖을 향해 앞만 보며 달렸다.

"재희 씨, 할 얘기가 있어요."

"그래, 타깃 확인은 했어요?"

"사람보고 타깃이란 말 쓰지 말아요! 난 살인 청부업자가 아니란 말입니다!"

"그게…… 무슨 말이죠?"

"미안해요. 사실 전…… 사신도 뭣도 아녜요."

"노, 농담하지 마세요."

"전 단지 액션 영화를 좋아하는 영화광일 뿐이라고요!"

"그럼 가슴에 있었던 그 총은 뭐예요!"

"가짜예요."

재희는 황당한 표정으로 진영을 바라보았다.

"미안합니다. 돈은 마련되는 대로 곧……."

진영을 바라보는 재희는 허망한 표정이었다. 그녀의 눈에 눈물이 맺혔다.

"거짓말이죠? 놀리는 거죠?"

고여 있던 눈물이 흘러내렸다.

"미안해요. 일이 이렇게 심각하게 될 줄은 몰랐어요."

"놀리지 말아요."

"피로 범벅되어 내장이 훤히 보이는 시체가 눈앞에 있었어요. 그 시체의 피를 뒤집어쓴 순간 그게 영화가 아니라는 것을 깨달았어요. 내가 그동안 얼마나 바보 같은 짓을 했는……."

재희는 진영의 코에서 피가 터져 나올 정도로 세게 그의 뺨을 때렸다.

"진작에 말했어야죠! 진작에!"

"미안해요. 난 다만……."

"듣기 싫어! 당신 덕분에 난 또 바보가 되어 버렸어! 바보가 됐다고! 당장 눈앞에서 사라져."

"돈은 되는대로 갚을게요."

재희는 총을 꺼내 진영의 이마에 겨누며 말했다.

"필요 없으니까 꺼져. 당장."

"정말 미안합니다. 정말로."

진영은 그제야 일어서 밖으로 나왔다. 그녀가 있는 방 창문을 올려다보고는 어딘가로 향했다.

맞은편 건물 입구.

처음부터 끝까지 진영을 지켜보던 사내가 있었다.

"네가 사신이라고? 흥, 넌 아니야."

사내는 진영의 뒤를 밟기 시작했다. 진영이 골목길 사이로 사라지자 걸음을 빨리하여 바짝 다가섰다. 사내는 주변의 인적이 뜸해지길 기다려 진영의 목덜미를 낚아채 벽으로 거칠게 밀어붙였다.

"네가 사신이야?"

잔뜩 주눅 든 진영이 기어 들어가는 목소리로 답했다.

"아, 아닌데요."

"내 그럴 줄 알았어."

"잘못했어요! 용서해 주세요!"

"괜히 헛물만 켰군. 너 뭐하는 새끼야?"

"아, 아, 아무것도 아닌데요."

"이거 병신 아냐? 그런데 왜 깝치고 다녀?"

"용서해 주세요, 제발!"

"이런 꼴통 새끼 때문에 나를 부르다니. 어쨌든 같이 가 줘야겠다. 형님이 널 사신으로 오해하고 있는 거 같으니까 말이야. 아무래도 해명을 해 주어야 될 것 같다."

"저, 전, 아무것도 몰라요! 아무것도 몰라요!"

사내의 급작스러운 발길질에 진영은 숨을 쉴 수가 없었다.

"울지 마 씹새야. 입 다물고 조용히 따라와."

"살려 주세요."

"이빨 다 날리기 전에 조용히 하고 따라오라고."

"제발, 저는……."

사내는 징징거리는 진영을 끌고 가다가 느닷없이 그의 입을 주먹으로 내리쳤다. 입에서 피가 터져 나오며 이빨이 몽땅 부러져 나갔다.

"경고했잖아, 새끼야. 난 내 말 무시하는 새끼들이 제일 싫어. 알아들어? 또 징징거리면 다음엔 오른팔이다."

진영은 사내의 팔에 끌려 걷기 시작했다.

인후는 재킷으로 감싼 배를 움켜쥐고 벽에 의지해 주저앉았다. 흘러내리는 피 때문에 시야가 가려 휴대폰이 잘 보이지 않았지만 연신 훔쳐 내며 번호를 눌렀다. 손에 묻은 피로 인해 자꾸 미끄러져 손을 바꿔 가며 들어야 했다.

"아, 아저씨. 저 인후예요. 네, 혹시 도검이 있습니까? 예? 아니오, 별일은 아니에요. 네, 좀 바꿔 주십시오."

인후는 복부에서 밀려오는 통증 때문에 잠시 숨을 고르며 복부의 상처를 지그시 눌렀다.

"응, 나야. 듣기만 해. 부탁이 있어. 삼청동으로 와 줘. 할 말이 있어. 그래, 조금 심각해. 서둘러 줘."

인후는 자신의 벌어진 상처를 한번 보고 다시 말을 이었다.

"20분 내로 나와. 시간이 얼마 남지 않았으니까."

집으로 서둘러 돌아온 민철은 불안한 눈으로 주변을 경계하며 여행 가방에 옷과 서류를 챙겨 넣었다. 그의 다급함은 고요한 방 안에 울리는 거친 숨소리로 알 수 있을 정도였다. 침실에서 가방을 챙겨 방문을 나서다 우뚝 멈춰 서고 말았다. 그의 눈앞에 '사신'이 서 있었기 때문이었다.

"어딜 그렇게 급하게 가시나?"

"비, 비켜!"

"소용없는 말은 뭐하러 해?"

"썅!"

민철은 품에서 권총을 뽑아 들었지만 사신은 미동도 하지 않고 여전히 서 있었다.

"발악인가."

"쏘기 전에 꺼져!"

"그럼 골치 아파질 텐데."

"그건 네놈도 마찬가지야!"

"그렇지 않아. 난 살인과 뒤처리에 관해서는 프로니까."

민철은 총을 들고 있는 손의 떨림을 어찌할 수가 없었다. 그 모습을 본 사신은 이죽거리며 말했다.

"왜 그래? 갑자기 풍이라도 생긴 건가?"

"비켜! 비키지 않으면 정말 쏜다!"

"뭐야, 이거. 아직 사람 죽여 본 경험도 없는 거였어? 그 꼴로 어떻게 조직을 15년이나 이끌었을까."

"꺼져 버려!"

"3초 후에 죽일 거야. 네가 죽기 싫으면 그전에 날 쏴야 할 거야."

"미친놈!"

"하나."

"뭐, 뭐야!"

"둘."

"이 새끼!"

"늦어!"

총성과 동시에 민철은 벽 쪽으로 내동댕이쳐졌다. 실패한 것이다. 차가운 바닥에 드러눕자 그의 이마에 사신의 총구가 닿아 있었다.

"사람을 죽이려면 눈을 봐서는 안 되는 거야. 특히 첫 삽 뜨는 거라면 더더욱. 보이면 바로 쏘는 게 살인을 계속할 수 있는 원리지."

사신이 방아쇠를 당기기 직전, 문이 부서질 듯이 열리며 누군가가 가벼운 몸동작으로 그를 향해 덮쳐 왔다. 사신은 어쩔 수 없이 몸을 뒤로 날려 물러서야만 했다.

그의 앞에는 성민이 서 있었고 문 쪽에 억지로 끌려온 진영이 널브러져 있었다.

"오늘 참 무지하게 바쁘네. 넌 또 뭐하는 새끼여?"

"초면에 무례가 많은 놈이네."

"내 별명이 안하무인이다, 개새끼야."

"입이 하수구구나."

"네가 뭐 보태 준 거 있냐? 이 좆만아. 너 뭐하는 새끼냐고 물었잖아, 개새끼야."

"네가 알 바 아니다. 죽기 싫으면 지금 조용히 사라지는 게 좋을 거야."

"지랄하고 있네. 너같이 실력도 없으면서 무게 잡는 새끼들이 짜증 나. 나 뒈지고 싶어서 환장했는데 어떻게 할 건데?"

"지금 내 손에 뭐가 들려 있는지 망각한 모양인데."

성민은 재빠르게 뒤쪽 허리춤에서 두 개의 권총을 뽑아 들었다. 사신이 미처 대처하지 못할 정도의 엄청난 스피드였다.

"난 두 개다 새끼야. 총 믿고 개기는 타입이었냐? 실망인데?"

"기어이 피를 보겠다는 거야?"

"헌혈할 피도 없어 새끼야."

"말끝마다 거슬리네."

"거슬렸냐? 이를 어쩌지? 취미라서 고치기가 어려운데, 이 씹새야."

"이 새끼가 죽고 싶나."

"그래! 그래야 열도 받고 힘내서 싸우지 새끼야. 그런데 아직도 대답을 안 했네. 대체 뭐하는 새끼냐고, 이 씹탱아!"

"내가 바로……."

"아, 됐어! 별로 안 궁금해졌어. 어차피 바닥을 기게 되면 불게 되어 있으니까. 이대로 총으로 할래? 재미도 없이 한 방으로 끝나는 거, 난 사실 별로인데. 좆만아."

성민의 말을 끝으로 두 사람은 한동안 총을 겨눈 채 서 있었다.

인후는 감기는 눈을 간신히 버티며 뜨고 있었다. 그가 기대 있는 모터사이클을 순찰차의 라이트가 훑고 지나갔지만 다행히 보지 못하고 지나쳤다. 복부의 통증이 점점 더 심해졌다. 인후는 남은 주사기 전부를 허벅지에 꽂았다. 통증이 약해질 때쯤 모터사이클 옆으로 도검의 차가 멈춰 섰다.

"꼴이 왜 이래?"

도검의 첫마디에 인후는 픽 웃으며 힘겹게 말했다.

"왜 이렇게 늦었어."

"어떻게 된 거야?"

"보시다시피."

도검이 상처를 살펴보려고 했지만 인후는 힘없는 손으로 밀쳐 냈다.

"늦었어."

"무슨 소리 하는 거야?"

인후가 조용히 손바닥을 펼쳐 네 개의 빈 강화 모르핀 주사기를 보였다. 이것들을 한꺼번에 맞았다면 이미 치사량을 넘은 것이다.

"이런 멍청한 짓을……."

"부탁이 있으니까 듣기만 해. 얘기했듯이 정민철이란 자의 보호 요청을 받았어. 의뢰인은 그 딸이었고."

"그런 얘기 나중에 해도 되니까, 어서……."

"들어! 난 이미 틀렸어. 의뢰까지 망치고 싶지 않다."

"……."

"지금 내 기분을 이해한다면 그냥 듣고만 있어. 내 의뢰인이 너희 가게에 있는 정유하라는 아이더군. 그 애 아빠를 네가 대신 지켜줬으면 좋겠어. 날 믿고 의뢰한 사람을 실망시키고 싶지 않으니까."

"……."

"'사신'이라고 부르는 청부업자야. 그자가 정민철을 제거하려 하고 있어. 요즘 한창 잘나가는 녀석이지. 소문만큼 실력도 좋고. 그놈 덕분에 저승 구경하게 생겼어."

인후는 호흡이 곤란한지 쓴웃음을 짓다가 기침을 했다.

"지금 아빠한테 이르는 거냐?"

인후는 웃으며 말했다.

"그놈 때려 달라는 말이 아니야. 정민철의 안전만 확보하면 돼."

"널 이렇게 만든 놈을 내가 그냥 둘 것 같아?"

"놈과 난 승부를 한 거고 내가 진 거야. 그거면 그냥 된 거 아냐?"

"……."

"이제 약발이 다 됐나 보다. 숨쉬기가 힘들군. 여기 가 봐."

인후는 피 묻은 쪽지를 도검에게 건넸다. 도검은 쪽지를 주머니에 넣으며 인후를 일으키려 했다.

"가자, 차 박사님이라면 살릴 수 있을 거야."

"어이, 들개는 들개답게 죽는 거야. 그게 세상에 대한 도리라고 생각한다. 시체가 되어서까지 폐를 끼치고 싶지는 않다."

"……."

"내 바이크에 좀 태워 줘. 힘이 없군."

인후는 벌어진 상처를 움켜쥐고는 도검의 부축을 받으며 간신히 일어서 오토바이에 올라탔다.

"이제 이것도 마지막이군."

힘겹게 오토바이에 기대, 잠시 말없이 앉아 있는 인후를 바라보던 도검이 무겁게 입을 열었다.

"무슨 생각 해?"

"배 찢어진 사람이 무슨 생각 하겠어?"

인후와 도검은 같이 웃었다. 웃음이 잦아들고 인후가 말을 이었다.

"우리 같은 사람들은 청부업밖에 할 수 없나 싶어서. 그 끝은 대부분 이렇게 끝나는 거잖아."

도검은 옆으로 기울어지는 인후를 붙잡았다.

"수연 씨 말이야. 끝까지 함께해 줘. 끝까지."

도검은 말없이 고개를 끄덕였다. 인후는 오토바이 시동을 걸었다.

"어디 가는 거야?"

도검의 질문에 인후는 더욱 창백해진 얼굴로 말했다.

"내 어린 시절로."

"…… 이번엔 차비 안 빌려줄 거야. 못 갚을 테니까."

두 사람은 또 웃었지만 금세 씁쓸한 웃음으로 변했다. 인후의 오토바이가 시야에서 사라질 때까지 지켜보던 도검의 왼쪽 눈에서 굵은 눈물이 한 방울 흘러내렸다. 인후가 흘린 피를 만졌다. 이 정도 출혈이면 생존하기 어려운 상태였다. 손에 묻은 피를 왼팔에 닦고 차에 올랐다. 정면만 바라보던 도검의 오른 눈의 붉은빛이 짧은 파장으로 파르르 떨리며 빛나기 시작했다.

"새끼, 총만 믿고 까부는 새끼는 아니었네."

"입은 아직도 살아 있군."

성민은 온통 피투성이가 된 배를 붙잡고 벽에 의지해 간신히 서 있었다. 사신은 그의 앞에 서서 칼에 묻은 피를 닦아 칼집에 꽂아 넣고는 말을 이었다.

"너도 꽤 하는 놈이구나. 그 레벨에선 꽤나 실력 있다는 소리 듣겠어."

사신에게 급소를 맞고 기절해 있던 민철도 정신이 들었는지 그들의 모양새를 말없이 지켜보고 있었다.

"너 같은 새끼한테 칭찬 들으려고 키운 실력 아니다, 새끼야."

성민은 다리가 풀렸는지 한쪽 무릎을 꿇으며 주저앉았다.

"자, 이제 정리할 시간이군. 너, 정민철, 그리고 저기 내 흉내 내고 다녔던 놈까지 모두. 오늘은 활동량이 많아서 빨리 끝내고 싶다. 피곤해."

사신이 총에 소음기를 끼우고 민철을 향해 겨누었을 때 순간적으로 먹먹한 정적이 감돌았다. 그들의 숨소리만 들릴 때 작은 모터가 돌아가는 소리가 들렸다.

사신은 불길한 느낌에 몸을 날려 소파 뒤로 숨었다. 커다란 폭발음이 들리며 집 안의 집기들이 산산이 부서져 날렸다.

끊임없는 총소리로 귀가 멍해질 때쯤엔 집 안의 가구와 집기는 완전히 제 형태를 잃어 가고 있었고 벽을 뚫으며 날아 들어온 총탄으로 인해 벽의 바깥쪽이 훤히 보일 정도가 되었다.

총소리가 멈추고는 문이 부서지며 누군가가 안으로 성큼 들어서며 말했다.

"누가 '사신'이야?"

사신은 그를 보며 순간 숨을 멈추었다. 스피커 음향의 목소리와 기계 팔, 붉은빛이 쏟아져 나오는 오른쪽 눈. 청부업자들의 세계에 은근히 알려져 있는 인물인 도검이었다.

청부업자들에게는 적으로 만들어서는 안 될 세 가지가 불문율처럼 존재했다.

첫째는 거물급 정치인이었으며, 둘째는 종교의 교주, 그리고 마지막 세 번째가 바로 장도검이었다. 사신은 긴장한 표정으로 서서히 몸을 일으켰다. 도검의 시선이 그에게 돌아갔다.

"네가 사신인가?"

사신이 고개를 끄덕이는 순간 도검은 그의 뺨을 후려쳤다. 미처 피하지 못하고 뺨을 맞은 사신은 다리에 힘이 풀려 쓰러질 뻔했지만 간신히 버텨 냈다. 도검은 민철을 가리키며 사신에게 말했다.

"저 남자 건드리지 마라."

힘의 차이를 느낀 사신은 주눅 들지 않으려고 애쓰며 말했다.

"이 상황을 어떻게 알았는지는 모르겠지만, 그럴 수 없다는 걸 당신도 잘 알잖아."

화를 억누른 듯한 도검의 목소리가 다시 들렸다.

"그냥 가라. 다시는 내 눈에 띄지 말고."

"…… 이유가 뭐지?"

도검은 다시 한 번 참는 것처럼 숨을 크게 들이켜고는 조용히 말했다.

"말 시키지 말고 그냥 꺼지라고."

"난 당신과 원한을 진 일이 없는데 대체 왜……."

도검의 왼팔에서 칼이 튀어나왔다.

"마지막이다. 가라."

도검의 거만한 태도에 비위가 상한 사신도 칼을 빼 들었다.

"나도 자존심이 있는데 그냥은 못 가지."

사신은 도검에게 덤벼들었다. 두 사람은 잠시 격전을 벌였지만 얼마 지나지 않아 도검에게 목을 붙잡힌 사신은 벽에 거세게 부딪혔다. 도검은 그의 목을 움켜쥐고 칼을 치켜들었다. 사신의 얼굴은 공포로 하얗게 변하며 다급하게 외쳤다.

"자, 잠깐!"

도검의 칼은 망설임 없이 그의 목을 뚫고 들어가 벽에 깊이 박혔다. 허공에 뜬 채 피를 울컥거리며 쏟아 내던 사신은 이내 축 늘어졌다.

도검은 칼을 뽑아 들며 물러섰다. 시체로 변한 사신의 몸뚱이가 힘없이 흘러내렸다. 도검은 시체를 바라보며 숨을 골랐다.

"나도 분명 사심 없이 겨룬 것뿐이니까 너무 뭐라고 하지 말라고."

도검은 누구에게 말하는 것인지 모를 말을 중얼거리며 주변을 둘러보았다. 그때까지 몸을 숨기고 조용히 있던 민철이 쭈뼛거리며 일어나 도검에게 다가갔다.

"자, 장도검 씨. 내 목숨을 구해 줘서 정말 고맙……."

민철이 도검의 어깨에 손을 얹으려 하는 순간 피비린내가 나는 칼이 자신의 목에 닿는 것을 느꼈다. 민철은 너무도 놀라 무의식중에 마른침만 삼키고 있었다.

도검은 금세라도 죽일 듯한 표정으로 말했다.

"유하 데리고 당장 떠나. 다시는 보고 싶지 않다."

도검은 마치 죽일지 말지 갈등하는 눈으로 민철을 바라보다 휙 돌아서며 나가 버렸다. 민철은 다리에 힘이 풀리는지 그 자리에 주저앉아 난장판이 된 집을 허망하게 바라보았다.

"대단하군요."

도검이 차에 오르기 전에 어디선가 박수 소리와 함께 목소리가 들렸다.

하얀 코트를 입은 깡마른 모습의 사내가 중절모를 쓴 채 도검을 향해 다가왔다. 자칫 웃음을 자아낼 것 같은 중절모가 그에게는 꽤나 잘 어울렸다.

"그자도 굉장한 스피드를 가지고 있는 듯했는데, 당신에게 비하니 마치 거북이처럼 느껴지더군요."

"꺼져."

"이런! 제가 누군지 궁금하지도 않은 모양이군요. 조금 전 당신이 손본 자가 정말 '사신'이라고 생각하십니까?"

"넌 뭐야?"

"어차피 알게 될 테니 말씀드리죠. 갈우야가 제 이름입니다. 할아버지께서 워낙 무협지를 좋아하셔서 이런 촌스러운 이름이 되었지만 불만은 없습니다."

"내가 네 이름을 알아야 하나?"

"당신이 알고 싶은 것을 알려 드리지요. 저 역시도 당신과 마찬가지로 기관 출신입니다. 유진과 함께 독립암살단원으로 근무했습니다."

사내의 말에 도검의 표정과 자세가 눈에 띄게 경직되었다.

"'사신'은 제 코드명이고요. 청부업 세계에서는 제 이름보다는 코드명이 더 유명하죠."

"방금 죽은 놈은 뭐야?"

"이제야 말문을 여시는군요. 그 친구는 저를 사칭하는 청부 업자 중 하나일 뿐입니다."

"우습군."

"좀 전의 그 친구는 아류치고는 실력이 좋더군요. 자신의 실력에 대해 자부심만 가진다면 더 성장할 수 있었을 텐데, 안타까운 일이죠."

"용건이 뭐야?"

"우연이었습니다. 저를 사칭하는 일이 위험수위를 넘었다고 생각해서 요즘은 찾아다니며 충고를 하고 있었거든요. 이 친구도 그럴 목적으로 찾았는데 이인후라는 친구와 마주치게 되었더군요. 재미있겠다 싶어서 조금 더 지켜봤습니다."

"…… 인후를 아나?"

"이인후에 관해서라면, 그의 몸에 점이 몇 개나 있는지까지도 알고 있습니다. 제거 리스트에 이름을 올리고 있는 친구거든요. 물론, 그 리스트의 위쪽에 당신이 자리 잡고 있습니다."

"……."

"들으셨을지도 모르겠군요. 기관과 연구소의 지겨운 힘겨루기가 끝나 갑니다. 당신들의 즐거운 자유 시간도 끝나 간다는 것이겠지요."

"그래서? 지금 볼일 보자는 건가?"

도검의 왼팔에서 칼이 튀어나왔다. 우야는 비쩍 마른 얼굴로 미소를 지어 보이며 손을 흔들었다.

"아까 말씀드렸듯이 오늘 당신을 만나게 된 건 정말 우연이었습니다. 오늘은 당신과의 볼일은 없습니다. 하지만 다음에 다시 만나게 될 때는 어떻게 될지 모르겠군요."

"그렇다면, 돌아가라."

"충고 하나 하지요. 기관 내부의 숙청이 시작됐습니다. 그게 끝나면 대대적인 토벌이 있을 예정입니다. 기관이 예전 같지는 않지만 서서히 기력을 회복해 가고 있지요. 평화는 더 이상 없습니다. 해결책이 있다면 기관에 다시 복귀하는 것뿐입니다. 당신의 재능을 함부로 할 만큼 기관은 어리석지 않습니다. 아시겠지만 그런 특전을 누릴 대상은 얼마 되지 않습니다. 다행히 당신은 그 대상이고요. 개인적으로는 당신 같은 뛰어난 인물과 함께 일해 보고 싶은 생각이 간절합니다."

"그건 네 생각이고."

"당신을 보면 드는 생각은 하나뿐입니다. 자신감인지 거만함인지 분간이 안 되는 그 무모함 때문에 단명할 거라는 거죠. 그럼, 나중에 또 뵙도록 하지요."

도검은 멀어져 가는 그의 뒷모습에 시선을 고정시킨 채로 차에 천천히 올랐다. 손이 미끄러져 펴 보니 땀이 흥건히 고여 있었다.

매장에 무기력한 모습으로 들어오는 도검을 보며 장서가 한마디 했다.

"이제 기어 나오냐? 자다가 침이 기도에 걸려서 죽어 버리지 그랬냐."

"피곤해서 좀 잔 걸 가지고 너무하시네."

수연과 함께 포크와 나이프를 닦던 슬기가 말했다.

"아저씨, 그래도 기어 나온 게 어디예요. 빨리 양파나 까."

"자꾸 기어 나왔다고 할 거야?"

"그럼 굴러 나왔냐? 왜 나한테 짜증 내고 난리야."

수연이 슬기를 흘겨보았다.

"또 시작이다, 또 시작이야. 그런데 오빠 어디 아파? 별로 안색이 안 좋아 보이는데?"

"별로."

"그런데 인후 씨는 어제 오후부터 안 보이네. 어디 갔어?"

"아, 인후, 떠났어."

장서가 세고 있던 카드 전표를 내려놓고 발끈해서 말했다.

"뭐? 인후 녀석 또 그렇게 간 거야? 나한테 인사도 안 하고? 그 자식 그렇게 안 봤는데."

"사정이 있어서 급히 떠났습니다. 저보고 대신 인사 좀 해달라고 하더라고요."

장서는 둘러대는 도검을 붙잡고 주방 뒤편 테이블로 끌고 갔다.

"사실대로 말해 봐. 네놈은 거짓말하면 얼굴에 그대로 드러나."

"먼 길 떠났어요. 다시는 돌아오지 않겠답니다. 더 이상 폐

끼치고 싶지 않다고요."

"정말이냐?"

시무룩해 있던 도검의 표정이 장난스럽게 바뀌었다.

"제가 거짓말하는 거 봤어요?"

"하루에 열 번도 넘게 본다."

"유하는 어디 갔어요? 안 보이네?"

"아, 그래. 그만뒀어. 이민 간다더라. 그래서 오늘 송별회를 해 줄 생각이야."

"형준이가 많이 서운해하겠군요."

"다들 아쉬워하지. 녀석들이 워낙 정이 많잖냐."

"아저씨."

"왜 갑자기 진지한 표정을 하고 그래?"

"어제 기관 독립암살단원 하나를 만났습니다."

도검의 말에 장서의 눈이 거의 튀어나올 듯이 커졌다.

"그놈이 그러는데 기관과 연구소 세력 다툼이 정리되어 간다더군요. 곧 정리되는 대로 레지스탕스의 대대적인 토벌이 예정되어 있답니다."

팔짱을 낀 장서가 잠시 생각하다 입을 열었다.

"아무래도 때가 된 모양이다. 흩어질 때가."

"흩어져요?"

주방문을 열고 나타난 차 박사가 그들의 대화에 불쑥 끼어들었다.

"전술적인 해산이야."

차 박사는 주방 문을 걸어 잠그며 말을 이었다.

"이런 상황을 대비해서 애초에 계획되었던 일이야."

차 박사의 말에 공기가 무거워졌다. 도검이 중얼거리듯 작은 목소리로 물었다.

"그 방법 말고는 없는 겁니까?"

모두가 아무 말도 못하고 있을 때, 주방 문이 열리면서 잔뜩 상기된 표정의 형준이 뛰어 들어왔다.

"왜 그래?"

"지금 배달이 얼마나 밀린 줄 알아요! 여기서 뭣들 하는 거예요!"

"아, 미안, 네놈 욕하느라고 시간 가는 줄 모르고 그만……. 하하! 나가자, 일해야지!"

"에이 정말! 모두 돈 벌 생각이 있는 건지 없는 건지! 쯧!"

형준이 홱 돌아서 나가자 모두들 그의 뒷모습을 보고 미소를 짓다가 다시 시무룩한 표정이 되었다.

"형준이 화 단단히 난 모양인데?"

"혼자서 얼마나 바빴으면 형준이가 다 화를 낼까. 좀 본받아라. 남자는 저렇게 성실하고 자상해야 인기가 많은 거야."

"어이, 슬기, 너 형준이한테 관심 있냐? 이젠 연하고 뭐고 안 가리는 거냐?"

"이게 진짜……."

"희생자는 명희 하나로 족하니까, 순진한 형준이까지 꼬시지는 마라. 그러다 벌 받는다."

"죽고 싶냐!"

"요즘에 명희랑 잘 못 만나는 모양이지? 왜 나한테 히스테리야?"

"이 자식이 기어코!"

슬기가 도검에게 달려들자 도검은 살짝 피하며 슬기를 감싸 안았다. 그러자 도검이 슬기를 뒤에서 안은 형태가 되었다.

"뭐, 뭐야, 이거. 안 놔?"

"슬기야."

진중한 도검의 목소리에 슬기는 흠칫하며 움직임을 멈췄다.

"이렇게 티격태격했던 것도 모두 좋은 기억으로 남을 거다."

"그, 그런 어울리지도 않는 말 하지 마."

"수연이, 잘 부탁한다."

"무슨 말을 하려는 거야, 지금……."

도검이 손을 풀어 주고 나서야 슬기는 뒤돌아서서 도검을 빤히 바라보았다. 도검은 슬기의 뺨을 어루만지고는 성큼성큼 걸어 나갔다.

슬기는 무심결에 하늘을 올려다보았다. 별이 잘 보이지 않았지만 큼지막한 별이 떨어지는 것이 보였다. 하지만 슬기는 믿었다. 어두운 세상이지만 그들의 마음이 하나인 이상 아직 희망이 있다는 것을. 그리고 두려워할 필요도 없다는 것을.

《왼팔》 끝